Dacia Maraini

Kinder der Dunkelheit

Lesen

Die

heißt

neuen

doppelt

Bücher

Leben

Frühjahr 2000

PIPER MALIK KABEL

DACIA MARAINI

Kinder der Dunkelheit

Aus dem Italienischen
von Eva-Maria Wagner

PIPER
MÜNCHEN ZÜRICH

Die Originalausgabe erschien 1999 unter dem Titel
»Buio« bei Rizzoli in Mailand.

ISBN 3-492-04202-3

Gesetzt aus der Bembo
Satz: Uhl + Massopust, Aalen
Druck und Bindung: Friedrich Pustet, Regensburg
Printed in Germany

Der kleine Junge Grammofono und der Taubenmann

Sein Vater hat ihm den Namen Grammofono gegeben. Für sein Alter ist er klein. Er hat abstehende Ohren, ein spitzes Gesicht und ein Paar lebhafte, funkelnde Augen.

Grammofono, Gram genannt, wird bald sieben Jahre alt. Wenn er geht, hüpft er. Wenn er lacht, krümmt er sich, denn vom Lachen bekommt er Bauchweh. Er hat chronischen Schnupfen, und ab und zu beginnt seine Nase unaufhaltsam zu laufen. Dann putzt er sie mit dem Handrücken und wischt alles an seiner kurzen Hose ab. Seine Mutter sagt, daß er glänzende Spuren hinterlasse wie die Schnecken. »Statt Grammofono sollten wir dich lieber Schneckchen nennen.« Und sie lacht, während sie ihn kitzelt. Die Mutter ist erst dreiundzwanzig, und mit diesem Sohn spielt sie wie mit einem tolpatschig-drolligen Gefährten. Sie packt ihn an den Ohren, bläst ihm in den Mund, zieht ihn vom Boden hoch wie einen jungen Hund, oder macht sich einen Spaß daraus, ihm ein Bein zu stellen, so daß er der Länge nach hinfällt.

Der Vater ist so gut wie nie zu Hause. Niemand weiß, was er eigentlich macht. Er geht morgens weg und kommt abends zurück, wenn er überhaupt zurückkommt. Sein Haar reicht ihm bis auf die Schultern, manchmal wird es von einem farbigen Bändchen zusammengehalten. »Der sieht aus wie Jesus«, sagen die Kaufleute, wenn sie ihn sehen, wie er hereinkommt, um bei ihnen Milch und Kekse für seinen Sohn zu kaufen.

Gram spielt gern mit dem langen Ohrring, einer winzig kleinen Glocke, die am Ohr seines Vaters hängt. »Darf ich mal ziehen, Papa?«

»Nein, das tut mir weh, Gram.«

»Darf ich bimbam machen?«

»Das mach ich, sieh mal.« Und er schüttelt den Kopf, so daß der Ohrring hin und her baumelt und wie ein fröhliches Glöckchen klingt.

Auch die Mutter geht häufig fort und kommt erst spät abends zurück. Der Junge bleibt allein und spielt mit seiner Eisenbahn. Er hat an die zehn Züge, die wie Pfeile über die Schienen sausen, die sein Vater liebevoll für ihn über den ganzen Flur verlegt hat.

Manchmal geht Gram auf den Balkon und beobachtet entzückt, wie die Tauben auf der Suche nach Nahrung umherflattern. Ab und zu ruft er »Vorsicht!«, wenn sich eine besonders waghalsige Taube mitten auf der Straße niederläßt, um in dem kurzen Zeitraum zwischen einem Auto und dem nächsten eine Brotkrume aufzupicken. Der Kleine hebt die Hand zum Herzen, als wollte er es beruhigen: Würde das Tierchen von den Rädern eines Autos zerquetscht, würde das Herz in seiner Brust einen solchen Satz machen, daß es ihm aus dem Mund spränge. Aber immer entrinnen die Tauben der Gefahr: Sie schaffen es, genau in dem Moment, in dem das Auto sie überrollen könnte, davonzufliegen. Dann lächelt Gram zufrieden und schluckt die Tränen hinunter, die ihm schon bis unter die Augenlider gestiegen sind.

Eines Morgens, als er den Flug der Tauben verfolgt, sieht er, wie ein Steinchen auf dem Balkon landet. Wo kommt das wohl her? Er blickt hinauf in den Himmel, aber es hat nicht den Anschein, als regnete es Steine. Dann späht er nach unten, auf die Straße, aber da sind nur Autos, etwas Ungewöhnliches entdeckt er nicht. Womöglich kommt es ja aus dem Park auf der anderen Straßenseite. Tatsächlich, als er seinen Blick unter die Platanen senkt, bemerkt er einen Mann, der auf einer Bank sitzt und ihn beobachtet. Er sammelt kleine Steine vom Boden auf und spielt damit, indem er sie auf seine Knie fallen läßt. Von weitem glitzert das Grau seiner Jacke wie schillerndes Gefieder. Außerdem sehen die gelben Schuhe aus wie Vogelfüße. Könnte das eine Riesentaube sein?

Von diesem Tag an stürzt Gram jeden Morgen ans Fenster, um zu sehen, ob die Riesentaube noch da ist. Und immer findet er den Mann mit den gelben Schuhen an derselben Stelle, er sitzt auf einer Bank und spielt mit Steinchen, während er zu ihm heraufschaut.

Eines Morgens gegen elf, um die Zeit, zu der er die Riesentaube für gewöhnlich kommen sieht, stellt Gram fest, daß sie ihm Zeichen mit den Fingern macht, die sie kreisen läßt, als wären es hundert und nicht zehn.

Am Abend erzählt er seiner Mutter davon: »Da ist eine Taube im Park, die mich anguckt und mit den Fingern Kreise macht.«

»Mit den Fingern, eine Taube?«

»Es ist ein großer Taubenmann, ein bißchen Mensch, ein bißchen Vogel.«

»Wie ist das denn möglich?«

»Er hat gelbe Schuhe. Können Tauben gelbe Schuhe haben?«

»Wo andere Kinder einen Kopf haben, hast du einen Brummkreisel. Hör doch mal auf, Gram, ich werd ja noch ganz seekrank.«

Am folgenden Tag ist der Mann immer noch da, und das Lächeln, das er ihm zuwirft, gleicht dem Öffnen und Schließen eines Schnabels. Er bewegt sich nicht von der Bank weg, und eine tödliche Müdigkeit scheint ihn überfallen zu haben. Häufig führt er seine Hand an die Stirn, als wollte er einen unangenehmen Gedanken vertreiben. Seine Haare – oder sind es die Kopffedern? – fallen ihm in die Stirn, und er streicht sie mit den Fingern, die sich wie eine Harke spreizen, nach hinten. Als der Mann sieht, daß der Junge ihn beobachtet, nimmt er das Fingerspiel wieder auf: Sie öffnen und schließen sich wie ein Fächer, und dabei kreisen sie und plustern Federn auf.

Aber jetzt wird das Signal deutlicher. »Komm runter«, gibt ihm der Taubenmann zu verstehen, und Gram sieht gebannt zu ihm hinunter. Dann, mit einem Male, beschließt er, das Verbot seiner Mutter zu mißachten: Er schlüpft in seine roten Turnschuhe, stürmt Hals über Kopf die Treppe hinunter, überquert die Straße, nachdem er gewissenhaft nach rechts und links geschaut hat, und geht geradewegs auf den Park zu. Als er die Bank erreicht, öffnet der Taubenmann den Schnabel, um ihn willkommen zu heißen. Seine runden schwarzen Augen fixieren ihn mit einer Aufmerksamkeit, die er nie zuvor im Blick eines Erwachsenen wahrgenommen hat.

»Hallo, ich hab auf dich gewartet.«

»Bist du eine Taube?«

»Ja, du auch?«

»Nein, ich bin Gram,«

»Gram? Was ist das denn für ein Name?«

»Mein Name.«

»Nun, Gram, du magst wohl Tauben?«

»Kannst du auch fliegen?«

»Manchmal.«

»Da wird die Mama aber lachen, wenn ich ihr von einem Taubenmann erzähle, der auch fliegen kann.«

»Nein, wenn du sehen willst, wie ich fliege, darfst du deiner Mama nichts davon erzählen.«

»Warum nicht?«

»Weil Mamas nichts von solchen Sachen verstehen.«

»Also gut, dann sag ich es eben dem Papa.«

»Auf keinen Fall. Hast du etwa schon mal einen Papa gesehen, der fliegen kann?«

Der Junge denkt nach. Er weiß keine Antwort. Unterdessen spürt er, wie sich ein Flügel des Mannes leicht und beschützend auf seine Schulter legt.

»Willst du auch eine Taube werden?«

»Nein. Ich hab Angst vorm Fliegen.«

»Versuch mal, mit den Armen so zu machen.«

Der Junge hebt die Arme hoch und bewegt sie auf und nieder, so wie der Mann es ihm vormacht.

»Du könntest mal probieren, ein bißchen zu fliegen. Wenn es dir dann nicht gefällt, hörst du einfach auf.«

»Aber wenn ich Angst habe.«

»Du brauchst keine Angst zu haben, wenn du bei mir bist, ich fliege doch schon seit Jahren.«

»Und wo kann man fliegen?«

»Da oben. Siehst du den Hügel da? Da, wo die vielen Kiefern stehen, siehst du die? Da kann man fliegen. Los, laß uns gehen.«

»Aber ich ...«

»Komm schon, los.«

Der Taubenmann nimmt den kleinen Jungen Grammofono an die Hand und führt ihn zu einem an der Straßenecke geparkten Auto.

»Fahren wir mit dem Auto dahin?«

»Ja, um zu den Kiefern zu kommen, braucht man ein Auto. Weißt du, wie lange es dauern würde, wenn wir zu Fuß gingen? Ein Jahr.«

»Können wir denn nicht von hier fliegen?«

»Man kann nicht bergauf fliegen, nur bergab.«

»Also dann gehen wir.«

Der Mann öffnet die Wagentür, läßt das Kind einsteigen und schließt sie wieder, wobei er mit entschlossener Geste die Verriegelung hinunterdrückt. Dann setzt er sich auf den Fahrersitz und läßt den Motor an. Der Junge betrachtet ihn und stellt fest, daß seine Haare tatsächlich graue Federn sind, wie bei einer ausgewachsenen Taube.

»Hast du auch eine Mama?« fragt er ihn.

»Na klar. Eine Taubenmama. Die wiegt hundert Kilo.«

»Auch einen Papa?«

»Mein Papa ist tot. Jemand hat ihn gegessen.«

»Kann man Tauben denn auch essen?«

»Natürlich, gebraten.«

»Und wer tötet sie?«

»Ich.«

»Das stimmt doch gar nicht... Wo sind wir denn hier?«

»Wir fahren hinauf zum Taubenschlag.«

»Sind da viele Tauben?«

»Ganz viele.«

»Hier sind ja die Bäume. Die sind wirklich hoch. Aber wo sind denn die Tauben?«

»Die kommen gleich. Zieh dir jetzt erst mal das T-Shirt und die Hose aus.«

»Warum?«

»Wenn dir Federn wachsen, dann sieht man das ja gar nicht unter den Kleidern.«

»Ich möchte nicht.«

»Zieh dich aus, hab ich gesagt.«

Das Kind wird unruhig auf seinem Sitz. Ist es möglich, daß der Mann seine Stimme verändert hat? Aus seinem Mund kommt nicht mehr das freundliche Gurren einer Taube, sondern das heisere, böse Krächzen eines hungrigen Raben.

»Wo sind die Tauben?«

»Die kommen gleich.«

»Zeigst du mir, wie du fliegst?«

»Jetzt ist Schluß mit der Geschichte, zieh dir das T-Shirt aus, sonst zieh ich es dir aus.«

»Nein.«

Es folgt eine Ohrfeige. Der Junge legt seine Hände auf das gerötete Gesicht. Die Tränen strömen ihm über die Wangen.

»Ich will nach Hause«, wimmert er. Der Mann schlägt ihm mit dem Handrücken auf den Mund. Entgeistert verstummt das Kind.

Jetzt hat der Mann zwischen zwei verrammelten Straßenbauhütten angehalten. In dem Kiefernhain rührt sich nichts. Die gefiederten Hände strecken sich nach dem Kind aus; sie zerren am Kragen des T-Shirts, sie öffnen den Gürtel der Hose. Der Junge tritt verzweifelt um sich. Der Mann verdreht ihm den Arm, bis er keine Luft mehr bekommt. Dann folgt wieder eine Ohrfeige und noch eine. Die Augen des kleinen Grammofono sind verschleiert. Er kann nicht einmal mehr weinen. Aber er tritt weiter um sich.

Jetzt wirft der Mann sich über ihn. Er hält ihn fest. Er schreit ihm ins Ohr: »Wenn du weiter so trittst, bring ich dich um.«

Der Junge stößt ihm sein Knie in den Bauch. Der Mann heult vor Schmerz auf. Er packt das Kind am Hals und drückt ihm wutentbrannt mit den Fingern die Gurgel zu.

Unterdessen hat sich eine Taube sacht auf der Motorhaube des hellblauen Bravo niedergelassen. Ihre Federn sind von einem wunderschönen phosphoriszierenden Grau, der Schnabel gelb gesprenkelt.

Während sie sich von ihrem Flug erholt, glotzt die Taube unbeteiligt ins Wageninnere und sieht einen Mann, der, vom Schluchzen geschüttelt, ein Kind mit schlaff herunterhängendem Kopf fest an sich drückt.

Am nächsten Morgen findet der Straßenkehrer im Kiefernhain oberhalb der Stadt die Leiche eines halbnackten Kindes mit roten Turnschuhen an den Füßen.

Mittlerweile haben Vater und Mutter Pazzariello eine Vermißtenanzeige aufgegeben, weil ihr siebenjähriger Sohn, Grammofono Pazzariello, verschwunden ist. Wer hat das

Kind aus dem Haus gehen sehen? fragt der verzweifelte Vater, und er schüttelt den Kopf, so daß der lange Glöckchenohrring hin und her baumelt.

Auf dem Schreibtisch der Kommissarin Adele Sòfia landen zwei Akten gleichzeitig: die eine, die das Verschwinden des Kindes, und die andere, die den Leichenfund von seiten des städtischen Straßenkehrers betrifft.

Man befragt die Bewohner des Hauses, in dem der kleine Grammofono Pazzariello lebte. Währenddessen wird eine Autopsie in die Wege geleitet. Drei Tage später stellt sich heraus, daß das Kind am dritten Mai zwischen elf und dreizehn Uhr vergewaltigt und ermordet wurde.

In der Zwischenzeit durchforsten die Mitarbeiter des örtlichen Kommissariats die Akten, um herauszufinden, ob in dem besagten Stadtviertel Anzeigen wegen sexueller Belästigung vorliegen. Aber die zwei jüngsten Fälle von »Übergriffen« gehen auf zwei Kinder im Alter von zwölf beziehungsweise dreizehn Jahren zurück, die noch in einem Erziehungsheim einsitzen.

Am dritten Tag erinnert sich die junge Mutter, die unaufhörlich weint, daß ihr Sohn ihr von einem Taubenmann erzählt hat, der ihn vom Park aus beobachtete.

»Was meinte Ihr Sohn mit ›Taubenmann‹?« fragt die Kommissarin die Frau.

»Ich weiß es nicht. Er hat mich gefragt, ob Tauben gelbe Schuhe tragen können.«

»Hören Sie doch auf zu weinen, Signora, ich bitte Sie, versuchen Sie, sich zu erinnern, es ist wichtig: Wie oft hat Ihr Sohn Ihnen gegenüber von diesem Mann gesprochen?«

»Nur ein einziges Mal. Aber ich habe das nicht ernst genommen. Ich dachte an Tauben … Wie konnte ich nur? Wie konnte ich nur? Ich habe ihn getötet, Frau Kommissarin, ich habe ihn getötet …«

»Reden Sie doch keinen Unsinn. Eine ganz bestimmte Person hat ihn getötet, mit Vor- und Zunamen, und wir werden sie finden. Warum hat Ihr Sohn diesen Mann Taubenmann genannt?«

»Ich weiß es nicht …«

»Mochte Ihr Sohn Tauben?«

»Sehr. Stundenlang hat er auf dem Balkon gestanden und ihnen beim Fliegen zugeguckt.«

Aber die Kommissarin Adele Sòfia wird aus dringendem Grund von Inspektor Marra unterbrochen, der eine Zeugin aufgetrieben hat. »Ich komme sofort. Wer ist es?«

»Es ist die Bäckersfrau, sie sagt, sie habe einen Mann gesehen, der mit einem Kind weggegangen ist.«

Die Frau hat ihren Laden gleich neben dem Park. Durch das Schaufenster hat sie einen Mann beobachtet, ganz in Grau gekleidet, mit gelben Schuhen, der auf einer Bank saß und mit Kieselsteinchen spielte. Gegen halb zwölf hat der Mann den Laden betreten und ein Brot gekauft, daraufhin ist er zur Bank zurückgekehrt und hat angefangen, es zu zerbröckeln, um die Tauben damit zu füttern.

»Gegen zwölf Uhr, vielleicht war es auch Viertel nach zwölf, habe ich ihn mit einem Kind an der Hand weggehen sehen. Ich weiß nicht, ob das der kleine Gram war, ich habe nicht darauf geachtet. Ich habe gedacht, es wäre sein Sohn. Ich dachte, er hätte vielleicht gewartet, bis der aus der Schule kam. Sie wissen ja, die Anna-Kuliscioff-Grundschule ist zweihundert Meter vom Park entfernt.«

»Versuchen Sie, sich an die Einzelheiten zu erinnern. Wie alt war er ungefähr?«

»So um die Vierzig. Ein bißchen älter oder ein bißchen jünger.«

»Haare?«

»Grau.«

»Lockig oder glatt?«

»Glatt, ja, denn sie fielen ihm ständig in die Augen, und er machte eine Handbewegung, um sie wieder zurückzustreichen. Diese Handbewegung hat er oft gemacht, das ist mir aufgefallen.«

»Augen?«

»An die Farbe erinnere ich mich nicht. Ich meine grau, vielleicht auch braun.«

»Nase?«

»Adlernase würde ich sagen, so wie ein Schnabel.«

»Mund?«

»Dünne farblose Lippen. Ein schönes Lächeln.«

»Hat er auch gelächelt, als er das Brot gekauft hat?«

»Ja, er hat gelächelt, und ich erinnere mich noch, daß ich gedacht habe: Was für ein schönes, ansteckendes Lächeln! Ich mußte auch unwillkürlich lächeln.«

»Hatten Sie diesen Mann vorher schon mal gesehen?«

»Nein, noch nie. Seit zwei oder drei Tagen kam er morgens gegen elf, setzte sich auf die Bank und blieb dort bis eins, halb zwei, und dann ging er fort.«

»Also, Sie haben ihn im Auge behalten?«

»Vielleicht ohne es zu wollen. Ab und zu kam es vor, daß ich mal hingeschaut habe, ob er noch da war.«

»Und was hat er auf der Bank gemacht?«

»Nichts. Er sah nach oben.«

»Wohin nach oben?«

»Nach oben, zum Haus von dem armen Jungen.«

»Aber das reimen Sie sich jetzt im nachhinein so zusammen. Also, wohin, meinten Sie, guckte er?«

»Die Frage habe ich mir nicht gestellt. Ich habe gesehen, daß er nach oben sah, nach rechts.«

Die Kommissarin nimmt die Zeichnung aus der Hand des Grafikers, den man zur Anfertigung eines Phantombilds gerufen hat, und reicht sie der Bäckersfrau. »Erkennen Sie ihn wieder?«

»Nein, er ist heller. Und solche Falten hat er auch nicht.«

»Also ist er jünger?«

»Nein. Sein Gesicht ist jung, aber er hat etwas Altes… ich weiß nicht… vielleicht die Art zu sitzen, ein bißchen nach vorne gebeugt, als hätte er Angst, daß man ihn schlägt.«

»Welche Farbe hatten seine Schuhe?«

»Gelb, das habe ich bemerkt, englische Art, aus einem schönen schweren Glanzleder.«

»Haben Sie ihn für einen armen Schlucker gehalten, der nichts hat und nichts ist, oder kam er Ihnen eher vor wie einer, der keine Geldsorgen hat und im Park frische Luft schnappt?«

»Nein, für einen armen Schlucker habe ich ihn nicht gehalten. Im übrigen hatte er ein schönes funkelnagelneues Auto, das am Ende der Straße geparkt war.«

»Selbst das haben Sie gesehen? Wie gut, daß es Leute gibt wie Sie, die alles beobachten. Was für ein Auto war das? Das werden Sie doch bestimmt auch bemerkt haben.«

»Es war ein hellblauer Bravo.«

»Haben Sie zufällig auch die Autonummer gesehen?«

»Nein, darauf habe ich nicht geachtet. Ich habe ihn angeschaut, nicht sein Auto. Ich habe gesehen, daß er aus einem hellblauen Bravo ausgestiegen ist, das habe ich bemerkt, weil mein Mann sich genau das gleiche Auto kaufen wollte, aber dann haben wir doch den alten Panda behalten. Ich habe gedacht: Der ist nicht von hier. Ich hatte ihn nämlich noch nie vorher gesehen.«

»Gut, es bleibt uns nichts anderes übrig, als alle hellblauen Bravos zu überprüfen, die in letzter Zeit zugelassen worden sind. Sie können gehen, Signora. Wahrscheinlich werden wir Sie noch einmal zu einer Gegenüberstellung bitten. Ich hoffe, Sie bleiben in den nächsten Tagen in der Stadt.«

»Wo soll ich schon hingehen, in der Bäckerei habe ich jede Menge Arbeit.«

»Kannten Sie den ermordeten Jungen, Grammofono Pazzariello?«

»Natürlich! Wer hat die nicht gekannt.«

»Warum sagen Sie ›die‹ und verziehen den Mund dabei?«

»Das waren komische Leute: der Vater mit den langen Haaren, ein Glöckchen am Ohr, immer in Jeans und Lederjacke und auf dem Arm zwei tätowierte Drachen. Die Mutter, so eine Kleine, sah aus, als wäre sie die Schwester des Jungen, angezogen war sie wie eine Dreizehnjährige, mit aufgerollten Kniestrümpfen, weißen Tennisschuhen, enger Hose und einem Zopf auf dem Rücken. Sie waren alle beide hübsch, aber ohne Verantwortungsgefühl. Den

Kleinen ließen sie immer allein da oben auf dem Balkon. Er ging nie raus. Ab und zu umarmte die Mutter ihn, küßte ihn, nahm ihn irgendwo mit hin. Aber normalerweise ließ sie ihn ganze Tage lang allein in der Wohnung im ersten Stock. Wer weiß, wie oft ich daran gedacht habe, die Polizei zu rufen, aber dann habe ich mir gesagt: Misch dich nicht ein, Margherita, wie es sonst so deine Art ist, kümmere dich nicht um sie, das geht dich nichts an. Aber jetzt bereue ich, daß ich es nicht getan habe. Dann wäre der Junge heute noch am Leben.«

Zwei Tage später hält Adele Sòfia die Liste mit den Namen von etwa zwanzig Besitzern eines hellblauen Bravo in Händen.

Namen, Alter, Gewohnheiten, Alibis werden überprüft. Am Ende eines langwierigen Selektionsverfahrens bleiben nur vier Tatverdächtige übrig: ein achtunddreißigjähriger Krankenpfleger, der behauptet, an jenem Morgen des dritten Mai bis um zwei Uhr im Krankenhaus gewesen zu sein, was im Widerspruch steht zur Aussage eines anderen Krankenpflegers, der gesehen haben will, daß er gegen Mittag weggegangen ist; ein vierzigjähriger Schlosser, der allein lebt, nachdem er Frau und Sohn bei einem Autounfall verloren hat, und der erklärt, er habe an jenem Morgen das Haus nicht verlassen, wofür er aber keinen Zeugen hat; ein Lehrer, der zur fraglichen Zeit erwiesenermaßen in der Schule war, aber ein Hausmeister versichert, daß er des öfteren kurz wegging, ohne daß irgend jemand Anstoß daran genommen hätte; und schließlich ein Großhändler, der das Auto erst vor einem knappen Monat gekauft hat und tatsächlich ein Paar gelbe Schuhe besitzt.

Die vier werden auf das Kommissariat vorgeladen, und während sie mit Inspektor Marra sprechen, zeigt Adele Sòfia der Bäckersfrau – die zu diesem Anlaß ihren Sonntagshut aufgesetzt hat – hinter einer Spiegelscheibe nacheinander die verdächtigten Autobesitzer. Aber die Bäckersfrau, die doch bewiesen hat, daß sie ein scharfes Auge und ein gut funktionierendes Gedächtnis besitzt, bestreitet, diese Männer jemals im Park gegenüber von ihrem Laden gesehen zu haben.

»Sind Sie sicher?« fragt Adele Sòfia die Frau, die schweißgebadet weiter in den Gesichtern forscht und hartnäckig den Kopf mitsamt dem Hut schüttelt.

»Also sind wir wieder genauso schlau wie vorher. Geben Sie mir noch einmal die Liste der Besitzer von hellblauen Bravos, Marra!«

»Hier, aber wir haben bereits alles überprüft.«

»Moment mal. Hier sehe ich zwei durchgestrichene Namen. Was hat es damit auf sich?«

»Es handelt sich um zwei Personen, die mit uns zusammenarbeiten. Die eine ist Frau Doktor Pargoli und der andere der Sozialarbeiter Paolo Crinale.«

»Haben beide vor kurzem einen hellblauen Bravo gekauft?«

»Ja, aber ...«

»Wie alt sind sie?«

»Sie sechsundfünfzig, er einundvierzig.«

»Lassen Sie es gutsein mit der Pargoli. Aber den anderen, den Crinale, holen Sie den sofort her.«

Paolo Crinale trifft mit beleidigter Meine auf dem Kommissariat ein. Er trägt eine weite hellblaue Hose und eine schöne weiße Jacke. Seine grauen, nach hinten gekämmten Haare sind mit Wasser an die Kopfhaut geklatscht.

»Tragen Sie Ihre Haare immer so?«

»Ja, warum?«

»Wo waren Sie am dritten Mai zwischen elf und eins?«

»Ich war im Krankenhaus, bei meinen Kindern mit Down-Syndrom. Aber wieso fragen Sie mich das?«

»Sie kennen den Fall des kleinen Jungen, den man erdrosselt aufgefunden hat. Entschuldigen Sie, aber wir können keinerlei Rücksichten nehmen. Wir müssen alle befragen, die in jüngster Zeit einen hellblauen Bravo gekauft haben.«

»Richtig, Sie tun Ihre Pflicht, Frau Kommissarin. Aber erlauben Sie mir die Bemerkung, daß ich in diesem Fall Partei bin. Ich habe, zusammen mit Ihren Leuten, an den Ermittlungen über den Mörder teilgenommen.«

»In welcher Eigenschaft?«

»In meiner Eigenschaft als Sozialarbeiter. Ich kenne das Milieu und diejenigen, die dort verkehren. Ich kenne auch etliche Kinderschänder. Eine Liste mit verdächtigen Personen habe ich Inspektor Marra gegeben. Jetzt können Sie mich doch mit denen nicht in einen Topf werfen.«

»Haben Sie kürzlich einen hellblauen Bravo gekauft?«

»Frau Kommissarin, in dieser Stadt gibt es noch dreihundert andere Personen, die einen hellblauen Bravo besitzen, genau wie ich.«

»Die haben wir bereits alle überprüft, außer Ihnen. Wann haben Sie den Wagen gekauft?«

»Vor vier Monaten... Ich möchte Sie darauf aufmerksam machen, daß ich Sozialarbeiter bin. Ich arbeite für das Krankenhaus, für Sie. Ich genieße das Vertrauen der Stadtverwaltung. Wenn Sie mich in ein schlechtes Licht rücken, sei es auch nur durch einen Verdacht, laufe ich Gefahr, meine Stelle zu verlieren. Berücksichtigen Sie das.«

»Ich werde das berücksichtigen.«

»Machen Sie nicht die üblichen Fehler, für die Sie und Ihre Kollegen so bekannt sind.«

»Was meinen Sie damit?«

»Sie stecken die Leute wegen einer Lappalie ins Gefängnis, glauben den Worten skrupelloser Vorbestrafter, quälen die Menschen bei den Verhören ...«

»Die Entscheidung liegt bei den Richtern.«

»Um so schlimmer fühle ich mich. Ich fürchte mich vor den Richtern, Signora. Seit einiger Zeit riecht es doch nach Hexenjagd. Wir haben es mit einem System zu tun, das diejenigen ausspioniert, die sich nicht anpassen ... Ich habe keine Lust, im Gefängnis zu enden, nur weil ich einen hellblauen Bravo gekauft habe ...«

»Sagen Sie mir, wo Sie sich am dritten Mai zwischen elf und eins aufgehalten haben.«

»Im Krankenhaus, das habe ich Ihnen doch schon gesagt. Ich arbeite mit mongoloiden Kindern.«

»Und Sie haben im Mai nicht ein paar Tage Urlaub genommen?«

»Drei Tage, doch, aber im April, nicht im Mai.«

»Gut, wir werden Ihr Alibi überprüfen.«

»Ich kann also gehen?«

»Nein, einen Moment noch. Hier ist eine Zeugin, die gesehen hat, wie der fragliche Mann mit dem Jungen weggegangen ist. Nur noch eine kurze Gegenüberstellung, und Sie sind entlassen.«

»Nein, entschuldigen Sie, aber ich muß wirklich zurück ins Krankenhaus. Wenn sich hinterher ein mongoloides Kind verletzt hat, weil ich nicht zur Stelle war, werde ich verhaftet, sind Sie sich darüber im klaren?«

»Es dauert nur eine Minute. Lassen Sie die Bäckersfrau rufen«, fordert sie Inspektor Marra auf und steckt sich ein Lakritzfischchen in den Mund. »Wollen Sie auch eins?«

Aber der Mann schenkt ihr keinerlei Beachtung. Er steuert rasch auf die Tür zu, entschlossen wegzugehen. Auf der Schwelle stößt er mit der Bäckersfrau zusammen, die sofort auf ihn zeigt und ruft: »Das ist er, Kommissarin, ich erkenne ihn wieder.«

»Eine gemeingefährliche Irre; bringen Sie sie dahin, wo sie hingehört, Kommissarin, ich muß zurück ins Krankenhaus. Auf Wiedersehen!«

Aber zwei kräftige Hände halten ihn fest. Bei dem Zusammenprall fällt ihm ein Büschel grauer Haare in die Augen. Der Mann streicht es automatisch zurück, indem er seine Finger wie eine Harke spreizt.

»Haben Sie gesehen, Kommissarin, dieselbe Handbewegung, die ich Ihnen beschrieben habe. Er ist es ganz bestimmt.«

»Daß mir ja niemand zu nahe kommt«, sagt der Mann mit würdevoller Stimme, und mit seinen abstehenden Haaren, dem gebeugten Rücken, der schnabelförmigen Nase verwandelt er sich plötzlich in eine wildgewordene Riesentaube.

»Daß mich ja niemand anfaßt«, beharrt er. »Ich erkläre mich hiermit zu einem politischen Gefangenen.«

Viollca, das albanische Mädchen

Viollca steht mit ihrem Teddybär im Arm am Fenster. Draußen regnet es. Auf der Straße lassen die langsam dahingleitenden Autos schmutziges Wasser aufspritzen.

Die Mutter packt im Schlafzimmer den Koffer für sie. Der Vater sitzt mit einer Zeitung in der Hand in der Küche, aber ohne sie zu lesen. Ab und zu rührt er mechanisch mit dem Löffel den inzwischen kalt gewordenen Kaffee in seiner Tasse um.

Man hört ein wiederholtes Hupen.

»Das ist er, Xhuvan. Nimm deinen Regenmantel, los, beeil dich.«

Die Mutter reicht ihrer Tochter den Koffer. Der Vater erscheint an der Tür, um sich von ihr zu verabschieden. »Ciao, Viollca, vogëlushja ime, meine Kleine.«

»Überlaß alles Xhuvan, der weiß Bescheid. Und schreib, sobald du kannst.«

»Hier, ein bißchen Geld für die Reise.« Der Vater drückt ihr ein paar Dollar in die Hand, und im Weggehen putzt er sich die Nase.

Die Mutter umarmt sie auf der Türschwelle. Bevor sie sich von ihr löst, will sie ihr den Bären aus der Hand nehmen, aber das Mädchen preßt ihn heftig an ihre Brust. Niemand darf sie, um nichts in der Welt, von ihrem Malek trennen, mit dem sie einschläft, seit sie ein kleines Kind war.

Xhuvan ist freundlich. Wie ein Kavalier öffnet er ihr die Autotür. Er bedeutet ihr einzusteigen, während er ihr Gepäck im Kofferraum verstaut.

»Eine Stunde Autofahrt, und hopp geht's aufs Schiff...« Er ist gut gelaunt. Aber als er Anstalten macht, ihr den Bären aus dem Arm zu nehmen, drückt Viollca ihren Liebling krampfhaft an sich.

»Du bist ganz schön tapfer. Nicht mal eine Träne. Das gefällt mir. Ein mutiges kleines Fräulein, im Begriff, Italien zu erobern, nicht wahr?«

Auf dem Boot läßt Xhuvan sie aus dem Auto aussteigen und legt ihr den Arm um die Schulter. »Do të hash bukë? Hast du Hunger, Viollca? Willst du ein Brötchen mit Mortadella?«

Viollca schüttelt den Kopf. Mit zwei Fingern malträtiert sie das rechte Ohr des Bären.

»Der Teddy ist schmutzig. Wollen wir ihn ins Meer werfen?«

Viollca fängt an zu zittern. Die Tränen schießen ihr in die Augen.

»Schon gut, wenn du nicht willst, dann nicht. Ich wollte dir einen neuen kaufen, sonst nichts. Willst du eine Limo?«

Ohne zu antworten macht sich Viollca weiter am Ohr des Teddys zu schaffen. Sie friert an ihren nackten Beinen. Auf den hochhackigen Schuhen, die ihre Mutter ihr gekauft hat, gerät sie ins Stolpern.

Sobald sie wieder im Auto sitzen, streift sie die Schuhe ab und befördert sie unter den Sitz.

»Was machst du da, du ziehst dir die Schuhe aus? Du bist nicht mehr der kleine Wildfang, der auf der Straße spielt. Je një zonjushë, du bist jetzt eine elegante junge Dame, im Minirock und mit hohen Absätzen.«

Viollca lächelt, als sie an das Gesicht ihrer Schwester Anjeza denkt, wie die sie mit diesen Absätzen sah. Sie hat losgebrüllt, daß sie auch mit Xhuvan nach Italien fahren wollte. Aber Anjeza ist erst acht Jahre alt und noch nicht entwickelt. Sogar die jüngste, Teuta, hat angefangen zu weinen. Ihre Brüder hingegen schienen nicht einverstanden zu sein, daß sie wegging. Der älteste, der als Kranführer im Hafen von Durrës arbeitet, hat geflucht. Der andere, Anton, der bei der Kartoffelernte hilft, hat geschrien, daß alle verrückt seien, alle verrückt.

»Du verdienst ein bißchen Geld, und dann kommst du zurück. Du wirst es für deine Hochzeit brauchen können. Und außerdem müssen wir das Dach ausbessern. Geh, Viollca und zoti të shpëtoftë, Gott schütze dich.«

»Wenn sie dich nach deinem Alter fragen, mußt du sagen, daß du siebzehn bist, kuptove?«

Viollca nickt und schaut dabei auf ihre dünnen Beine und die spitzen Knie. Schwierig, jemanden davon zu überzeugen, daß man siebzehn ist, wenn man noch nicht mal das zwölfte Lebensjahr vollendet hat.

»Du siehst älter aus, hör auf Xhuvan. Also, kannst du dir das merken? Siebzehn Jahre. Hier sind die neuen Papiere. Dein Vorname ist weiterhin Viollca, aber dein Nachname hat sich geändert. Du heißt jetzt Mrozek; lern das auswendig.«

Das Mädchen macht ein Zeichen mit den Fingern, was

soviel wie O. K. bedeutet. Sie hat das in einem amerikanischen Film gesehen, und es hat sich ihr eingeprägt.

Im Hafen von Brindisi wartet ein anderes großes, dunkles Auto auf sie. Zwei Albaner und ein Italiener drücken Xhuvan die Hand, der ihnen das Mädchen übergibt und verschwindet.

Niemand fragt sie etwas. Man begrüßt sie nicht einmal. Sie wird in den langen dunklen Wagen verfrachtet, der mit quietschenden Reifen in Richtung Rom davonfährt.

Eigentlich müßte sie mal Pipi machen, aber an den Gesichtern dieser drei ist abzulesen, daß die Bitte anzuhalten fehl am Platz ist. In einem komischen Mischmasch aus Italienisch und Englisch streiten sie sich wegen irgendeiner Geldsache.

Die Wohnung, in die man sie bringt, ist groß. Es gibt zwei Schlafzimmer, eins ganz für sie allein und eins für ein anderes Mädchen, eine Albanerin, die Cate heißt.

»Hier eßt ihr, hier schlaft ihr. Telefonieren, ausgehen, aus dem Fenster gucken und mit Fremden sprechen ist nicht erlaubt. Ihr wartet hier, bis wir euch abholen. Gjith mirë, alles in Ordnung, kuptove?« Und, wie um zu zeigen, was ihnen blüht, wenn sie nicht gehorchen, verpaßt man beiden sogleich eine Ohrfeige, daß ihnen Hören und Sehen vergeht.

Viollca hält die Luft an. Sie darf nicht weinen, unter keinen Umständen. Der Bär ist ihr aus dem Arm gefallen. Aus den Augenwinkeln beobachtet sie, ob auch Cate geohrfeigt wird. Aber statt dessen sieht sie, daß der ältere, der, dem der Bauch über den Gürtel hängt, sie gegen die Wand drückt, ihr den Rock hochhebt und anfängt zu brüllen.

»Was ist das denn? Zerrissene Unterwäsche mit einem kaputten Gummiband! Schlampe! So läuft man nicht rum, Miststück! Zieh dir gefälligst was Anständiges an. Ich will diese Dreckslumpen nicht mehr sehen!« Dem Befehl folgt eine Ohrfeige auf dem Fuße.

Jetzt sind die beiden Männer fortgegangen. Im Haus ist es still. Durch das Fenster dringt der Klang eines Akkordeons. Viollca will sehen, wer da spielt. Aber sogleich zieht eine Hand sie zurück. Cate hat sie am T-Shirt gepackt: »Weg vom Fenster!«

Viollca schlendert durch die Wohnung und bewundert die neuen Steinböden mit den eierschalfarbenen Fußleisten, die breiten weißen Vorhänge, die massiven dunklen Möbel, die geräumige Küche mit den grasgrünen Hängeschränken. Zu Hause, in Shijak, schlief sie auf dem Küchenfußboden, wo am Abend eine Matratze ausgebreitet wurde. Es gab nur ein einziges Schlafzimmer, für die Eltern und die jüngste Tochter. Die andere Schwester und die Großmutter schliefen im Wohnzimmer, und sie mit ihren beiden Brüdern in der Küche. Das Bad befand sich draußen auf dem Treppenabsatz. Vier Familien benutzten ein und dasselbe Waschbecken und ein und dasselbe Klo. Der Ort hieß bei ihnen »Gänsestall«. Vom Treppenabsatz vor der verriegelten Tür hörte man ein permanentes Geschnatter. Jeder beschuldigte den anderen, das Bad schmutzig hinterlassen oder sich zu lange darin aufgehalten zu haben, um den Wartenden zu schikanieren. Selbst die Kinder hatten gelernt, ihre Notdurft zu unterdrücken, wie es alle taten, und zu warten, bis sie an der Reihe waren.

Jetzt gibt es hier ein großes, rosa gekacheltes Bad, nur für sie und Cate. Viollca amüsiert sich damit, alle Hähne aufzudrehen. Es kommt nicht nur reichlich kaltes, sondern sogar warmes Wasser heraus.

Hüpfend geht sie hinüber in die Küche. Sie öffnet die Tür des Kühlschranks. Er ist bis obenhin mit Lebensmitteln gefüllt: Milch, Eier, Käse, Pfirsiche, Weintrauben, Kekse.

»Ihr könnt essen, soviel ihr wollt. Wenn euch etwas fehlt, dann drückt auf diesen Klingelknopf, kuptove, verstanden? Dann kommt eine Frau zu euch rauf. Ihr dürft niemals die Nase aus der Tür stecken, egal, was los ist. Wenn ihr etwas braucht, klingelt ihr einfach.« Bei diesen Worten hatte ihr der jüngere der beiden Männer, der mit der orangefarbenen Lederjacke, einen Schlag versetzt, von dem sie eine Beule hinter dem Ohr zurückbehalten hatte.

»Wir holen euch morgen abend um acht Uhr ab. Zieht euch die Klamotten an, die wir euch hingelegt haben. Bis morgen.«

Viollca geht, einen Keks knabbernd, ins Wohnzimmer zurück. Im Vorbeigehen sieht sie Cate, die bäuchlings, ohne Schuhe und mit zerzaustem Haar, auf dem Bett liegt und weint. Sie überlegt, ob sie hineingehen soll. Aber dann zuckt sie mit den Achseln. Was geht die sie eigentlich an?

Während sie sich essend auf dem Sofa ausstreckt und unverwandt auf den Fernsehschirm starrt, nimmt sie flüchtig wahr, wie sich die Tür öffnet. Auf der Schwelle erscheint eine dicke, schwerfällige Frau mittleren Alters, die schwarzen Haare im Nacken zusammengebunden, mit riesigen Händen und einem breiten Lächeln.

»Ach, da seid ihr ja schon. Habt ihr auch alles? Ihr versteht doch ein bißchen Italienisch, nicht wahr? Du bist

Viollca, hab ich richtig geraten? Und das da ist Cate. Gut. Hast du das Bett gesehen? Willst du noch eine Decke? Es ist kalt geworden in den letzten Tagen. Hast du Hunger? Das Brot kann man im Ofen aufbacken. Ich wette, du willst deine Familie in Shijak anrufen. Darum kümmere ich mich schon. Gib mir mal die Nummer. Hier ist kein Telefon. Bei mir ja. Ich sage deiner Familie, daß es dir gutgeht ... Warum weint die denn?«

Viollca zuckt mit den Achseln. Wie soll denn sie das wissen! Wenn man das Mädchen so ansieht, erscheint es zu groß für sein Alter: dreizehn Jahre, haben die beiden Männer gesagt. Sie hat große Füße und eine Nase, aus der es ihr direkt in den Mund tropft. Und dann schluchzt sie auch noch die ganze Zeit.

Die Frau nimmt die Telefonnummer und geht wieder, wobei sie die Tür hinter sich abschließt. Viollca nähert sich dem Fenster. Sie würde gern mal hinausschauen. Aber das ist verboten. Dann guckt sie eben von weitem. Sie ist neugierig darauf, Italien zu sehen, von dem sie schon soviel gehört hat.

Aber jenseits der Glasscheibe befindet sich bloß eine Mauer. Ein Gebäude ohne Fenster. Wahrscheinlich eine Fabrik, wer weiß. Niemand kann bei ihnen reingucken, womöglich haben sie die Wohnung deshalb genommen. Nur vom Küchenfenster aus sieht man Dächer und weiter hinten die Straße mit einer Autoschlange in den verschiedensten Farben.

Durch die kleine Luke im Badezimmer ist ein Stück schöner, mit weißen Wolken übersäter Himmel zu erkennen, der sie an ihre Heimat erinnert.

»Du wirst einen Haufen Geld verdienen, Viollca, do të jesh e pasur, du wirst reich sein.« Sie hatte ihre Mutter nie so begeistert reden hören. »Halte dich an Xhuvan, vertrau ihm.« Aber Xhuvan hat sie den zwei Männern übergeben und sich aus dem Staub gemacht.

Vor Müdigkeit schwellen ihr die Lider an, während sie vom Sofa aus wieder auf den Fernseher starrt. Raffaella Carrà schickt ihr einen Gruß über den Bildschirm. Sie trägt ein weites weißes Kleid, das sich bei jeder Bewegung zu einer schneeweißen Welle bauscht. So ein Kleid hätte sie auch gern. Statt dessen haben ihnen die beiden *Chefs,* wie die Frau aus der unteren Etage sie nennt, superkurze Röcke mit Leopardenmuster, bauchfreie Tops, Netzstrümpfe und Unterwäsche aus schwarzroter Spitze dagelassen. Morgen abend kommen sie und nehmen sie mit in den Zirkus. Dann wird sie einmal aus nächster Nähe tanzende Seehunde und sprechende Hündchen erleben können.

Am nächsten Morgen werden sie von der Frau aus der unteren Etage aus dem Bett geworfen: »Aufwachen, ihr zwei. Heute wird gearbeitet. Schluß mit dem Faulenzen. Zuerst muß ich euch aber die Haare waschen. Hier ist die Trockenhaube, das Shampoo, das Schminkköfferchen... Habt ihr schon Kaffee getrunken? Übrigens, ich heiße Mà, ihr könnt mich auch so nennen.«

Cates Augen sind gerötet, ihre Haare platt an die Wange gedrückt, und sie ist nahe dran, ihre ewige Heulerei fortzusetzen. Viollca sieht sie verächtlich an, während sie den Teddy Malek an ihre Brust drückt. Solange er da ist, wird sie bestimmt nicht weinen.

»Scheußliche Haare, scheußliche Haare. Jetzt wollen wir erst mal waschen, färben… los, los, raus aus den Federn!«

Viollca hätte Lust, sie zu fragen, was sie eigentlich arbeiten sollen, aber die Worte bleiben ihr im Halse stecken, sie lassen sich einfach nicht artikulieren.

Die Frau krempelt die Ärmel auf, nimmt eine nach der anderen mit ins Bad und wäscht ihnen den Kopf, wobei sie dem Shampoo ein Desinfektionsmittel beimischt, gerade so, als wären sie völlig verlaust. Was glaubt die eigentlich, wo sie herkommen?

»Du, Viollca, gib mir mal die Lockenwickler, und du, Cate, hör auf zu weinen, sonst kannst du heute abend nicht ausgehen. Und für jeden Arbeitstag weniger gibt's zehn Peitschenhiebe.«

Flehentlich und fragend zugleich sieht Cate sie durch ihre hellblonden Locken hindurch an. Ob diese Frau das ernst meint? Und doch kommt sie einem nicht vor wie eine Gefängnisaufseherin. Selbst wenn man in diesen blaßblauen Augen etwas Hartes zu entdecken glaubt, verleihen ihr das strahlende Lächeln und das Doppelkinn etwas Vertrauenerweckendes. Nur in gewissen Momenten, wenn sie sagt »Hast du verstanden?« und dabei den Kopf auf die Seite legt, bekommt sie einen starren, bohrenden Blick.

»So, jetzt bist du dran, Viollca. Zieh dir die Bluse aus, damit sie nicht naß wird.«

Auch sie wird gewaschen, desinfiziert, gelockt und geschminkt. Als sie unter der Haube hervorkommt, betrachtet sie sich mit Erstaunen. Die da im Spiegel ist nicht die Viollca, die sie kennt, sondern eine andere, eine kleine

Frau, die ihr, fremd und komisch, aus dem Glas entgegenblickt wie von einer Kinoleinwand.

Am Abend, als die beiden Landsleute kommen, um sie abzuholen, führt Mà sie an der Hand die Treppe hinunter, als wären sie zwei Schaufensterpuppen.

Mit den Röcken, die kurz unter dem Po enden, den von Netzstrümpfen verhüllten Beinen, den roten Strumpfhaltern, die unter den Unterhöschen hervorgucken, den hohen Absätzen, den glänzenden Tops und den Samtjäckchen, von denen sich die blonden Locken abheben, erscheinen die beiden unsicheren Mädchen an der Tür, wie zwei Figuren aus einem Pornoblättchen.

»Donnerwetter!« ruft der jüngere der beiden *Chefs* und gibt Mà einen Klaps aufs Hinterteil. »Steck sie ins Auto, wir trinken noch einen Kaffee und kommen sofort.« Die beiden Mädchen werden auf den mit Kunstfell bezogenen Rücksitz des Autos verfrachtet.

Es regnet nicht mehr. Für Dezember ist der Abend sehr lau, und in der Luft liegt ein leichter Kaffeeduft. Jetzt jagen sie durch die hellerleuchteten Straßen des winterlichen Rom. Die Schaufenster sind reichlich mit Weihnachtsschmuck dekoriert. Schade, daß das Auto so schnell fährt. Die beiden Männer unterhalten sich miteinander, und wenn sie etwas zu bemängeln haben, wenden sie sich an Mà. Es ist, als hätten Cate und sie keine Ohren.

»Das Mädchen soll den Teddy wegwerfen. Es ist doch unmöglich, daß sie mit diesem schrecklichen, abgewetzten Tier auftritt.«

»Wenn du ihn ihr wegnimmst, schreit sie … Und außerdem ist es gar nicht gesagt, daß sie, so mit ihrem Plüschtier im Arm, nicht noch besser ankommt. Das wirkt noch kindlicher.«

Sie lachen. Aber dann fangen sie wieder an, sich über Geld zu streiten.

Eine Polizeikontrolle. Der Fahrer gibt Gas. Der andere protestiert: »Nicht so schnell, du Blödmann. Fahr langsamer. Nicht so schnell, fahr ganz gemächlich.«

Die Polizisten sind gerade dabei, ein Schwätzchen zu halten. Sie würdigen den Wagen mit den beiden Mädchen nicht eines Blickes.

Kurz darauf erreichen sie einen viereckigen Platz, in dessen Mitte verrammelte grüne Holzbuden stehen.

»Laß sie auf dieser Seite aussteigen. Los, vorwärts, ein bißchen dalli!«

Die Mädchen rennen die Treppe hinauf, zwei Stufen auf einmal, wie man ihnen befohlen hat. Mà kommt keuchend hinterher. Das Schlußlicht bilden die beiden *Chefs* mit den Stoffschuhen und der dunklen Brille im blassen Gesicht.

Eine Tür geht auf. Ein Frauenarm streckt sich heraus. Mà grüßt und zieht sich zurück. Die beiden Männer reden im Flüsterton mit der Unbekannten, einer jüngeren, gutgekleideten Frau, und verschwinden schließlich.

Viollca und Cate werden in zwei verschiedene Zimmer geführt. Die Frau, die sich als Gabriella vorstellt, sprüht sie mit einem Spray ein, das nach Kiefernnadeln und Insektenvertilgungsmittel riecht.

»Jetzt wartet ihr. Und seid ja höflich. Die Herren zahlen gut. Die geben Geld«, sie macht eine vielsagende Geste mit den Fingern, »die wollen kleine Mädchen. Sagt, daß ihr zehn Jahre alt seid, auch wenn du zwölf bist und du, Cate, fast vierzehn. Es dauert nicht lange. Macht die Augen zu und denkt an was anderes. Es ist nicht so schlimm. Auf keinen Fall dürft ihr schreien, weinen oder weglaufen. Kuptove, klar?«

Viollca beäugt sie von oben bis unten. Diese Gabriella hat etwas von ihrer Mama: die rundlichen sommersprossigen Arme und die kleine Kartoffelnase. Und wenn sie sie einfach umarmen würde? Aber wahrscheinlich ist auch das verboten. Sie drückt ihren Malek an sich und läßt sich im Zimmer einsperren.

Vor ihr steht ein Bett mit einer geblümten Tagesdecke, daneben ein Sessel, der mit dem gleichen Stoff bezogen ist. Außerdem ein Glastischchen mit zwei Flaschen, Wasser und Whisky, und einer Schale voller Pralinen. Viollca steckt sich zwei davon in den Mund, das Papier knüllt sie zusammen und wirft es unter das Bett. Die Fensterläden sind angelehnt. Auf dem Nachttisch verbreitet ein Lampenschirm mit kristallenen Anhängern ein süßliches rosa Licht.

Viollca setzt sich auf das Bett, und während sie wartet, wiegt sie ihren Teddybär Malek.

Als sie schon beinahe eingeschlafen ist, hört sie, wie die Tür aufgeht.

»Ist es gestattet?« Ein urkomischer Zwerg mit einem Hut, der größer ist als sein Kopf und ihm auf den Ohren sitzt, lugt um die Ecke.

Viollca lächelt. Er nähert sich auf Zehenspitzen und küßt ihr die Hand. Dann nimmt er seinen Hut ab und legt ihn bedächtig auf den Sessel. Es könnte ein Kaninchen in dem Hut sein. Ja, sie meint tatsächlich, ein weißes Schwänzchen wahrzunehmen. Aber jetzt rückt ihr der

Mann auf den Leib und erstickt sie fast, als er ihren Kopf an seine Brust drückt.

Gabriella hat gesagt: nie schreien, nie weinen, nie weglaufen. Viollca hält Mund und Augen geschlossen. Sie fragt sich, wo ihr Malek wohl hingeraten ist, den der Mann mit einer Hand weggeschleudert hat, als er sie in den Arm nahm.

Aber was macht der da, weint er etwa, der komische Zwerg mit dem Kaninchen im Hut? Er reibt sich an ihr und schluchzt. Wo Malek wohl ist? Sie öffnet die Augen, um nach ihm zu suchen und sieht, daß der Mann eine braune Wurst aus seiner Hose hervorgeholt hat. Dann nimmt er die Hände des Kindes und drückt sie an die dicke Wurst, die so weich ist wie Watte.

»Du bist mein kleines Mädchen«, murmelt er ihr ins Ohr und fängt abermals an zu weinen. Vielleicht hat er eine Tochter verloren. Er wirkt so zerbrechlich. Aber dann lacht er plötzlich los und kitzelt mit einem Finger ihren entblößten Bauchnabel.

»Wie haben die dich bloß zurechtgemacht? Armes Kind. Hier nimm, behalt das für dich. Gib es keinem anderen. Ich weiß, daß diese Gauner dich bestehlen. Steck es weg, zeig es niemandem.«

Viollca betrachtet die zweihunderttausend Lire, die sie in der Hand hält. Dabei sieht sie, wie der Mann sich windet, zuckt und dann aus der Wurst etwas Weißes spritzt, das ihre Netzstrümpfe beschmutzt.

»Steck es dir in den BH«, empfiehlt er ihr und begleitet seine Worte mit einer eindeutigen Geste. »Das Geld gehört dir, laß es dir nicht wegnehmen.«

Viollca steckt sich die zweihunderttausend Lire in den BH. Der Mann ist mittlerweile aufgestanden und setzt sich den Hut wieder auf. Dann geht er mit kleinen leichten Schritten in Richtung Tür. Bevor er sie schließt, wirft er ihr noch einen Handkuß zu.

Viollca kriecht auf allen vieren, um ihren Malek zu suchen, der unter dem Bett gelandet ist. Sie staubt ihn ab, küßt ihn, wiegt ihn sanft und singt ihm das Schlaflied, das ihre Mutter ihr immer gesungen hat.

Plötzlich geht die Tür auf. Gabriella steht jetzt vor ihr und streckt eine Hand aus. Was will sie nur? Die andere Hand hat sie in die Hüfte gestemmt, und der ganze mütterliche Körper ist ein einziger Ausdruck von Ungeduld und Zorn.

Da das Kind keine Miene verzieht, kommt die Frau noch näher heran, greift ihr mit einer Hand in den BH und zieht die zweihunderttausend Lire heraus. Die stopft sie sich in eine Tasche. Mit derselben Hand verabreicht sie ihr eine Ohrfeige, eine die weh tut, weil ihre Finger alle beringt sind.

»Geklaut wird hier nicht! Du darfst kein Geld für dich behalten! Sonst gibt's Prügel. Vor mir versteckst du gar nichts, gar nichts, kuptove?«

Unterdessen geht die Tür wieder auf. Auf der Schwelle steht ein junger Mann, mit einem Regenmantel über dem Arm und finsterem Gesicht.

»Wo ist die Jungfrau?«

»Hier, einen Moment. Warten Sie draußen, ich mache sie eben noch zurecht. Immer diese Eile, ein bißchen mehr Geduld, wenn ich bitten darf!«

»Für siebenhunderttausend Lire auch noch so ein Heckmeck; nein, danke.«

Er fängt an, seine Hose aufzuknöpfen. Gabriella mustert ihn einen Augenblick lang und versucht, ihn einzuschätzen, dann entschließt sie sich, es dabei bewenden zu lassen und zieht sich zurück, wobei sie die Tür sachte hinter sich schließt.

Der junge Mann hat sich die Hose ausgezogen und sie penibel gefaltet auf den Sessel gelegt. Jetzt zieht er sein Hemd aus, das er über die Sessellehne hängt, dann streift er sich die Socken von den Füßen und steckt sie, nachdem er sie zweimal eingeschlagen hat, in die Schuhe.

Mit Unterhose und einem weißen Unterhemd bekleidet kommt er auf sie zu. »Bist du die Jungfrau?«

Viollca senkt den Kopf und drückt den abgewetzten Malek an sich.

Ohne ein weiteres Wort zu verlieren, fällt der Mann über sie her und beginnt, an ihr herumzufummeln. Viollca schließt die Augen und beißt die Zähne zusammen. Sie wird zu Stein. Ihr Malek liegt wieder auf dem Boden, und sie kann ihn nicht sehen. Wer weiß, ob er sie von da unten sehen kann, während dieser Besessene sie mit seinem Gewicht zerquetscht.

»Komm, komm, komm!« hört sie ihn schreien. Aber wohin bloß?

Sie öffnet für einen Moment die Augen und sieht ihn über sich, den Kopf nach hinten geworfen und die Arme über ihrem Gesicht gegen das Bett gestemmt. Von seiner nackten Brust tropft Schweiß, der nach nassem Hund riecht. Vielleicht ist er ja ein Hund, der sich in einen Menschen verwandelt hat. Viollca versucht, einen Blick auf seine Füße zu erhaschen, um zu sehen, ob es Pfoten sind. Und sie entdeckt etwas Dunkles und Behaartes. »Hab ich dir weh getan?« fragt er, außer Atem, ganz nah an ihrem Mund.

Sie bringt kein Wort heraus. Der Schmerz ist stark und stechend, wie ein Riß durch das Innere der Eingeweide. Der Hund hat zugebissen, der Hund hat zugebissen. Wenn es wenigstens aufhören würde zu tropfen.

Jetzt friert es sie an den Beinen, die sie eiskalt und unbeweglich auf dem Laken spürt. Selbst ihr Bauch ist eiskalt und versteinert.

Gegen ein Uhr kommen die beiden Männer zurück, um sie abzuholen. Gabriella zählt das Geld. Sie schimpft über Cate, die die ganze Zeit nur geweint hat.

»Wie ist es gelaufen?«

»Gut. Hier ist das Geld. Abzüglich meines Anteils.«

»Ging's gut mit den beiden?«

»Die Kleine war prima. Die andere hat in einer Tour geheult. Ein Kunde ist unverrichteter Dinge wieder abgezogen.«

»Hat er bezahlt?«

»Nein, wie hätte ich ...«

»Miststück, Miststück, Miststück!« Der jüngere der *Chefs* stürzt sich auf Cate und traktiert sie mit Fußtritten und Fausthieben. Cate fällt zu Boden. Viollca sieht sie an, ohne einen Muckser von sich zu geben. Sie hat ihrem Malek fast ein Ohr abgerissen, um nicht zu weinen.

»Weißt du, was ich deinem Vater gezahlt habe für dich, weißt du das? Drei Millionen, und du vergraulst mir die

Kundschaft? Miststück, bushtër, Hure!« Er versetzt ihr Tritte auf den Kopf und in den Bauch.

»Sie ist noch ein Kind, sie hat keine Ahnung, laß sie in Ruhe«, sagt Gabriella mit weinerlicher Stimme.

»Sie ist noch ein Kind, und deshalb muß sie lernen. Ein Kind muß eben noch lernen!«

Der Ältere packt ihn am Arm. »Ramponier die Ware nicht, Gheo, so richtest du sie zugrunde.«

»Morgen will ich dich lächeln sehen, sonst gibt's Prügel.«

Aber Cate hört nicht auf zu schluchzen. Mit ihrem rotz- und blutverschmierten Gesicht tritt sie um sich, schreit und scheint dann beinahe an ihrem eigenen Schluchzen zu ersticken.

»Ich bring die noch um.«

»Morgen hat sie sich beruhigt, ich kümmere mich darum, laß sie in Ruhe. Sie ist neu ... Sie muß sich erst daran gewöhnen«, sagt Gabriella mit fester Stimme, weil sie einen der beiden auf ihrer Seite weiß.

Es ist drei Uhr nachts, als die beiden Mädchen nach Hause zurückgebracht werden. Viollca wirft sich auf ihr Bett, aber sie kann nicht schlafen. In der Dunkelheit des Zimmers wartet sie darauf, daß ihr versteinerter Körper wieder zu Fleisch wird. Aber die Steine lösen sich nicht auf. Sie bleiben auf immer und ewig Steine. Es ist, als ob nun ihre Arme ganz weit weg von ihr lägen, schwer wie Felsblöcke, und als wären ihre Beine wie Stein, und sie könnte sie nicht von der Stelle bewegen. Ihr Bauch ist eine starre Masse, die unbeweglich und teilnahmslos auf dem fremden, eiskalten Bett liegt.

Vielleicht ist sie ja schon tot, und ganz langsam verwandeln sich ihr Körper und ihr Geist in eine unendliche felsige Landschaft.

Aber ein anhaltendes Geräusch holt sie ins Leben zurück: Cates Gewimmer, das wie das Heulen eines Wolfes klingt, will nicht aufhören. Viollca hält sich mit den Händen die Ohren zu und versinkt in einen eisigen, bleiernen Schlaf.

In den folgenden Tagen wird alles leichter. Cate hört auf zu weinen. Ohne weitere Klage läßt sie sich von Màs strenger und liebevoller Hand leiten: Mà zieht sie an, frisiert sie und begleitet sie zur Arbeit. Ihr Gesicht hat einen gleichmütigen, abwesenden Ausdruck angenommen. Um ihr zu helfen, verabreicht Mà ihr heimlich Beruhigungstabletten.

Wenn sie nach Hause kommt, zieht Cate sich in die Küche zurück, wo sie den Whisky kippt, der eigentlich für die Kunden bestimmt ist. Die beiden *Chefs* wissen das, aber sie lassen sie gewähren.

Mit den Pillen und dem Whisky hat sie sich gefangen, und manchmal kann sie sogar lachen. Morgens schlafen sie lange. Dann baden sie. Danach setzen sie sich vor den Fernseher. Am Nachmittag kommen die beiden *Chefs* und bringen sie ins Bordell. Dort wimmelt es nur so von Kunden, denn zwei derart junge Mädchen sind auf dem Sexmarkt eher Mangelware.

Abends zählt Gabriella das Geld, behält drei Prozent für sich ein und gibt den beiden *Chefs* den Rest. Die Mädchen gehen leer aus. »Das Geld schicken wir euren Eltern, macht euch keine Sorgen.«

Sobald das Geschäft einmal angelaufen ist, gestaltet sich

auch die Überwachung weniger drastisch. Von Peitschenhieben und Schlägen ist keine Rede mehr. Manchmal bringt es der Jüngere sogar über sich, ihnen einen Zigarette anzubieten. Der Alte hebt ihnen ab und zu den Rock hoch, um die Unterhosen zu kontrollieren. Aber damit hat es sich auch schon.

Eines Tages entdeckt Viollca, daß Gabriella sie durch ein Loch in der Wand belauert, während sie die Umarmung der Kunden über sich ergehen läßt. Dieses leuchtende nächtliche Auge, das durch das Loch späht, macht ihr angst. Sie beschließt, es auszuschalten, indem sie einen Spiegel gegen die Wand lehnt. Aber am nächsten Tag ist der Spiegel verschwunden, und die dunkle Pupille ist wieder da, durchsichtig und funkelnd, um alle ihre Bewegungen zu beäugen.

Viollca zuckt mit den Achseln. Was spielt das schon für eine Rolle? Die Schwierigkeit liegt für sie vor allem darin, gegen zwei Uhr morgens die ganzen Steine von einer Wohnung in die andere zu transportieren. Jede Nacht werden sie sperriger und schwerer. Was ihr dabei hilft, ist Maleks Umarmung, der ab und zu vor sich hin lächelt, und Cates stummes Lachen, wenn sie sich den Bauch mit Schokolade vollschlagen.

»Wie alt bist du?« Ein neuer Kunde, ganz dunkel gekleidet, sitzt neben ihr auf dem Bett.

»Zehn.« Sie haben ihr befohlen, so zu antworten.

Der Kunde macht keine Anstalten, sich auszuziehen. Er sieht sie mitleidig an und fragt weiter.

»Wie lange kommst du schon hierher?«

»Drei Monate, glaube ich.«

»Woher kommst du?«

»Shijak, Albanien.«

»Wissen dein Vater und deine Mutter, daß du hier bist?«

Viollca senkt den Kopf. Was soll sie diesem aufdringlichen Menschen antworten? Keiner hat ihr jemals so viele Fragen gestellt.

»Wie viele Kunden hast du am Tag?«

»Weiß nicht. Acht vielleicht.«

»Bald holen wir dich hier raus, mach dir keine Sorgen, wir bringen dich nach Hause. Sag nichts. Sprich um Gottes willen nicht von mir, halt den Mund. Morgen komme ich zurück und hole dich ab. Freust du dich?«

Viollca drückt Malek an die Brust. Um wohin zu gehen? Mit wem? Und was wird aus Cate? Aber sie wagt nicht nachzufragen.

Der Mann schlüpft in seinen Mantel. Ohne noch ein Wort zu sagen, geht er hinaus. Sie hört ihn lauthals mit Gabriella streiten. Er feilscht um den Preis, damit sie keinen Verdacht schöpft.

Am nächsten Morgen wird Viollca von Sirenengeheul geweckt. Ob es einen Unfall gab? Aber die Sirenen verstummen direkt vor ihrem Haus.

Im Treppenhaus hört man laute Schritte. Dann ein heftiges Klopfen an der Tür. Viollca geht, um zu öffnen. Vor ihr steht der junge Mann vom Vortag, angezogen wie ein Polizist.

»Siehst du?« Lächelnd zwinkerte er ihr zu. Er hält eine Pistole in der Hand und läuft durch die Wohnung, gefolgt von anderen, die genauso angezogen sind wie er.

»Wo sind die beiden Männer?«

»Hier nicht.«

»Wo dann?«

»Weiß ich nicht.«

Sie durchsuchen alles, finden aber nur Cate, die zusammengekauert in ihrem Bett liegt und so voller Tabletten und Whisky ist, daß sie wie eine Schwachsinnige wirkt. Mit aufgerissenem Mund starrt sie sie an und kratzt sich den zerzausten Kopf mit den gefärbten Haaren.

Die beiden Mädchen werden auf das Präsidium gebracht. Die gefälschten Papiere in eine Ecke geworfen. Die Eltern, die man telefonisch ausfindig macht, schwören, daß sie von nichts wissen. Dann beginnen die Verhöre. Viollca, die vorne auf der Stuhlkante hockt, antwortet mühsam in ihrem holprigen Italienisch, das sie vor dem Fernseher gelernt hat. Bevor sie anfängt zu antworten, fragt sie nur mit schüchterner Stimme, ob sie ihren Bären Malek in den Arm nehmen darf.

Die Kommissarin, Adele Sòfia, streichelt ihr über den Kopf. »Die beiden kriegen wir schon«, sagt sie und betrachtet das Kind mit dem versteinerten Gesichtsausdruck, das ihr gegenübersitzt.

Schwester Attanasias Hühner

Der kleine runde Bauch wächst zusehends. Schwester Attanasia legt die flachen Hände darauf, um die kaum wahrnehmbaren Bewegungen ihres geliebten kleinen Gasts zu verfolgen. Schon seit zwei Monaten führt sie heimliche Zwiegespräche mit ihm, und wenn sie mit ihm redet, wird ihre Stimme so fließend und süß wie Kastanienhonig.

Mutter Orsola wäre es lieber gewesen, wenn sie abgetrieben hätte: »Eine schwangere Nonne, das ist ausgeschlossen, und wo sollte sie überhaupt entbinden? Was würden die Leute sagen? Und was für ein Vorbild gäbe sie ab?«

»Alle wissen, daß das Kloster vor drei Monaten von diesen Gottlosen überfallen wurde, alle wissen, daß sie zwei Schwestern die Kehle durchgeschnitten haben, alle wissen, daß wir nur deshalb davongekommen sind, weil wir alle auf Reisen waren, alle wissen, daß Schwester Attanasia vergewaltigt wurde und dann verletzt neben der Madonnenstatue lag, der sie die Arme abgeschlagen haben. Die hielten sie doch für tot, nur deshalb blieb sie verschont«, erbost sich Schwester Giuditta, die jünger und kämpferischer ist als die alte Schwester Orsola.

Mit dem Ohr am Schlüsselloch hatte Schwester Attanasia ihnen zugehört. Sie wußte, daß sie etwas Unerlaubtes tat, aber die Neugier war zu stark. Man entschied über ihr Schicksal, und sie glaubte das Recht zu haben, darüber Bescheid zu wissen.

»Wir können nicht von ihr verlangen, daß sie abtreibt. Daß sie das Kind behält, ebensowenig. Wir werden sie nach Hause schicken.«

»Aber Schwester Orsola, wir sind sowieso schon so wenige hier. Wenn nun auch noch Schwester Attanasia ausfällt, die die jüngste und kräftigste ist, wie sollen wir dann überhaupt noch zurechtkommen mit dem Gemüsegarten, mit der Ölmühle und vor allem mit den Hühnern, die nur dann Eier legen, wenn sie mit ihnen spricht? Und der Computer? Schwester Attanasia ist die einzige, die damit umgehen kann, und wenn wir sie verlieren, verlieren wir auch den Zugang zum Klosterarchiv.«

»Wir werden den Bischof um Rat fragen.«

»Wir leben doch nicht mehr in der Zeit der Nonne von Monza.«

»Der Bischof wird uns sagen, ob wir eine Abtreibung von ihr verlangen sollen oder, und das wäre dann wirklich die einzige Lösung, ob wir sie ohne Schleier nach Hause schicken.«

»Es ist nicht ihre Schuld, daß sie vergewaltigt wurde, Schwester Orsola. Wenn sie nicht diese schreckliche Verletzung an der Schulter gehabt hätte und nicht ohnmächtig geworden wäre, läge sie jetzt unter der Erde wie die anderen.«

»Aber was schlägst du vor, Schwester Giuditta?«

»Ich schlage vor, daß wir sie hierbehalten und dieses Kind annehmen, das selbst die heilige Jungfrau lieben muß;

es kommt auf die Welt, ohne daß sexuelles Begehren im Spiel war, genau wie ihr eigener Sohn.«

»Versündige dich nicht durch Gotteslästerung, Schwester Guiditta«, rief Schwester Orsola und bekreuzigte sich rasch.

»Schwester Attanasia wird weiterhin im Gemüsegarten, im Hühnerstall und am Computer arbeiten. Niemand bekommt sie zu Gesicht, wir halten ihren Zustand geheim, und wenn das Kind auf die Welt kommt, sehen wir weiter.«

»Es ist nicht schön, mit einer Lüge zu leben.«

»Unseren Oberen sagen wir die Wahrheit und auch den Mitschwestern. Nur den Menschen draußen werden wir nichts verraten, Schwester Orsola. Du wirst sehen, es ist gar nicht so schwierig. Im übrigen habe ich den Eindruck, daß Schwester Attanasia überglücklich ist, dieses Kind zur Welt zu bringen. Lassen wir sie also in Ruhe.«

»Ich glaube, du bist zu tolerant, Schwester Giuditta. Ich möchte nicht, daß Gott uns für unseren Hochmut bestraft. Wir müssen zuerst unsere Oberen anhören.«

»Den Brief mit der Bitte um Rat haben wir abgeschickt. Noch hat niemand geantwortet. Jetzt ist es wichtig, daß wir uns nicht entzweien, wir müssen unsere Kräfte sammeln, um das Kloster zu verteidigen. Die Gottlosen könnten ja zurückkommen.«

»So gottlos sind die gar nicht, Schwester, vergiß das nicht. Alle diese Verbrechen, diese Metzelei, diese Vergewaltigungen werden im Namen unseres Gottes verübt.«

»Ich kann mir nicht vorstellen, daß die wahren Moslems an dieses Märchen glauben. Wie Jesus hat auch Mohammed Brüderlichkeit und Liebe gepredigt, nicht Haß und Verbrechen.«

An dieser Stelle hatte sich Schwester Attanasia zufrieden abgewandt. Sie wußte, daß man sie behalten und ihr erlauben würde, die heimliche Zwiesprache mit ihrem geliebten kleinen Gast fortzusetzen.

Heimlich stopft sie Honig und Brot in sich hinein. Das Kind in ihrem Bauch will Süßes und angenehmen Duft, wie das Brot, das frisch aus dem Backofen kommt.

Die Schwestern vom Orden der Christlichen Barmherzigkeit haben sich eingeigelt, um die kleine Attanasia und ihr Geheimnis zu schützen. Niemand darf das Kloster ohne Wissen von Schwester Orsola, der Mutter Oberin, betreten oder verlassen. Und jedes Mal werden viele Türen verriegelt, andere nur so lange wie nötig offen gehalten. Es gibt Bereiche im Kloster, zu denen niemand Zugang hat, mit Ausnahme der vertrauenswürdigsten Schwestern.

Noch immer hat der Bischof nicht geantwortet. »Der Brief wird wohl verlorengegangen sein«, sagt Schwester Orsola mit halblauter Stimme, »das wäre nicht das erste Mal, und das hier ist nichts, worüber man am Telefon sprechen kann.«

Das eintönige, arbeitsame Leben mit der Pflege des Gemüsegartens, der Aufnahme kranker Kinder, den Unterrichtsstunden in der kleinen, der Kirche angegliederten Schule geht wieder seinen gewohnten Gang.

Schwester Attanasia setzt den zärtlichen Dialog mit ihrem Kind fort: »Ich weiß nicht einmal, ob du ein Junge oder ein Mädchen bist, aber das ist auch egal, ich liebe dich so, wie du bist, mit deinen kleinen Händchen wie zwei

Schnecken in weichem Gehäuse, deinen dicken krummen Füßchen, deinem Greisenköpfchen – in einem Dokumentarfilm, der überall in den Missionsstationen gezeigt wird, haben wir gesehen, wie Föten aussehen – mit deinen geschlossenen Augen, deinem dünnen Hühnerhals. Aber wenn der Bischof dich im Arm hat, wird er dich hochheben und sagen: ›Das hier ist die kostbarste Frucht des Nonnenklosters der Christlichen Barmherzigkeit.‹

Ich will nicht an die Schwestern denken, denen man die Kehle durchgeschnitten hat, ich sehe noch ihre schreckerfüllten Augen vor mir und ihre Hände, die in die Höhe fahren, um die Mörder abzuwehren; ich will nicht daran denken, wer weiß, wie häßlich du sonst wirst, mein Sohn. Ich will auch nicht an diesen Mann denken, der sich auf mich geworfen hat, mit erhobenem Messer, das Maschinengewehr über der Brust baumelnd. Als er auf meinen Hals einstach, hat er sein Ziel verfehlt und mir die Schulter zerfetzt. Als er das viele Blut sah, hat er statt Mitleid nur Erregung empfunden, und ist über mich hergefallen. Dabei ist einige Zeit vergangen, die anderen haben ihn gerufen, ich dachte, ich sei tot, und er hat mich da liegenlassen, in der Überzeugung, mich umgebracht zu haben. Aber ich war nicht tot, mein Kind, im Gegenteil, ich lebte doppelt, weil du schon in mir lebtest... Dieser Mann ist verschwunden. Ich werde nie wissen, wie er aussah, denn sein Gesicht war von einer Wollmütze bedeckt. Ich erinnere mich nur an den starken Geruch von zerriebener Minze und dem Schmieröl des Gewehrs. Ich erinnere mich an einen reißenden Schmerz und die Demütigung durch einen schweren, aggressiven Körper. Ist es schlimm, wenn du die Frucht deines Feindes nicht hassen kannst? Deines Vergewaltigers? Ist es eine Sünde, wenn man den Sohn eines Gottlosen, wie Schwester Giuditta sagen würde, nicht verabscheut?«

Das Kind antwortet ihr mit kleinen, sanften Bewegungen, die Schwester Attanasia mal als Zustimmung, mal als Ablehnung deutet. Innerhalb weniger Monate hat sie gelernt, die Sprache ihres noch stummen Kindes perfekt zu verstehen.

»Laß uns gemeinsam zur Mutter Gottes beten, die uns gerettet hat«, sagt sie und unterbricht ihre Arbeit im Gemüsegarten. Sie kniet sich auf die rote sonnengewärmte Erde, faltet die Hände und schließt die Augen, um aus ihrem Inneren Worte aufrichtigen Dankes zu schöpfen.

Schwester Orsola hat die Mauern um den Gemüsegarten herum erhöhen lassen, deshalb kann niemand sie sehen, während sie das Unkraut jätet und die Zucchinipflanzen gießt und dabei eine Hand auf ihren Bauch hält.

Dann geht sie zum Hühnerstall. Die Hühner gackern aufgeregt, und nur sie schafft es, sie zu beruhigen. Als sie das kleine Holztor aufstößt, flattern sie ihr entgegen und versammeln sich zu ihren Füßen, nicht nur, um nach dem gehackten Gemüse und dem Mais zu picken, den sie in einem Plastikeimer trägt, sondern auch, um sie reden zu hören. Schwester Attanasia hat eine lebhafte, leichte und silberhelle Stimme, die die Hennen besonders lieben. »Was für schöne Eier, meine kleinen Hennen, sie sehen aus, als wollten sie gleich davonfliegen«, sagt sie, und sogar der Hahn mit den schönen Regenbogenfarben und dem roten Kamm kommt zu ihr, und indem er so tut, als wolle er ein Maiskorn aufpicken, lauscht er beglückt ihren Worten.

»Der Himmel ist klar, meine Hühnchen, da ist nur eine orangefarbene Wolke, die genau hier über uns stehengeblieben ist, um euch ein bißchen Regen zu bringen, aber nur ein kleines bißchen, so einen leichten Sprühregen, gerade richtig, um euch nach all der Schwüle und all dem Staub Abkühlung zu verschaffen... Wir wollen der Jungfrau Maria danken, die einen liebevollen Blick für ihre verlassenen afrikanischen Hühner übriggehabt hat.«

Sie sind eher bereit, Eier zu legen, und streiten weniger, wenn sie kommt und mit ihnen spricht. Hin und wieder streckt ihr der Hahn sein Köpfchen mit dem langen Schnabel entgegen und schmettert ein schrilles Kikeriki, nur um seine Zustimmung kundzutun.

Aber Schwester Attanasia wird auch in der Küche gebraucht. Man schätzt ihre exotischen Obsttorten, alle verlangen danach. Häufig kommen sogar Bestellungen von außerhalb herein, und dann knetet sie den Teig, schlägt die Eier auf, zerteilt die kandierten Früchte, rührt den Quark an, gibt Mango- und Bananenwürfel in das Kiwigelee.

Abends widmet sie sich dann dem Computer, in den sie minuziös alle Daten eingegeben hat, die das Kloster betreffen. Bisweilen arbeitet sie bis in die Nacht hinein, schreibt Ziffern untereinander, addiert und subtrahiert. Die finanzielle Situation des Klosters ist nicht gerade rosig. Aus den vergangenen Jahren sind noch etliche Schulden zu begleichen, die Schule ist kostspielig, die kleine Kinderkrankenstation hat einen permanenten Bedarf an neuen Arzneimitteln, und das Geld reicht hinten und vorne nicht. Außerdem sind die kontinuierlichen gesalzenen Zahlungen zu berücksichtigen, die von den Fundamentalisten als

Schutzgeld gefordert werden. Aber wo waren sie, als den Nonnen die Kehle durchgeschnitten, die Kasse des Klosters geraubt, sie selbst vergewaltigt und die Madonnenstatue verstümmelt wurde?

Zu fünft sind sie gekommen, mit Maschinengewehren über der Schulter. Sie sagten, es handele sich um einen Krieg zwischen Gläubigen und Ketzern. Sie seien die wahren Gläubigen, die anderen die Ketzer. Letztere seien diejenigen gewesen, die geplündert, vergewaltigt, getötet hätten, und sie wollten jetzt Geld und sich »aufmachen, um die anderen zu bestrafen«, auch im Namen des Klosters.

Wenn der Gemüsegarten nicht wäre, gäbe es im Kloster nichts zu essen. Selbst die Hühner haben in diesen Bürgerkriegstagen aufgehört, Eier zu legen. Und erst nach stundenlangem Zureden und Vorsingen kann Schwester Attanasia ein paar winzige frische Eier in der Küche abliefern.

Jetzt ist es ihr verboten, sich in dem kleinen, zum Hospital umfunktionierten Saal, in dem sie sich früher aufgeopfert hat, sehen zu lassen: »Niemand darf erfahren, daß wir eine schwangere Nonne unter uns haben ...«

Nur dem Arzt, Doktor Mohamed Kumahini, ist es von Zeit zu Zeit gestattet, auf Schleichwegen in den geheimsten Winkel des Klosters vorzudringen. Während er Schwester Attanasia untersucht, raucht er eine stinkende französische Zigarette, lächelt, neigt seinen kahlen Kopf und sagt in einer Phantasiesprache, einer Mischung aus Französisch, Arabisch und dem örtlichen Dialekt, die Schwangerschaft verlaufe »comme il faut« und die werdende Mutter »n' est pas mal«. Nur eines verstehe er nicht: Warum die versteinerten Brüste der jungen Schwester Attanasia noch keine Milch hätten. »Le lait, walda, ina?« fragt er und deutet mit seinem Zeigefinger auf ihre Brust: »Le lait, bnita, où est? Winta taussal?«

Aber was weiß eine arme Nonne schon über Muttermilch? »Die Brüste müssen Milch bilden«, flüstert ihr Schwester Giuditta aufgeregt zu, »iß doch auch mal gekochtes Ziegenfleisch.« Aber sie hat schon vor vielen Jahren beschlossen, kein Fleisch mehr zu essen. Seit der Zeit, als sie gezwungen wurde, ein Schaf zu töten. Sie hat gefühlt, wie es unter ihren Händen starb, hat beobachtet, wie die unschuldigen Augen ganz langsam verloschen und stumm fragten: Warum, Schwester, warum? Von da an hat sie sich geschworen, daß sie ihr Leben lang kein Tier mehr töten, geschweige denn jemals wieder das Fleisch von Tieren in den Mund stecken würde, selbst wenn andere sie zerfetzt haben.

»Man kann auch von Broccoli, Karotten, Kartoffeln und Bohnen satt werden«, sagt Schwester Attanasia in den nächtlichen Unterredungen mit ihrem Kind, »laß uns einstweilen der Jungfrau Maria dafür danken, daß sie uns diesen Mund gegeben hat, der sich öffnet und das Essen aufnimmt und Geschmack und Gerüche genießen kann ... Noch kennst du nicht den Geruch von Olivenöl, mein Kind, dem Öl aus meiner Heimat, ich meine nicht das Palmenöl, das sie hier machen, das ist klebrig, widerlich süß und rötlich, aber das Öl aus meinem geliebten Umbrien ist herb, und es duftet. Derselbe Mund, der sich öffnet, um den Leib Christi zu empfangen, verstehst du, öffnet sich, um ein Stück Mangokuchen zu kosten, ist das nicht wunderbar? Auch wenn ich niemals verstanden habe, warum man den Leib Christi essen soll, so wie eine Torte, ein Stück Lammfleisch, einen Kartoffelauflauf... Der Leib Jesu, mit dem papiernen Geschmack der Hostie, dem muffigen Geruch... Manchmal ist da ein Hauch von Zwiebel, und mir ist klar, daß es sich nur um Pater Donato handeln kann, weil seine Finger oft nach Zwiebel und nach Knoblauch riechen. Er ist der einzige unter den Patres, der es ablehnt, sich von Frauen bedienen zu lassen. Und wenn man bedenkt, daß die es sogar umsonst täten, weil er ein schöner junger Mann ist, mit dem Lächeln eines Engels. Aber er sorgt lieber für sich selbst: ›Ich mag es nicht, daß man mich bedient‹, sagt Pater Donato, der aus Pescasseroli in den Abruzzen stammt und ein rechtschaffener, liebenswürdiger Mann ist. ›Ich will keine Sklavinnen um mich, sondern Nonnen‹, sagt er und lacht wie ein Kind. Vielleicht spricht er ein wenig zu sehr dem Wein zu. Aber nach fünfzehnstündiger Arbeit mit Cholerakranken, aidsinfizierten Kindern und jungen Leprapatienten wird er sich doch wohl in Ruhe einen Schluck Wein gönnen dürfen, oder etwa nicht?« »Wenn ich nicht trinke, Schwester Attanasia, dann kann ich nicht schlafen«, sagte er eines Tages zu ihr, als sie ihn dabei ertappte, wie er die Flasche ansetzte.

Sie packte die Gelegenheit beim Schopf und fragte ihn: »Pater, warum müssen wir Christus eigentlich essen? Wie sollen wir ihn achten und ehren, wenn wir ihn wie jedes beliebige Stück Brot im Bauch haben?«

Pater Donato fing an zu lachen. »Schwester Attanasia, man sollte sich nicht zu sehr das Hirn zermartern. Die Religion ist eine Herzenssache: Man liebt und darum glaubt man, auch gegen jede Logik. Der Leib Christi wird nur symbolisch in Stücke geteilt und gegessen. Indem wir ihn in den Mund nehmen, tun wir es den vorzeitlichen Kriegern gleich, die ihren Helden aufaßen, um sich ein bißchen von seiner Weisheit, seiner Kühnheit, seiner Geschicklichkeit anzueignen.«

Nachdenklich senkte Schwester Attanasia den Blick. Pater Donato war einer der ersten gewesen, die von der Schwangerschaft erfuhren, aber er entrüstete sich weder darüber, noch machte er, wie einige ihrer Mitschwestern, den Vorschlag, ihr den Schleier wegzunehmen und sie nach Hause zurückzuschicken, beinahe so, als trüge sie die Schuld an der Vergewaltigung und der Schwangerschaft.

Und als Schwester Giuditta ihm mitteilte, daß man gemeinsam entschieden habe, sie bis zur Entbindung hierzubehalten, stimmte er lächelnd zu und begegnete der werdenden Nonnenmutter daraufhin immer mit Diskretion und Respekt.

»Pater, noch etwas: Ist es Sünde, ein Kind zu lieben, das der Gewalt und dem Haß entstammt? Ist es Sünde, ein armseliges Geschöpf, das in seinem Blut die Geschichte einer anderen Nation, einer anderen Religion trägt, derart liebzugewinnen?«

»Vertrau dem Herrgott, Schwester Attanasia. Er wird dich wissen lassen, was zu tun ist. Liebe ist niemals Sünde.«

»Pater Donato hat gesagt, es ist keine Sünde«, sagt Schwester Attanasia leise vor sich hin. Selbst die Madonna, die mittlerweile neue Arme hat und einen frisch gemalten grellblauen Schleier, sieht sie liebevoll an. »Auch du hast all die Aufregungen der Schwangerschaft durchgemacht, heilige Mutter, und die sexuelle Lust hast du, genau wie ich, nicht kennengelernt, nur daß dich die Taube des Heiligen

Geistes mit ihrem Flügel gestreift hat, während ich durch die Hölle gegangen bin... Ich weiß, du verstehst mich trotzdem, heilige Madonna, du, die du auch Jungfrau und Mutter bist, du verstehst mich trotzdem, nicht wahr?«

Aber eines Tages, an einem schönen sonnigen Morgen, als das Klosterleben gerade in vollem Gange ist – Schwester Benedetta erteilt in der Schule mit dem Zementboden Katechismusunterricht, Schwester Angela kocht Ignamsuppe, Schwester Attanasia erzählt den Hühnern im überfüllten Hühnerstall Märchen, Schwester Orsola stellt Rechnungen auf, die nie stimmen, Schwester Giuditta liest das Evangelium – da wird plötzlich die Stille des Klosters von einem stürmischen Klingeln erschüttert. Die Angst ist groß, alle zucken zusammen und warten schweigend darauf, daß Schwester Agata, die Pförtnerin nachsieht, wer da ist.

»Es ist der Postbote!« ruft sie erleichtert, und alle machen sich wieder an die Arbeit. Aber der Postbote ist in Uniform, was monatelang nicht der Fall gewesen ist. Was hat das wohl zu bedeuten?

Für gewöhnlich kommt der Postbote Ahmed in einem zerlumpten T-Shirt und kurzen Hosen, die durch häufiges Waschen jegliche Farbe verloren haben, keuchend auf seinem Fahrrad angeradelt, die nackten Füße auf den Pedalen, einen Stift hinter das Ohr geklemmt.

»Was ist passiert, Ahmed?« fragt Schwester Agata ihn erschrocken.

»Ein Brief vom Bischofspalast.«

Schwester Agata nimmt den Brief mit zwei Fingern entgegen, als wäre er brennend heiß. Dem herausstaffierten Postboten Ahmed schlägt sie die Tür vor der Nase zu und eilt zu Mutter Orsola, um ihr das kostbare Schreiben auszuhändigen.

Schwester Orsola schnüffelt an dem Brief, dann wiegt sie ihn auf ihrem Handteller und zieht eine Grimasse, als wollte sie sagen »Ganz schön schwer!« Sie wirft der kleinen hinkenden Nonne, die an der Tür steht, einen Blick zu und jagt sie mit einem »Geh, Schwester Agata, laß mich allein!« hinaus.

Folglich ist niemand zugegen, als sie das bischöfliche Schreiben liest. Aber am Abend weiß das ganze Kloster, daß vom Bischofspalast die Sondererlaubnis eingegangen ist, »das arme, durch die erlittene Vergewaltigung schwer geprüfte Mädchen nach Hause zurückzuschicken. Sobald sie den Schleier abgelegt hat, wird sie dann entscheiden können, ob sie das Kind der Gewalt behalten will oder nicht. Nach der grausamen, unmenschlichen Gewalt, die den Nonnen vom Orden der Christlichen Barmherzigkeit angetan wurde, und nach den wahrhaftig unerwünschten Folgen dieser Gewalt, wird der weitere Verbleib der obengenannten Schwester Attanasia im Kloster von Taoudéni, an der Grenze zum gefährlichen Nachbarland Algerien, selbstverständlich nicht für opportun erachtet.«

Als Schwester Attanasia von ihrem Schicksal erfährt, bricht sie inmitten der Hühner ohnmächtig zusammen. Aus den Armen entgleiten ihr zwei Eier, die weit wegrollen, ohne aber zu zerbrechen.

Schwester Angela und Schwester Agata schaffen sie nach oben zu Schwester Orsola, die voller Mitleid den armen

Bauch betrachtet, der mittlerweile derart sichtbar ist, daß ihn selbst die weiten züchtigen Ordensröcke nicht mehr verbergen können. »Jetzt bereiten wir alles vor und sorgen dafür, daß du wohlbehalten zu Hause eintriffst, du wirst sehen.«

Aber Schwester Giuditta sieht die Sache anders: »Was wissen die schon, was hier vor sich geht? Was wissen diese Männer schon über eine schwangere Frau? Selbst wenn Attanasia wollte, könnte sie nicht abtreiben, wir sind im sechsten Monat, Schwester Orsola, was faseln die da unten für einen Unsinn? Und wohin wollen wir sie überhaupt schikken, sie hat keine Bleibe mehr, sie hat keine Familie mehr, sie hat keine Freunde mehr. Soll sie etwa mitten auf der Straße gebären?«

Schwester Orsola hört ihr schweigend zu, sie weiß nicht mehr ein noch aus. Aber die anderen, die alle auf Schwester Attanasias Seite stehen, übernehmen es, sie mit ihren eindringlichen Worten zu überzeugen.

Und so bringt Schwester Attanasia unter noch größerer Geheimhaltung im Innern des Nonnenklosters der Christlichen Barmherzigkeit an der Peripherie von Taoudéni im nördlichen Mali, an der Grenze zu Algerien, ihre Schwangerschaft zu Ende.

Und endlich wird im Monat April, mitten hinein in ein herrliches buntes Frühlingstreiben aus lila und gelben Blumen, gerade geschlüpften Schmetterlingen und fröhlich springenden Grillen, ein dunkelhäutiges, schwarzhaariges Mädchen geboren, das den Namen Maria Concepita Innocente bekommt.

Die Nonnen bereiten ein kleines Fest vor, mit gebakkenen Bananen, Flußfisch und Hirsebier. Pater Donato aus Pescasseroli schenkt dem kleinen Mädchen ein Zicklein, dessen fette, säuerliche und nach Wolle schmeckende Milch sogar ein Kind in ein Eimerchen melken kann. Auch Doktor Mohamed Kumahini zeigt sich erfreut darüber, wie ruhig und friedlich die Kleine das Licht der Welt erblickt hat; ohne Geburtszange, ohne eine um den Hals gewickelte Nabelschnur.

Wenn Schwester Attanasia sie stillt, schämt sie sich vor ihren Mitschwestern, die fortwährend zu ihr eilen und die runden Bäckchen, die dicklichen Füßchen und die wie zwei dunkle Schnecken zusammengerollten Händchen des Neugeborenen bewundern.

Aber irgend jemand hat etwas in Erfahrung gebracht, hat spioniert. Und bald treffen weitere Befehle von oben ein: Die kleine Maria Concepita Innocente soll in ein Waisenhaus nach Rom gebracht werden. Wenn die Mutter im Kloster bleiben will, ist es ihr fünf Jahre lang nicht gestattet, sich dem Altar zu nähern. Unter keinen Umständen darf der Vorfall noch einmal erwähnt werden. Der Mutter Oberin, Schwester Orsola, werden Vorwürfe gemacht, weil sie die schwangere Nonne nicht umgehend nach Hause geschickt hat. Ja, man befürwortet sogar eine rasche Neuwahl, um die Stelle dieser Mutter Oberin mit einer anderen Nonne zu besetzen, die in Lagos lebt und eine völlig andere Auffassung von Gehorsam hat.

Schwester Attanasia läßt den Kopf sinken, während ihr die Tränen über die Wangen laufen. »Es ist besser für sie, versteh das doch«, tröstet sie Schwester Giuditta, »es besteht keine Gefahr, daß sie Malaria bekommt, so wie wir, oder

Filariose, wie Schwester Agata mit ihren tiefen Furchen im Gesicht, die dieser ekelhafte Wurm, den kein Medikament vertreiben kann, in ihre Haut gräbt.«

Am nächsten Tag erscheinen zwei grobschlächtige Kerle in Weiß, um das kleine Mädchen abzuholen, das, so eingemummelt wie es ist, in einen schlammbespritzten Geländewagen mit aufgemaltem weißen Kreuz an der Seite verfrachtet wird.

Schwester Attanasia kehrt zu ihrer Arbeit im Gemüsegarten zurück, beschützt von den hohen Mauern, die Schwester Orsola hat errichten lassen. Aber ihr Herz ist tot und liegt in ihrer Brust wie in einem Sarg.

Seit diesem Tag hat sie aufgehört, zu lachen und zu reden, obwohl die Nonnen sie mit allen möglichen Schmeicheleien und Provokationen dazu herausfordern. Sie waren so an ihre Fröhlichkeit gewöhnt, daß ihnen das Kloster jetzt leer und unheimlich still erscheint.

Zum Glück wurde die Ankunft der neuen Mutter Oberin aus Lagos durch eine Bittschrift Schwester Orsolas an den Bischof und zahlreiche Reuebekenntnisse und Entschuldigungen abgewendet. Die Oberin ist von nun an gezwungen, strenger und umsichtiger zu werden. Bei jeder Schwierigkeit beeilt sie sich, die Vorschriften des Ordens zu überprüfen. Schwester Giuditta wurde als gefährliche Anstifterin zu »unmoralischem und ketzerischem Verhalten« in »ihre Schranken« verwiesen.

Kurz und gut, Schwester Orsola hat sich zu einer »Scheinheiligen« entwickelt, wie Schwester Giuditta sagt, während sie in der Kirche, hinter den anderen, mit gerecktem Hals der Messe folgt.

Dann, eines Morgens, taucht Schwester Angela plötzlich in der Küche auf und ruft: »Stellt euch vor, Schwester Attanasia hat wieder angefangen zu reden.«

»Sie wird wohl mit Gott sprechen«, sagt Schwester Benedetta, auch Schwester Lästermaul genannt.

»Ach nein, du Dumme«, mischt sich Schwester Giuditta ein, »sie spricht mit ihren Hühnern.«

»Und was sagt sie?«

»Sie erzählt die Geschichte ihres Kindes Maria Concepita Innocente.«

»Und sie singt sogar, hört ihr sie?«

»Also, dann wird sie auch wieder anfangen, Kuchen zu backen.«

Aber Schwester Attanasia hat nie wieder Kuchen gebacken, denn ihr Körper wurde tot im Hühnerstall aufgefunden, wo er ruhig und unversehrt auf einem Stein lag, inmitten ihrer Hühner. Und der Hahn hat die ganze Nacht lang ein bitteres, gellendes Klagelied für sie gesungen.

Macaca

»Nein, Kommissar, oder vielmehr Frau Kommissarin, wie soll ich Sie nennen? Entschuldigen Sie. Ich wollte ihm doch nicht weh tun, ich wollte nur, daß er bezahlt, wenigstens einmal, er, der nie bezahlt hat, nie…

Tagsüber rief er mich dreißigmal vom Büro aus an: ›Macaca, wie geht es dir?‹ Und nie gab es Streit… Alle meine Freundinnen haben mich um ihn beneidet… Sie sagten: ›Er vergöttert dich.‹ Und so war es auch.

Dann, eines Morgens, wir waren vielleicht zwei Jahre verheiratet, sagt er zu mir: ›Komm her, Macaca.‹ Denn so hat er mich genannt, Macaca, und er sagt, daß er es aus Liebe tut, daß ich wie ein Affe aussehe, also er sagt: ›Komm her, Macaca, zeig mir mal deine Hände.‹ Ich halte sie ihm unter die Nase, und er verzieht den Mund: ›Die sind ja ganz abgenutzt, wo sind denn die schönen Hände geblieben, um derentwillen ich dich geheiratet habe?‹ ›Was weiß ich, das kommt sicher von den Putzmitteln…‹ Und dann sagt er zu mir: ›Knie dich hin und bitte um Verzeihung.‹ ›Aber Verzeihung wofür?‹ ›Verzeihung dafür, daß du deine schönen Hände in häßliche Hausfrauenhände verwandelt hast.‹ ›Aber Pippo…‹ ›Knie dich hin, wenn du mich liebst, es ist ein Spiel, Macaca, es ist ein Spiel, wir können doch nicht immer ernst sein, laß uns doch ein bißchen spielen, oder? Alles ist derart langweilig…‹

Ich habe mich hingekniet, und er hat mir lachend eine Ohrfeige verpaßt. ›So, damit du begreifst, daß du dir die Hände nicht ruinieren sollst‹, hat er gesagt, ›und jetzt bittest du um Verzeihung.‹ ›Aber wofür denn, Pippo?‹ ›Dafür, daß du dich verändert und mich gelangweilt hast.‹

Zum erstenmal machte mein Mann mir angst. Ich verstand ihn nicht mehr, ich verstand nicht, was er von mir wollte. Aber dann hat sich alles wieder normalisiert. Andauernd rief er mich vom Büro aus an: ›Macaca, wie geht es dir? Ich liebe dich, weißt du, ich liebe dich so sehr.‹ Also habe ich mich wieder beruhigt.

Nur, daß er mich jetzt nachts nicht mehr anrührte, sondern im Handumdrehen einschlief und anfing zu schnarchen. Kurze Zeit später habe ich begriffen, daß das an seinem übermäßigen Trinken lag. Eine Flasche nach der anderen, unsere Küche verwandelte sich allmählich in einen Glascontainer.

›Ich langweile mich, Macaca; ich langweile mich‹, sagte er manchmal, sobald er wach war.

›Langweilst du dich auch bei der Arbeit?‹

›Bei der Arbeit mehr denn je. Was soll ich nur tun?‹

›Willst du, daß wir eine Reise machen? Du nimmst dir ein paar Tage Urlaub…‹

›Bloß nicht, allein schon der Gedanke langweilt mich zu Tode.‹

Jetzt schlief er zu jeder beliebigen Tageszeit ein: am Tisch, während er aß, auf dem Sessel vor dem Fernseher, ja sogar im Aufzug, wenn er sich zur Arbeit aufmachte.

Ich hatte immer Angst, daß er mal im Auto einschlafen würde.

Eines Abends sagte er zu mir: ›Macaca, ich habe mir was Schönes ausgedacht, du hast mich doch lieb, oder? Also, dann biete mir mal was Neues, etwas, das mir die Langeweile vertreibt.‹

›Sag mir, was.‹

Er schien nüchtern zu sein. Seine Augen glänzten. ›Um elf kommt mich ein Freund besuchen. Ich gehe weg und überlasse ihn dir. Versuch, ihn zu verführen. Dann komme ich zurück, und wir amüsieren uns …‹

›Aber Pippo, ich …‹

›Aber ich was? Macaca, es ist mal was Neues, du wirst sehen, es wird dir gefallen. Am Anfang sagst du ihm was Nettes über seinen Körper, dann tastet du dich immer näher ran, säuselst ihm was ins Ohr, und die Sache läuft von allein.‹

›Aber wer ist das denn, ich kenne ihn doch überhaupt nicht.‹

›Willst du wissen, ob er schön ist? Nun, das möchte ich wirklich behaupten. Er sieht mir übrigens ähnlich, du wirst dich also nicht mal sonderlich anstrengen müssen …‹

›Aber Pippo, ich schaffe das nicht. Dich habe ich lieb und nicht diesen Mann, den kenne ich ja gar nicht.‹

›Typisch weibliche Sichtweise: als ob man nur mit dem schlafen könnte, den man liebt … Ein Körper ist ein Körper, das läuft wie von selbst, du wirst sehen, es wird dir gefallen, laß dich einfach gehen.‹

›Aber Pippo, ich habe ihn doch noch nie gesehen …‹

›Was kümmert es dich, mach die Augen zu und stell dir

vor, ich wär's. Komm, wir wollen doch Spaß haben. Ich spüre schon, daß mir die Langeweile vergeht ...‹

Dann ist dieser Freund erschienen, so ein großer, schlanker, gutaussehender, er hat nach Pippo gefragt, und ich habe zu ihm gesagt: ›Treten Sie ein, mein Mann kommt sofort‹, aber dann wußte ich nicht, wie ich weitermachen sollte. ›Nehmen Sie doch Platz, Pippo muß jeden Augenblick zurück sein.‹ Aber was sollte ich machen, ich behielt die Hände in den Taschen, damit er sie nicht sehen konnte; sie kamen mir noch plumper vor als gewöhnlich. Ich habe ihn gebeten, sich zu setzen, aber auch er war verlegen, schaute aus dem Fenster. ›Wann genau kommt er?‹ ›Ich weiß es nicht, bald.‹ Dann, als ich an Pippos Langeweile dachte und an das, was ich ihm versprochen hatte, habe ich allen Mut zusammengenommen, bin auf den Gast zugegangen und habe ihm einen Kuß auf die Wange gedrückt. Er hat mich angeguckt, als wollte er sagen: Die ist wohl übergeschnappt! Aber dann, vielleicht hatte es ihm ja gefallen, hat er gesagt: ›Na, also ...‹ und ich habe ihn umarmt ...

In diesem Moment ist Pippo hereingekommen, auf leisen Sohlen, ohne daß man ihn hörte, ich weiß nicht, wie er das angestellt hat, denn im Haus höre ich sonst jeden Laut, aber er hat sich wie eine Katze hereingeschlichen und hat losgebrüllt: ›Sieh mal einer an, meine Frau, diese Schlampe, treibt's mit meinem besten Freund!‹ Dann hagelte es Schläge. Aber die bekam nicht der Freund ab, sondern ich. Er hat mich zu Boden geschleudert und mit Fußtritten traktiert. So lange, bis der andere, der Freund, Angst kriegte und versuchte, ihn zurückzuhalten: ›Du bringst sie ja um, laß sie in Ruhe, laß sie in Ruhe, es ist meine Schuld!‹

Statt dessen zog er mich an den Haaren, schlug mir mit der Faust ins Gesicht. Schließlich, als ich wirklich glaubte, er würde mich umbringen, holte er sein Geschlecht hervor und fiel über mich her.

Am nächsten Morgen war er die Zärtlichkeit in Person: ›Weißt du, Macaca, ich fühle mich wirklich wohl mit dir, du hast großartig gespielt.‹

›Aber ich habe nicht gespielt, ich bin voller blauer Flecken, und mir zerspringt der Kopf.‹

›Seit langem habe ich die Liebe nicht mehr so erlebt, Macaca‹, und er küßte mich und küßte mich. Obwohl ich entschlossen war, ihn zu verlassen, habe ich meine Meinung geändert. Ich habe ihm verziehen.

Drei Wochen später brachte er zwei Freunde mit nach Hause. Anstatt mich mit ihnen allein zu lassen, hat er mich diesmal sofort angebrüllt und behauptet, daß ich sie ›auf eine ganz bestimmt Weise‹ angesehen hätte. Dabei hatte ich sie überhaupt nicht angesehen, aber er nannte mich eine Lügnerin und gab mir gleich anschließend eine Ohrfeige, daß mir Hören und Sehen verging. Die beiden Freunde versuchten, ihn zu bremsen, aber genau das wollte er ja.

›Ich verlasse dich‹, habe ich gesagt, aber dann, als ich ihn nach den Schlägen viele Tage lang so glücklich erlebte, so zärtlich und liebevoll, glaubte ich ihm wieder. Vielleicht geht es ja vorüber, und er macht es nicht mehr … Er hat ja schon mit dem Trinken aufgehört, ist zufrieden, arbeitet gut, überschüttet mich mit Geschenken.

Leider war das nur eine Taktik, ich sollte die Schläge vergessen, und dann fing alles wieder von vorne an. Seine Freunde hatte er verloren. Häufig las er Leute von der

Straße auf, manchmal sogar gegen Bezahlung, damit sie seine Bravourstücke miterlebten.

Ich bin katholisch, Frau Kommissarin, also bin ich zum Pfarrer gegangen und habe ihm in der Beichte von meinem Mann erzählt. Aber er hat das als einen Scherz aufgefaßt. ›Liebt er dich? Ist er treu? Sorgt er gut für dich? Also halt aus, Tochter. Männer haben seltsame Vorstellungen in Sachen Sex, das mußt du ertragen ...‹

Aber dann genügte es ihm auf einmal nicht mehr, sich vor seinen Freunden zu zeigen, jetzt wollte er, daß die anderen sein Vergnügen teilten, und deshalb bot er mich an, so wie einer den Wein anbietet, den er selbst gerade trinkt. ›Ich möchte, daß sie sich an deinen Reizen erfreuen, Macaca ...; sonst wäre es ja gerade so, als würde ich ganz allein die herrlichsten Dinge der Welt verspeisen, aber ich habe das, sagen wir, christliche Bedürfnis zu teilen, von meinem Brot den anderen armen Kerlen abzugeben, die keine Ahnung haben, was Überfluß, Lust, Freigebigkeit eigentlich ist.‹

Er hatte mich aus der Fassung gebracht, Frau Kommissarin, ich verstand überhaupt nichts mehr, ich war nicht mehr ich selbst, ich glaubte, daß es womöglich sogar stimmte, daß er mich seinen Freunden aus reiner Selbstlosigkeit anbot.

Mittlerweile waren ständig fremde Leute bei uns zu Hause, viele Männer ..., ›Warum lädst du nicht mal ein paar Frauen ein, Pippo?‹ bat ich ihn. Aber er war fast außer sich: ›Du bist die Frau, die einzige, alleinige ... Ich könnte keine andere weibliche Person in diesem Haus ertragen ...‹

Er bot mich Bekannten und Freunden an, und dann

schlug er mich und schlief vor versammelter Mannschaft mit mir.

Am nächsten Morgen stand er zeitig auf, machte mir das Frühstück, brachte es mir ans Bett, streichelte mich, küßte mich und sagte zu mir: ›Du bist wunderbar, Macaca, ich werde dich immer lieben …‹

Aber die ganze Sache ging allmählich über meine Kraft, und ich kam einfach nicht mehr damit klar. Und dann, eines Abends, mitten in einem ›Fest‹, hatte ich das Gefühl, daß ich die Kontrolle verlor.

Ich habe einem, den ich nicht kannte und der sich gerade an mich heranmachte, einen Stoß versetzt, bin wie eine Schlafwandlerin in Richtung Küche gewankt, habe nach der Geflügelschere gegriffen und bin zu meinem Mann gegangen. Ich habe sein Glied in die Hand genommen und habe es ratzekahl abgeschnitten.

Mit dem Lächeln eines Betrunkenen hat Pippo mich ungläubig angeschaut und gestammelt: ›Was ist denn in dich gefahren, Macaca?‹ Dann ist er ohnmächtig geworden.

Als ich sah, wie das Blut floß, habe ich erst gemerkt, daß ich den abgeschnittenen Fleischklumpen immer noch in der Hand hielt und habe ihn aus dem Fenster geworfen.

Im Nu waren die Gäste verschwunden, einige haben das Weite gesucht, andere haben das abgeschnittene Stück zurückgeholt, es in einen Beutel mit Eiswürfeln gepackt und sind mit dem ohnmächtigen Pippo ins Krankenhaus gerast.

Offenbar haben sie es ihm im Krankenhaus wieder angenäht, und jetzt geht es ihm besser als vorher. Aber ich kann ihn nicht sehen. Der Rechtsanwalt meint, daß es ›Notwehr‹ war, ich weiß nicht, ich habe wirklich keine

Ahnung. Tatsache ist, daß ich nicht mehr schlafen kann, mir fehlen Pippos Umarmungen. Aber hätte ich denn die Schläge, die ich für die Umarmungen in Kauf nehmen mußte, auch lieben sollen? Frau Kommissarin, glauben Sie, daß ich lebenslänglich bekomme?«

»Das glaube ich wirklich nicht.«

»Glauben Sie, daß ich ihn wiedersehen kann? Vielleicht von weitem? Ich habe Pippo alles verziehen, aber ich kann ihm nicht verzeihen, daß er mich so weit gebracht hat, solche Schmerzen zu wollen; ich kann nicht mehr ... Wenn ich an Liebe denke, denke ich ausschließlich an Schmerz ...«

Jetzt lebe ich wie eine Nonne, und das ist in Ordnung so, aber wenn ich aufwache, was soll ich dann tun, Frau Kommissarin, wo ich immer noch vor Glück weine, wenn ich an seine Schläge denke?«

»Hören Sie doch bitte auf zu weinen ... Sie werden sehen, man wird Ihnen die Mindeststrafe geben. Sie werden nach Hause zurückkehren, Sie werden Ihren Körper ohne dieses schreckliche Verlangen neu entdecken. Lassen Sie ihn atmen, lassen Sie ihn zur Ruhe kommen, und vertrauen Sie ihm, er ist klüger, als Sie denken.«

»Glauben Sie das wirklich?«

»Das glaube ich.«

»Danke, Kommissarin, auf Wiedersehen.«

Adele Sòfia betrachtet sie, wie sie sich von ihrem Stuhl erhebt und auf die Tür zugeht. Eine große blonde Frau, deren schmächtige Schultern etwas von einem traurigen Kind haben. Aber ihr Blick ist aufrichtig und freundlich. »Die wird es schon schaffen«, denkt sie und schiebt sich ein Lakritzfischchen in den Mund.

Alicetta

Wie könnte man Alicetta vergessen: ihr Froschgesicht mit dem breiten, unmotivierten Lachen, der stumpfen Nase und den hervortretenden, weit auseinanderstehenden Augen. Neun Jahre alt, zwei lange und flinke Beine, schmale, abfallende Schultern, ein hagerer, faltiger Hals.

Alicetta ist an einem Montag in Begleitung ihres Großvaters in der Klinik erschienen. Ihre Eltern waren beide bei einem Autounfall ums Leben gekommen. Ihr Bruder, ein Fachmann für elektronische Datenverarbeitung, dem man ein Stipendium bewilligt hatte, hielt sich in den Vereinigten Staaten auf. Auf sich allein gestellt hatten das Mädchen und der Großvater fast ein Jahr lang zusammen von dessen Rente gelebt. Dann wurde er krank, und weil er nicht mehr in der Lage war, für sie zu sorgen, hatte er sie in die Klinik gebracht. »Sie hat ihren eigenen Kopf, sie spricht nicht, aber sie ist intelligent und brav«, sagte er, als er sie der Ärztin Elena Neri anvertraute.

Der Psychiater, Doktor Farra, diagnostizierte eine »abnorme pathologische Schizophrenie«, und nur er weiß, um was es sich dabei handelt.

Alicetta, was übrigens die Verkleinerungsform von Alice ist, konnte nicht allein essen und konnte auch nicht sprechen, sieht man einmal davon ab, daß sie die Worte zehnmal wiederholte und derart verdrehte, daß niemand außer ihrem Großvater sie verstand. Aber wenn man langsam und freundlich mit ihr redete, dann schien sie alles zu verstehen.

Sie kamen gegen elf Uhr im Taxi vorgefahren: sie, schmächtig, die blonden, lockigen Haare im Nacken zusammengebunden, er in Jeans, den Bauch über den Gürtel hängend, einer viel zu engen Jacke und mit großer Sonnenbrille. Mit gesenktem Blick zupfte sie am Saum ihres Kleides. Er unterdrückte mit Mühe seine Tränen, und so groß und kräftig wie er war, schnaubte er wie ein Walroß. Er nahm die kleinen Hände seiner Enkelin in seine und küßte sie zärtlich. Sie ließ ihn gewähren, hatte sie sich doch bereits mit dem bevorstehenden Verlust abgefunden, der vielleicht noch schlimmer war als der Tod ihrer Eltern.

Die stellvertretende Direktorin, Elena Neri, wegen ihrer sprichwörtlichen Kälte auch Eiszapfen genannt, löste sie freundlich, aber bestimmt aus dem Arm des Großvaters und überließ sie mir: »Mirta, bring sie auf Zimmer neun. Der Großvater hat kein Geld für ein Einzelzimmer. Wir legen sie mit Luigina zusammen, die beiden sind gleich alt und werden sich schon verstehen.«

Die erste Nacht brachte Alicetta am Fenster stehend zu. Sie hatte weder essen noch ins Bett gehen wollen. Erst als ich ihren Großvater erwähnte und sagte, daß er so geschnaubt hat, daß man ihn für ein Walroß hätte halten können, drückte sie mir einen klebrigen Kuß auf die Wange und ließ sich unter die Bettdecke stecken, aber um die Zeit dämmerte es schon.

Am nächsten Tag verlor ich sie vorübergehend aus den

Augen, weil ich so viel zu tun hatte. Aber ich hörte, daß sich der Oberpfleger Bruno Mocci um sie kümmern werde, der wegen seiner Augenringe, die die Hälfte seines Gesichts einnahmen, auch Tintenfisch genannt wird.

Erst am Nachmittag ging ich zu ihr und versuchte mit ihr zu reden. Aber obwohl die leuchtendblauen Augen der Kleinen offen waren, sahen sie ins Leere. Man wußte nicht, ob sie zuhörte oder nicht. »Alicetta, hörst du mich?« Auf ihrem Krankenblatt stand »Schwere Form von Lalopathie«. Und weiter: »Infantile Regression; Kommunikationsschwierigkeiten«.

Oft habe ich sie gefüttert. Wenn ihr das Essen nicht schmeckte, spuckte sie es einfach aus, aber nicht aus Bosheit, sondern eher so, als wäre das der einzige Weg für sie, zum Ausdruck zu bringen, was sie nicht mochte. Es war schwierig, sie zu ernähren. Aber mit viel Liebe und Geduld schaffte ich es, daß sie etwas hinunterbrachte. Grund genug für den Eiszapfen, immer nach mir rufen zu lassen, sobald die Essenszeit nahte.

Ich hatte dieses kleine Mädchen liebgewonnen, das einem in gewissen Augenblicken wie eine Dreijährige vorkam, während sie in anderen eher wie eine alte Frau wirkte, so weise, gewissenhaft, folgsam und ergeben wie sie war.

Sie besaß eine verborgene, heitere Klugheit, der man nur mit hartnäckigem Bemühen auf die Spur kam. Den größten Teil des Tages verbrachte sie in sich selbst versunken, um über wer weiß welchen Gedanken zu brüten, taub gegenüber den Worten anderer.

Nur samstags, wenn der Großvater kam, mit seinem schiefen Gang, der Tüte voller Leckereien, dann schien Alicetta aufzuwachen. Sie setzten sich beide in den Garten, aßen das Gebäck und lachten Gott weiß worüber. Aber sie machten einen glücklichen Eindruck.

Alicetta hatte blonde, lockige Haare, die ihr ganz natürlich auf die mageren Schultern fielen. Der Tintenfisch kämmte sie ihr gern, wenn ich beschäftigt war. Aber dann lachte er über ihre Stummheit und nannte sie »die Blöde«.

Auch Sangiorgio, der Pflegehelfer mit den behaarten, stets nackten Armen, hatte eine Schwäche für Alicetta. Er hob sie hoch und trug sie hinüber zu den Bädern, wusch ihr das Gesicht und erzählte ihr dabei schmutzige Witze. »Die kapiert ja sowieso nichts«, sagte er und lächelte fröhlich vor sich hin.

Den anderen Patientinnen gegenüber verhielt sich Alicetta merkwürdig: Wenn die sie direkt ansprachen, kehrte sie ihnen den Rücken zu. Wenn sie ihr etwas anboten, griff sie danach und versteckte es unter ihrem Pullover. Dann stopfte sie alles in ihr Schränkchen, das schließlich ganz voller Plunder und verdorbener Nahrungsmittel war.

Mit Luigina, ihrer Bettnachbarin, schien sie sich nicht sonderlich zu verstehen. Luigina hatte sich mit zwei anderen schizophrenen Mädchen aus einem Zimmer am Ende des Ganges zusammengetan und verbrachte ihre Tage mit ihnen; Alicetta, die sie im übrigen keines Blickes würdigte, blieb allein, und so lebten sie beide wie zwei völlig Fremde in ein und demselben Zimmer.

Eines Morgens wollte Alicetta sich nicht aus dem Bett bewegen. Der Eiszapfen schickte mich zum Fiebermessen zu ihr. Aber sie hatte keins, sie schien nur müde zu sein. »Was ist los mit dir? Geht es dir nicht gut, Alicetta?« Aber sie antwortete mir nicht. Sie drehte sich zur Wand und schlief weiter.

Auch am nächsten Tag schlief sie, und am übernächsten immer noch. »Das wird wohl die Schlafkrankheit sein«, meinte der Eiszapfen, »ich muß mal mit Doktor Farra darüber sprechen.« Aber dann tat sie es doch nicht.

Alicetta lachte nicht mehr, selbst das Essen spuckte sie nicht mehr aus. Sie lebte in einem Dämmerzustand, der sie häßlich machte und allen entfremdete.

Dieser Zustand hielt eine ganze Weile an. Doktor Farra, der schließlich doch noch hinzugezogen wurde, sagte, daß »die Wahrscheinlichkeit, daß ein Schizophrener im Schlaf seine mutmaßlich unkontrollierte Motorik aktiviert, sehr wahrscheinlich, wenn nicht sogar bewiesen ist.«

Ab und zu setzte ich mich zu ihr aufs Bett und versuchte, sie dazu zu bringen, etwas zu sich zu nehmen. Aber wenn ich sie zu sehr bedrängte, trat sie um sich. »Sieh mal, Alicetta, wie grau und fettig deine Haare geworden sind. Wollen wir die nicht mal waschen?« Aber sie zuckte nur mit den Achseln und gab keine Antwort.

Der Großvater war ausgerechnet in diesem Monat in ein Krankenhaus eingeliefert worden und besuchte seine kleine Enkelin nicht mehr. Ich versuchte, ihr von ihm zu erzählen. Da habe ich erlebt, wie sie nach so vielen Wochen völliger Teilnahmslosigkeit die Augen öffnete und ein Funkeln in ihrem Blick hatte, das längst verlorengegangen zu sein schien. »Deinem Großvater geht's gut, weißt du, er besucht dich bald wieder.« Aber sie schien es nicht zu glauben.

Ich sehe die beiden noch genau vor mir: Es war sein letzter Besuch bei ihr, sie saßen im Park der Klinik auf der kleinen, weißen Bank zwischen den Geranien und Rosen unter den Blättern einer Buche. Er redete auf sie ein. Sie hörte ihm hingerissen zu. Dann legte er ihr ein ganz in Gold eingewickeltes Schokoladenbonbon auf die flache Hand, und sie packte es mit kindlichen Gesten langsam und genüßlich aus. Schließlich führte sie es sich an die Lippen und ließ es selig, mit geschlossenen Augen, im Mund zergehen. Er lachte, sie küßte ihn auf die Wange. Und wie ein geschickter Taschenspieler zog er sogleich ein weiteres goldenes Schokoladenbonbon aus dem Ärmel seiner Strickjacke, und sie klatschte vor Begeisterung in die Hände.

Aber damals bewegte sie sich wenigstens noch, aß, wenn auch widerwillig, lief herum. Doch jetzt schien sie in eine Art Winterschlaf gesunken zu sein. Doktor Farra beschrieb sie in einem ihrer Krankenblätter als einen »Fall von animalischer Ataraxie«. Aber mir kam diese Schlafsucht komisch vor. Alicetta war schließlich weder ein Bär noch ein Murmeltier. Doktor Farra schüttelte den Kopf: »Wir haben es hier mit einem Fall von irreversibler mentaler Lethargie in fortgeschrittenem Stadium zu tun. Es würde mich nicht wundern, wenn eine Lähmung der Nervenzentren die Folge wäre.«

Abends, nachdem die anderen ins Bett gegangen waren, brachte die Krankenschweser Carmen Piras sie zum Baden. »Warum eigentlich so spät?« habe ich sie einmal gefragt. »Das hat Oberpfleger Tintenfisch so angeordnet. Er sagt, daß Alicetta im Wasser zuviel Unfug anstellt, und um diese Zeit sind die Bäder nicht so voll.«

Dann hat sich Carmen Piras eine Bronchitis zugezogen und konnte Alicetta am Abend nicht mehr ins Bad begleiten. Manchmal bin ich mit ihr gegangen. Des öfteren bot sich auch der Tintenfisch an, unterstützt von seinem Freund, dem Pflegehelfer Sangiorgio.

Laut Vorschrift darf nur das weibliche Personal die Patientinnen baden, aber der Eiszapfen hatte nichts dagegen, wenn sich auch die beiden Männer um sie kümmerten. Tatsache ist, daß sie keine Vertretung für Carmen Piras bezahlen wollten, und ich mußte um diese Zeit die Fieberthermometer austeilen, die Tabletts in die Küche zurückbringen, die Betten für die Nacht herrichten und denen helfen, die sich nicht allein ausziehen konnten.

Mittlerweile war es schwierig geworden, Alicetta zu baden. Sie stemmte sich von außen gegen die Tür, wollte nicht hineingehen, geiferte, schnaubte und kratzte, so als führte man sie zur Schlachtbank. Damals hätte ich eigentlich Verdacht schöpfen müssen, aber ich bin wirklich nicht darauf gekommen.

Ich habe zwar Doktor Farra zu Rate gezogen, das ja, und der sprach von »einer organischen Aversion gegenüber Wasser als Symptom körperlicher Regression«, Und dann sah er mich ironisch an. »Was macht Ihre Katze, wenn Sie sie baden wollen? Sie kratzt, nicht wahr? Und nicht anders ist es bei Alicetta.«

»Aber das hat sie doch vorher nicht gemacht. Im Gegenteil, sie badete sehr gern, sie liebte das Wasser. Sie brachte sogar immer eine kleine Holzente mit. Da fällt mir gerade ein, ich habe sie ewig nicht mehr mit dieser Ente gesehen. Wo mag die hingeraten sein?«

»Anstatt sich um irgendwelche Enten Gedanken zu machen, sorgen Sie lieber dafür, daß sich die Patientinnen anständig aufführen, hier herrscht das reinste Chaos, ein totales Durcheinander.«

Und doch wußte er, daß ich in fünfzehn Stunden am Tag für einen Hungerlohn arbeitete. Das hat er einzig der Tatsache zu verdanken, daß ich für ein Kind aufkommen muß, sonst hätte ich dieser Klinik, die sich einerseits als luxuriös darstellt, aber andererseits selbst an Seife und Klopapier spart, schon längst den Rücken gekehrt. Wie oft habe ich die Neri dabei ertappt, wie sie Zeitungen in Vierecke zerschnitt und in den Toiletten deponierte, mit der Entschuldigung, die Rollen »sind ausgegangen«.

»Morgen machen wir ihr jedenfalls eine Infusion. Das Kind ist zu dünn, das beunruhigt mich.«

»Kein Wunder, sie ißt ja auch nicht.«

»Seit wann ißt sie nicht?«

»Seit mindestens zwei Monaten.«

»Sie sind wohl verrückt. Warum haben Sie mir das denn nicht früher gesagt?«

»Ich habe es Ihnen bestimmt dreißigmal gesagt. Sie haben mir geantwortet, daß die Essensverweigerung Teil des natürlichen Prozesses von Regression ist.«

»Sie brauchen mich nicht zu zitieren, ich weiß selbst, was ich gesagt habe. Auf jeden Fall bekommt sie morgen eine Infusion.«

Statt dessen wurde Alicetta am nächsten Morgen tot in ihrem Bett aufgefunden. Doktor Farras Diagnose lautete »plötzlicher und unvorhersehbarer Tod aufgrund akuter zerebraler Asthenie«.

Sangiorgio und der Tintenfisch wollten den kleinen Leichnam ein letztes Mal baden. Dann zogen sie ihr ein bonbonfarbenes am Hals mit Spitze besetztes Kleid über und breiteten den blauen Bettbezug der Klinik mit den eingestickten Monogrammen von Doktor Farra und Doktor Elena Neri über sie, nur die nackten schneeweißen Füße sahen heraus.

In jener Nacht blieb ich bei ihr, um die Totenwache zu halten. Sie sah aus, als ob sie schliefe. Ihre Haare waren frisch gewaschen und sorgfältig gekämmt: blonde, weiche Locken bedeckten das Kissen und umrahmten das eingefallene graue Kindergesichtchen.

»Alicetta, warum bist du tot?« sang ich vor mich hin, um mich wachzuhalten, während die ganze Station im Tiefschlaf lag und mir die Augen immer wieder von selbst zufielen. In diesem halbwachen Zustand erinnerte ich mich plötzlich, daß der Eiszapfen über das Verschwinden der mit Monogrammen versehenen Bettbezüge geklagt hatte. »Drei sind schon abhanden gekommen. Ich möchte mal wissen, wer die gestohlen hat«, sagte sie und sah mich dabei durchdringend an. Aber ich weiß wirklich nicht, was ich mit den Bezügen der Klinik anfangen sollte. Schon bei dem Gedanken, mich unrechtmäßig in den Besitz eines ihrer Bettbezüge zu bringen, hätte ich das Gefühl, mir die Leiden dieser Frauen ins Haus zu holen.

Einen Tag nach Alicettas Tod kam ihr Großvater, abgemagert und kreidebleich. Er legte seinen Stock auf das leere Bett der Enkelin und fing an, gegen Ärzte und Pflegepersonal zu wettern. Er sagte, er werde Anzeige erstatten, denn als er das Kind eingeliefert habe, sei es ihm gutgegangen, und jetzt sei es tot, er werde sich keineswegs mit Doktor Farras unverständlichen Erklärungen zufriedengeben. Er hat ihn sogar als »Schwindler« bezeichnet, der mit Worten spiele.

Niemand hat ihn beachtet. Aber er hat tatsächlich Anzeige erstattet. Und nur ein paar Stunden später sind Polizeibeamte erschienen, um mitzuteilen, daß Alicettas Beerdigung nicht erfolgen könne, bevor man sie nicht aufgeschnitten und in sie hineingeschaut habe.

Die Kommissarin Adele Sòfia hört dem Sachverständigen zu, der ihr von dem kleinen Mädchen berichtet, das unter mysteriösen Umständen in der Klinik »Heiliges Herz vom Kinde Jesu« gestorben ist.

»Sie hatte eine große Menge Beruhigungsmittel im Blut, die hätte selbst einen Ochsen umgehauen.«

»Beruhigungsmittel?«

»Ja, Beruhigungsmittel. Wollen Sie die Namen wissen? Es sind Mittel, die normalerweise im Falle von Demenz verabreicht werden, hier allerdings in vierfacher Dosierung. Jedenfalls haben wir es aller Wahrscheinlichkeit nach mit einem Hungertod zu tun. Monatelanger totaler Protein- und Vitaminmangel.«

»Dabei hat Signora Neri mir gesagt, daß Alicetta Pantaleoni keiner Behandlung unterzogen wurde, abgesehen von der psychiatrischen.«

»Das ist der Befund der Autopsie. Gehen Sie der Sache nach.«

Adele Sòfia blickt dem davoneilenden Gerichtsmediziner hinterher. Es muß gräßlich sein, den Körper eines Kindes zu öffnen und seine inneren Organe zu untersuchen. Warum muß man immer die Körper der Toten sprechen lassen, um etwas über ihr Ende zu erfahren? Warum muß man sie zerschneiden, ihnen Gewalt antun, wenn man Antworten auf so einfache und dabei so geheimnisvolle Fragen haben will? Der menschliche Körper ist heilig, aber wir tragen mit zu seiner Entweihung bei, die mittlerweile institutionalisiert worden ist. Das ist eine Sache, die sie anwidert und belastet.

»Dennoch ist Sterben nichts Besonderes. Es ist lediglich das Ende des Geborenwerdens«, sagt sie halblaut vor sich hin. Wo hat sie diesen Satz nur gelesen?

Plötzlich erhebt sich Adele Sòfia von ihrem Stuhl, nimmt Mantel und Handtasche und läßt sich zur Klinik »Heiliges Herz vom Kinde Jesu« fahren.

»Wieso bekam Alicetta Pantaleoni Beruhigungsmittel?«

»Darüber ist mir nichts bekannt, Frau Kommissarin«, antwortet Elena Neri, die bereits um acht Uhr morgens perfekt frisiert, mit rosalackierten Fingernägeln und ernster, undurchdringlicher Miene hinter ihrer gläsernen Schreibtischplatte sitzt.

»Sehen Sie, das hier sind die Krankenberichte. Das Kind wurde keiner weiteren medizinischen Behandlung unterzogen, mit Ausnahme der psychiatrischen.«

»Worin bestand die psychiatrische Behandlung?«

»Nun, in Gesprächen mit unserer Psychiaterin, Signora Adele Norma.«

»Dann lassen Sie mich mit Signora Norma sprechen.«

»Sie ist eigentlich im Mutterschutz.«

»Seit wann?«

»Seit zwei Monaten.«

»Und wann wurde Alicetta Pantaleoni bei Ihnen eingeliefert?«

»Das weiß ich nicht. Moment, ich schaue nach… Ja, sie kam vor fünf Monaten.«

»Also hat sie nur drei Monate Gesprächstherapie gemacht, und dann war Schluß.«

»Ehrlich gesagt war die Psychiaterin zu der Zeit sehr beschäftigt, und ich glaube, sie hat das Kind nicht oft gesehen. Vielleicht so an die zwanzigmal.«

»Das wäre ja schon mal was. Wenn Sie mir bitte die Adresse und die Telefonnummer geben, ich möchte mit ihr sprechen.«

»Ich glaube nicht, daß sie in der Stadt ist.«

»Geben Sie sie mir trotzdem.«

»Ich gebe sie Ihnen, aber ich kann mir nicht vorstellen, daß sie viel weiß… Und ausgerechnet jetzt, wo die Gefahr besteht, daß sie eine Fehlgeburt hat…«

»Und Sie haben keine Vertretung beschäftigt? Wie wurde dieses schizophrene Mädchen denn überhaupt versorgt?«

»Es haben sich immerhin eine Krankenschwester und zwei Pfleger um sie gekümmert: Mirta Vallone, Bruno Mocci und Demetrio Perelli.«

»Sind die momentan in der Klinik?«

»Ja, ich glaube schon. Soll ich sie rufen lassen?«

»Nein, ich gehe zu ihnen. Aber sagen Sie mir zuerst noch: Wieviel hat die Familie von Alicetta Pantaleoni eigentlich für die Klinik bezahlt?«

»Alicetta hat beide Eltern verloren. Ihr Großvater, an

dem sie sehr hing, hat sie zu uns gebracht. Signor Luigi Pantaleoni hat sie jede Woche besucht, aber in den letzten zwei Monaten konnte er das nicht mehr, weil er an starken Rükkenschmerzen litt. Deshalb hat er sie in unsere Obhut gegeben. Und wir haben ihm sogar einen Sonderpreis eingeräumt, weil er nicht über soviel Geld verfügt ... «

»Wieviel?«

»Der übliche Tagessatz beträgt zweihundertausend Lire. Bei Alicetta haben wir nur neunzigtausend Lire verlangt, auch weil sie das Zimmer mit einem anderen Mädchen geteilt hat. Ich weiß, daß der Großvater Möbel aus dem Familienbesitz verkauft hat, um ihr den Aufenthalt hier zu ermöglichen.«

Adele Sòfia verläßt den Verwaltungsbereich und geht hinüber in den Trakt, wo sich die Krankenzimmer befinden. Die erste Schwester, die ihr über den Weg läuft, ist Mirta Vallone, eine junge Frau mit verängstigter Miene, Löchern in den Strümpfen, zerfahrenen Gesten.

»Haben Sie sich um die kleine Alicetta Pantaleoni gekümmert?«

»Ja, wann immer ich konnte. Ich habe zwanzig Patienten zu versorgen.«

»Ist Ihnen bekannt, daß sie Beruhigungsmittel bekam?«

»Nein. Signora Neri hat mir gegenüber nichts dergleichen angeordnet und Doktor Farra auch nicht.«

»Wie verhielt sich das Mädchen?«

»Sie war seltsam, wenigstens zuletzt. Als sie hier ankam, aß sie, sie lief herum, lachte, auch wenn sie kein Sterbenswörtchen von sich gab ... Entweder konnte sie nicht sprechen, oder sie wollte nicht, ich weiß es nicht. Sie hing sehr an ihrem Großvater. Wenn er sie besuchen kam, wollte sie, daß wir ihr eine rote Schleife ins Haar banden.«

»Und wann hat sie angefangen, nur noch zu schlafen?«

»Ungefähr vor zwei Monaten.«

»Ist Ihnen niemals der Verdacht gekommen, daß sie unter Beruhigungsmitteln stehen könnte?«

»Nein. Doktor Farra hat gesagt, daß ihr Zustand Teil eines regressiven Prozesses sei, eine Art Winterschlaf.«

»Erinnern Sie sich an irgendeine Besonderheit, an etwas, das Ihnen aufgefallen ist?«

»Sie war verrückt auf Schokolade. Der Großvater brachte sie ihr immer tütenweise. Und sie versteckte sie dann unter der Matratze, so als ob jemand sie ihr wegnehmen wollte, aber hier stiehlt niemand. Außerdem war sie vernarrt in eine kleine Holzente. Ohne diese Ente in der Hand hat sie nicht gebadet.«

»Wer hat sich sonst noch um sie gekümmert?«

»Der Tintenfisch und Sangiorgio.«

»Die stellvertretene Leiterin hat mir gegenüber einen gewissen Demetrio Perelli erwähnt und einen anderen... Bruno Mocci.«

»Sangiorgio und Tintenfisch sind ihre Spitznamen. Alle nennen sie so.«

Um mit dem Oberpfleger Bruno Mocci, alias Tintenfisch, zu sprechen, muß Adele Sòfia in die Kantine hinuntergehen. Sie entdeckt ihn am Fenster, wo er vor einem Teller Pasta sitzt und ißt. Der Mann sieht sie unterwürfig und unverschämt zugleich an. Es scheint, als wollte er sie herausfordern. Aber wozu?

»Kann ich Ihnen was anbieten?« fragt er und deutet auf die Nudeln in Tomtensoße.

»Nein, danke. Können Sie mir sagen, wer der kleinen Alicetta Pantaleoni die Beruhigungsmittel gegeben hat?«

»Was weiß ich? Hier trifft jeder Arzt seine eigenen Entscheidungen, ohne den anderen etwas davon zu sagen. Es wird wohl Doktor Farra gewesen sein oder Signora Neri.«

»Sie wußten also, daß ihr Beruhigungsmittel verabreicht wurden?«

Der Mann beißt sich auf die Lippe, als hätte er schon zuviel verraten.

»Nun, eigentlich nicht, aber Sie haben es eben gesagt, und dann wird es schon stimmen. Sie sind doch von der Polizei, oder?«

»Ich habe lediglich gefragt, ob irgend jemand dem Kind Beruhigungsmittel gegeben hat.«

»Ist ja auch egal, ich habe Ihre Gedanken erraten, genügt Ihnen das?«

»Wann genau haben Sie sich um das Kind gekümmert?«

»Nur wenn der Einfaltspinsel, entschuldigen Sie, die Krankenschwester Mirta Vallone, nicht da war. Wenn Not am Mann war, sozusagen.«

»Haben Sie sie mal bei der Psychiaterin, Signora Adele Norma, gesehen?«

»Die ist schwanger. Man sagt, es besteht das Risiko, daß sie das Kind verliert, und hier hat sie sich schon seit Monaten nicht mehr blicken lassen.«

»Seit wie vielen Monaten?«

»Fünf oder sechs, ich weiß es nicht.«

»Demnach hätte Alicetta die Psychiaterin nie gesehen. Haben Sie das Mädchen ab und zu mal gebadet?«

»Ja, wenn beide Krankenschwestern fehlten. Aber der Einfaltspinsel hat viel zu tun, und die andere ist ständig krank, deshalb …«

»Gibt es denn nicht eine Vorschrift, die es den Krankenpflegern verbietet, die weiblichen Patienten zu baden?«

»Was weiß ich. So was wird es wohl geben. Aber hier schert sich niemand darum. Wir sind wenige, und wir haben einen Haufen Arbeit. Wenn du dran bist, mußt du eben ran.«

»Hatte die kleine Alicetta etwas in der Hand, wenn Sie sie badeten?«

»Nein, was sollte sie denn in der Hand haben? Den Griff der Badewanne?« Und er lacht mit offenem Mund, der voller Pasta ist, und fischt unaufhörlich mit einer Plastikgabel weitere Nudeln vom Teller.

Der letzte, der verhört wird, ist der Pflegehelfer Demetrio Perelli, genannt Sangiorgio. Aber auch er weiß nichts, hat nichts beobachtet. Er glaubt nicht, daß das Kind unter Beruhigungsmitteln stand. Die Ente, die die Krankenschwester Mirta Vallone erwähnt hat, hat er ebenfalls nicht gesehen.

Adele Sòfia beschließt, die Patientinnen zu befragen. Aber Doktor Farra ist dagegen. Seiner Ansicht nach sind die Patienten seiner Klinik »weder der Erkenntnis noch des Willens fähig«.

»Die Tatsache, daß sie schizophren sind, bedeutet noch

lange nicht, daß sie auch taub und stumm sind«, erwidert die Kommissarin kämpferisch und begibt sich zu den Krankenzimmern.

Die Betten sind frisch gemacht, die Monogramme auf den schönen blauen Bezügen gut sichtbar, das karierte Laken liegt zusammengefaltet unter dem Kissen, das Kruzifix hängt über dem Kopfteil, am Schränkchen steckt der Schlüssel. Die Fenster gehen hinaus auf den blühenden Garten, der von einer hohen roten Backsteinmauer umgeben ist.

»Wer kümmert sich eigentlich um die Blumen?«

»Signora Neri höchstpersönlich. Sie hat einen grünen Daumen«, antwortet der Pflegehelfer, der sie begleitet.

Einige Patientinnen sind vollständig angezogen und sitzen im Schatten der Buchen im Garten, andere sind im Morgenrock und schlurfen in Pantoffeln auf den neonbeleuchteten Gängen hin und her.

Adele Sòfia liest die mit einer kleinen, engen und schwer zu entziffernden Handschrift verfaßten Krankenberichte. Vor allem scheint es sich um eine Geheimsprache zu handeln, die sich dem Verständnis von Außenstehenden entzieht.

Ein Mädchen im Morgenmantel, mit dicken weißen, über den Knöcheln aufgerollten Wollsocken und zwei Zöpfchen, die zu beiden Seiten ihres runden roten Gesichts herabhängen, starrt sie an.

Adele Sòfia geht auf sie zu und spricht sie freundlich an.

»Kannten Sie Alicetta Pantaleoni?«

»Natürlich. Die hatte ich am liebsten.«

»Wieso am liebsten?«

»Sie hat sich nicht eingemischt... und außerdem hat sie mir manchmal von ihrer Milch abgegeben.«

»Haben Sie je beobachtet, daß ihr jemand Tabletten gab?«

»Tabletten? Rosa oder weiße?«

»Rosa oder weiße, egal welche. Haben Sie gesehen, daß sie Tabletten genommen hat?«

»Vor allem haben sie ihr Einläufe gemacht, so, mit einem Besen.« Sie bricht in ein ausgelassenes Gelächter aus und kann sich nicht mehr beruhigen.

»Wer hat ihr die Einläufe gemacht?«

»Der hier, Sangiorgio.«

»Ist das wahr, haben Sie ihr Einläufe gemacht?«

»Ich? So ein Schwachsinn. Schauen Sie sich ruhig überall um. In dieser Klinik haben wir keine Klistierspritzen.«

»Was meinen Sie mit Einlauf, Agnese Fragola?«

Aber die Kranke hat keine Lust mehr zu antworten. Sie lacht weiter vor sich hin und verzieht dabei ihr Gesicht zu komischen Grimassen. Es ist einfach kein Wort mehr aus ihr herauszubekommen.

Adele Sòfia geht hinaus in den Garten. Wespen umschwirren die Kranken. Eine Alte, deren nackte Beine mit blauen Flecken übersät sind, sitzt in der Sonne und ißt Kürbiskerne.

»Wie heißen Sie?«

»Das ist Teresa Fani. Die ist schon jahrelang hier.«

»Signora Teresa Fani, kannten Sie Alicetta Pantaleoni?«

»Alicetta? Nein, wer ist das?«

»Ein neunjähriges Mädchen, das vor fünf Monaten hier in die Klinik kam.«

»Ach so, das Mädchen mit der Ente.«

»Wissen Sie vielleicht, wo diese Ente geblieben ist?«

»Die wird wohl jemand gestohlen haben.«

»Warum hätte man sie stehlen sollen? So ein wertloses Spielzeug.«

»Hier klauen sie dir alles, wenn du nicht aufpaßt. Mir sind schon zwei Autos und ein Zug abhanden gekommen.«

»Autos? Was für Autos waren das denn?«

»Ein Bugatti und ein Maserati.«

»Wer mag sie Ihnen wohl gestohlen haben?«

»Ich weiß es, ich weiß es, aber ich sag's nicht.«

»Ich darf Sie daran erinnern, Teresa Fani, daß es hier eine Tote gegeben hat.«

»Eine Tote? Wen denn?«

»Alicetta Pantaleoni, erinnern Sie sich an sie?«

»Alicetta? Die ist tot? Das tut mir leid. Sie war sehr dickköpfig, aber herzensgut. Mir hat sie immer ihre Schokoladenbonbons geschenkt.«

»Haben Sie eine Ahnung, warum sie um acht Uhr abends gebadet wurde, als allerletzte?«

»Weil Sangiorgio und der Tintenfisch sie im Zug mitgenommen haben.«

»Im Zug, und wohin?«

»Nun, nach Viareggio, wohin sonst? Sie wollte nach Viareggio, und die beiden haben sie hingebracht.«

»Waren Sie selbst auch schon mal in Viareggio, Signora Fani?«

»Ich doch nicht. Ich bin alt.«

»Wie lange sind die denn in Viareggio geblieben?«

»Alicetta wollte gar nicht nach Viareggio fahren. Sie

wollte zu ihrem Großvater. Und die beiden haben zu ihr gesagt: Wir bringen dich zu ihm. Und sie: Nein, ihr Schweine, ihr fahrt ja doch nicht nach Viareggio, sondern zum Fischmarkt, wo es obendrein noch stinkt und dann gut' Nacht.«

»Aber wie hat Alicetta alle diese Sachen herausgebracht, wo sie doch überhaupt nicht sprach?«

»Also, sie hat das nicht mit Worten gesagt, sondern mit den Augen, und deshalb haben die uns die Augen verdeckt, damit sie ohne Augen fuhr.«

»Wie Sie sehen, phantasiert die Patientin«, schaltete sich Doktor Farra ein, »sie vermischt die Phantasie mit den wenigen Fetzen Realtität, die sie gerade noch so zusammenbringt.«

»Bisweilen führt gerade dieser komplizierte und schwierige Prozeß zur Wahrheit. Es ist wie bei der Traumdeutung. Sie sollten das doch wissen.«

»Ich weiß nur, daß Sie mir hier die ganze Klinik auf den Kopf stellen wegen eines völlig normalen, natürlichen Todesfalles.«

»Das ist kein natürlicher Tod, wenn ein Mensch dermaßen mit Beruhigungsmitteln vollgepumpt ist, daß er weder essen noch trinken kann und am Ende verhungert. Nein, Doktor Farra, das ist nicht natürlich. Und Sie als Klinikchef werden die Verantwortung für diese grobe Fahrlässigkeit tragen müssen.«

»Wir haben ihr keine Beruhigungsmittel gegeben.«

»Der Zufall will es, daß durch die Autopsie Beruhigungsmittel in ihrem Blut nachgewiesen wurden, und zwar in einer Menge, die ›einen Ochsen umhauen‹ würde, wie der Gerichtsmediziner sich ausdrückte.«

»Das überrascht mich. Können die sich nicht vielleicht getäuscht haben? Wir geben nur selten Beruhigungsmittel, und nur in dringenden Fällen.«

»Wer kümmert sich eigentlich um diese Patienten, wenn die einzige Psychiaterin der Klinik krank ist?«

»Ich bin ja da.«

»Aber Sie kommen doch nie mit den Kranken in Berührung.«

»Doch, doch, das tue ich. Dann ist da noch Doktor Cenci, der mir bei den Elektroschocks zur Hand geht, und außerdem die Pfleger und die Schwestern. Wir sind viele, und wir sind alle eine große Familie.«

»Grüßen Sie mir die Familie. Ich muß jetzt gehen. Aber ich werde zurückkommen.«

»Ich stehe Ihnen jederzeit zur Verfügung, Frau Kommissarin.«

Er macht eine Verbeugung vor Adele Sòfia, die viel zu förmlich und steif ist, als daß sie auch nur im mindesten ehrlich gemeint sein könnte.

Am selben Tag findet sowohl bei dem Krankenpfleger Bruno Mocci, genannt Tintenfisch, als auch bei dem Pflegehelfer Demetrio Perelli, alias Sangiorgio, eine Hausdurchsuchung statt. In der Wohnung des ersteren findet man die Holzente, von der die Krankenschwester Mirta Vallone gesprochen hat und die mysteriöserweise seit einigen Wochen verschwunden war. In der Wohnung des letzteren werden drei Bettbezüge der Klinik mit dem eingestickten Monogramm *FN* (für Farra, Neri) sowie eine blutbefleckte Unterhose von Alicetta entdeckt.

Die Kommissarin ordnet die Festnahme der beiden an, worauf die sich, wie es häufig vorkommt, gegenseitig beschuldigen, in der Hoffnung, daß sie freigelassen werden, wenn sie die Aufdeckung der Wahrheit vereiteln.

Aber alle Patientinnen sagen einvernehmlich aus, daß die beiden immer zusammen waren und daß sie nie erlebt haben, daß Alicetta allein oder nur mit einem der beiden Männer zum Baden ging.

Eine weitere Hausdurchsuchung bei Bruno Mocci fördert fünf geöffnete und halb aufgebrauchte Packungen Roipnol ans Tageslicht.

»Was hat ein so starkes Beruhigungsmittel wie Roipnol bei Ihnen zu Hause zu suchen?«

»Es ist für meine Frau, sie kann nachts nicht schlafen.«

Als die Ehefrau befragt wird, streitet sie ab, jemals auch nur eine Tablette Roipnol eingenommen zu haben. Und es ist offensichtlich, daß sie die Wahrheit sagt, denn sie ist eine hellwache, energische und nicht gerade zu Hirngespinsten neigende Person.

»Was meinen Sie, warum Ihr Mann dieses Beruhigungsmittel zu Hause aufbewahrt?«

»Für die Kranken, bestimmt nicht für uns, wir sind alle putzmunter. Meine Tochter ist Grundschullehrerin, wenn sie bei der Arbeit schliefe, hätten sie sie schon längst zum Teufel gejagt. Und ich habe, wie Sie sehen, derart viel zu tun, daß ich mit Mühe und Not nachts gerade mal drei Stunden Schlaf bekomme.«

»Aber wenn es für die Kranken gewesen wäre, dann hätte er es doch dort gehabt, wo er arbeitet: in der Klinik, nicht wahr? Wieso hat er es mit nach Hause genommen?«

»Ich weiß es nicht, Frau Kommissarin; dieser Mann ist selbst mir ein Rätsel. Ich bekomme ihn so gut wie nie zu Gesicht, und wenn ich ihn mal sehe, erkenne ich ihn nicht wieder. Früher war er lustig, er redete, er aß, er kochte gern. Heute schließt er sich in der Toilette ein und liest lauter Pornokram. Wenn er aus dem Haus geht, verabschiedet er sich nicht mal von mir. Seine Tochter nennt ihn ›den Fremden‹. Ich habe wirklich keine Ahnung, warum er diese Tabletten hier aufbewahrt hat. Vielleicht für sich.«

»Im Krankenhaus wurde mir gesagt, daß er regulär acht Stunden am Tag gearbeitet und oft sogar noch Überstunden gemacht hat. Mit Roipnol macht man keine Überstunden.«

»Sie werden mir doch mitteilen, Frau Kommissarin, warum er diese Beruhigungsmittel hatte?«

»Das werden wir schon herausfinden. Vielen Dank für Ihre Mithilfe.«

»Wissen Sie, warum Ihr Freund Bruno Mocci alle diese Beruhigungsmittel bei sich zu Hause hatte?«

»Keine Ahnung. Aber wenn Alicetta, wie Sie sagen, mit Beruhigungsmitteln vollgepumpt war, dann mußten die ja irgendwo herkommen.«

»Sie glauben also, daß er es gewesen ist. Und warum hätte er ihr diese ganzen Beruhigungsmittel geben sollen?«

»Um zu tun, was ihm gefällt, ist doch klar? Er mag nun mal kleine Mädchen. Und wenn sie dann noch stumm und taub sind, ist das geradezu ideal.«

»Und Sie, der Sie immer mit Ihrem Freund zusammen waren, haben diesen Mißbrauch mit angesehen und dazu geschwiegen?«

»Was wußte ich denn schon davon? Ich habe ihm manchmal geholfen, die Kleine ins Bad zu bringen, aber dann habe ich ihn sich selbst überlassen. Ich hatte was anderes zu tun.«

»Und Sie haben sich nicht mal gefragt, was Ihr Freund Bruno Mocci mit dem halb betäubten Kind im Bad angestellt hat, und obendrein zu einer Zeit, in der die anderen Patientinnen längst schliefen?«

»Das war nicht meine Aufgabe. Um diese Zeit muß ich die Medikamentenwagen reinigen, die Tabletts nach unten tragen, die Arzneien für die Nacht bereitstellen, die Fernsehapparate ausmachen, die Handtücher für den nächsten Morgen zurechtlegen und ab und zu sogar die Kochtöpfe vom Abendessen abwaschen. Sie glauben doch wohl nicht, daß ich da meine Zeit noch mit einem katatonischen Kind verplempern konnte.«

»Ihr Freund Demetrio Perelli behauptet, Sie hätten die kleine Alicetta allein gebadet.«

»Der ist wohl verrückt? Genau das Gegenteil war der Fall. Ich habe ihn nur bis zur Tür begleitet und ihn dann dort im Bad allein gelassen. Ich mußte nämlich wieder zurück. Fragen Sie doch mal die Oberschwester der Neurologie. Ich mußte abends alle Krankenberichte wieder einordnen, und ab und zu saß ich bis zum zwei Uhr morgens am Computer.«

»Bei Ihnen zu Hause wurde das Beruhigungsmittel gefunden. In großen Mengen. Was haben Sie damit gemacht?«

»Ärzte und Pflegepersonal werden ständig von der Pharmaindustrie angesprochen, ob sie nicht ein neues Produkt testen wollen. Sie verschenken es, sie werfen es einem nach. Wenn man es nimmt, stecken sie einem sogar noch heimlich Geld zu. Dabei hoffen sie immer, daß man das Medikament auf seiner Station einsetzt.«

»Sie bestreiten also, die kleine Alicetta wiederholt gezwungen zu haben, hochdosierte Beruhigungsmittel einzunehmen?«

»Selbstverständlich bestreite ich das, wieso hätte ich das tun sollen?«

»Ihr Freund Perelli behauptet, daß Sie das Kind mißbrauchen wollten und es mit Beruhigungsmitteln vollgestopft haben, damit es unter ihren Händen so weich wie Wachs wurde.«

»Ich habe Frau und Kinder, Frau Kommissarin, wie können Sie so etwas von mir denken?«

»Dann erklären Sie mir, was dieses Beruhigungsmittel bei Ihnen zu suchen hat.«

»Das habe ich Ihnen doch schon gesagt, es ist ein Geschenk von einer pharmazeutischen Firma.«

»Aber die Packungen sind alle angebrochen, und in jeder fehlen etliche Tabletten.«

»Die habe ich genommen, um ruhig zu bleiben, weil ich schon mal die Fassung verlieren kann, so wie jetzt gleich, wenn Sie mich weiterhin wie einen verdammten Kinderschänder behandeln.«

»Nicht wie einen Kinderschänder, Signor Perelli, sondern wie einen Mörder.«

»Es war Tintenfisch. Ich hab's gesehen. Bei ihm wurde doch die Ente von dieser Schwachsinnigen gefunden, oder?

Er hat sie ihr aus der Hand gerissen, weil sie ihm beinahe ein Auge ausgestochen hätte.«

»Mit einer Holzente?«

»Auch Holz kann weh tun, wenn man es mit Wucht ins Auge kriegt.«

»Dann würde es sich also um Notwehr handeln?«

»Die wollte einfach nicht baden, da war nichts zu machen.«

»Sie geben also zu, daß Sie dabei waren?«

»Nein, ich habe nichts damit zu tun. Das war der ganz allein.«

»Tintenfisch und Sangiorgio, ich glaube, daß Sie gemeinsame Sache gemacht haben. Aber das wird jetzt das Gericht entscheiden. Ich bin gezwungen, Sie beide mit auf das Präsidium zu nehmen.«

Wie könnte man Alicetta vergessen: ihren tiefen Schlaf, ihren zusammengekauerten Körper, ihre fettigen und matten blonden Haare, so matt, daß sie eine andere Farbe angenommen hatten.

Ich habe Alicettas Großvater wiedergesehen. Auf dem Friedhof. Weinend stützte er sich auf seinen Stock. Ich war die einzige aus der Klinik, die dort war. Doktor Farra, der der Beihilfe zum Mord verdächtigt wird, hat sich in der Klinik verbarrikadiert. Er hat Türen und Fenster verriegelt und will niemanden sehen. Mich hat er entlassen, weil er meint, ich hätte mich als »Polizeispitzel« betätigt. Dabei war ich die einzige da drinnen, die von nichts wußte. Ein kleiner »Einfaltspinsel« bin ich schon, das muß ich zugeben, im Grunde kann ich verstehen, warum sie mich so nennen. Es kam mir zwar komisch vor, daß ein Pfleger und ein Pflegehelfer gemeinsam eine Kranke baden, und dann noch zu solch einer Zeit. Aber da weder Herr Doktor Farra noch Frau Doktor Neri je etwas gesagt haben, habe auch ich meinen Mund gehalten. Statt dessen hätte ich sofort protestieren sollen. Aber wie viele tun das nicht, aus Angst, ihre Stelle zu verlieren. Wir sind Feiglinge, das ist wirklich wahr, so wie die Kommissarin Adele Sòfia sagt: Jeder für sich und das Böse für alle.

Alicettas Großvater hat mich angerufen und mich gebeten, ihm ein wenig über die Enkelin zu erzählen. »Was hat sie zu Ihnen gesagt?« »Wie hat sie gespielt, wenn sie allein war?« »Was hat sie gegessen?« »Wie viele Stunden hat sie geschlafen?« »Wann hat sie aufgehört zu essen?« und so weiter. Ich glaube, er fühlt sich verantwortlich dafür, daß er das Kind zwei Monate lang allein gelassen hat. Aber ihn trifft keine Schuld, er lag krank im Bett.

»Das werde ich mir niemals vezeihen, liebe Mirta, es ist, als hätte ich selbst sie getötet.«

»Quälen Sie sich doch nicht. Was soll ich denn erst sagen, ich war dort und habe nichts begriffen. Ich hätte Sie benachrichtigen können. Aber ich war taub und blind. Vielleicht aus Angst, meine Stelle zu verlieren? Alle waren taub und blind. Niemand konnte sich vorstellen, was die beiden da angerichtet haben. Ich bin nicht mißtrauisch, ich denke nicht gern schlecht über andere, aber dieses Mal habe ich mich gewaltig getäuscht ...«

»Niemand, der den Mund aufgemacht hat. Dabei hätte ein Wort genügt, Mirta, nur ein Wort, und Alicetta wäre noch am Leben.«

»Sie bringen mich zum Weinen, Signor Pantaleoni, wie können wir das wiedergutmachen?«

»Da ist nichts mehr gutzumachen, da ist nichts mehr gutzumachen. Wir können nur noch für sie beten.«

Ein Jahr später, im Monat Mai, erscheint im römischen *Messaggero* eine Anzeige: Luigi Pantaleoni und Mirta Vallone geben ihre Vermählung bekannt.

Unterdessen wurden der Krankenpfleger Bruno Mocci und der Pflegehelfer Demetrio Perelli nach einer ersten Verurteilung zu einer achtzehnjährigen Gefängnisstrafe wegen Vergewaltigung und Mord in zweiter Instanz mangels Beweisen freigesprochen.

Während der eine jetzt wieder als Pflegehelfer bei einer anderen Privatklinik beschäftigt ist, hat der andere auf Taxifahren umgesattelt.

Nächtliche Mauern

Eine Frauenstimme in der Nacht. Sie spricht sanft und leise, mit jähen Ausschlägen von Bitterkeit und Bestürzung – in solchen Momenten klingt sie schrill, beinahe kindlich.

Die Kommissarin Adele Sòfia hört ihr aufmerksam und nachdenklich zu. Ihre Augen ruhen auf dem Körper der Frau, der zahlreiche Verletzungen aufweist. Sie ist klein, hat blaue Augen und schwarze Haare. Sie wirkt kräftig und zart zugleich. Unter ihrer schwarzen Bluse sieht man die Verbände an Hals und Arm.

»Ich lag im Dunkeln und schlief. Ich habe einen heftigen Ruck am Bett gespürt, so als stieße jemand mit dem Knie dagegen. Ich bin aufgewacht und habe einen Schatten über mir gesehen. Wie von Sinnen schlug er auf meine Schulter und meinen Hals ein. Im ersten Augenblick habe ich nicht begriffen, daß es ein Messer war, Frau Kommissarin, ich hatte das Gefühl, als würde mir jemand mit den Zähnen das Fleisch vom linken Arm abreißen. Instinktiv habe ich den rechten Arm, er war noch unverletzt, zum Nachttisch ausgestreckt. Ich habe die schwere metallene Lampe ergriffen und auf das eingeschlagen, was ich für den Kopf des Angreifers hielt. Ich hörte ein dumpfes Geräusch, ein langanhaltendes Knirschen und dann nichts mehr, Stille.«

»Wann haben Sie bemerkt, wer es war?«

»Ich bin auf die Tür zugetaumelt und habe auf den Lichtschalter gedrückt. Da hab ich den Mann auf dem Boden liegen sehen. Im ersten Moment habe ich ihn nicht erkannt. Erst später, als ich ihn genauer betrachtete, wurde mir klar, daß es Adriano war, mein Mann, Kommissarin.«

»Was meinen Sie, warum er vesucht hat, Sie umzubringen?«

»Ich weiß es nicht, ich verstehe es nicht.«

Der kleinen kräftigen Frau laufen die Tränen aus den Augen. Die Kommisssarin wartet, daß sie weiterspricht.

»Möchten Sie ein Glas Wasser?«

»Ich habe an einen Dieb gedacht, an jemanden von draußen. Und dabei war er es: Adriano, mit dem Küchenmesser, während ich schlief... Da war gar kein Blut auf dem Boden, wo sein Kopf lag, es gab nichts, was auf Tod hingedeutet hätte. Er wird wohl bewußtlos sein, dachte ich, gleich wird er wieder anfangen zu atmen, und was sage ich dann zu ihm? Soll ich so tun, als wäre nichts geschehen? Sein Mund stand offen. Ich hätte ihn gern zugemacht, aber ich scheute mich, zu ihm hinzugehen. Ich betrachtete sein Kinn: Er hatte sich gerade einen Spitzbart wachsen lassen. Der sah so komisch aus, dieser graue Spitzbart. Er stand ihm nicht gut, dadurch wirkte sein Gesicht irgendwie verschlagen und traurig. Gleich fängt er wieder an zu atmen, gleich fängt er wieder an zu atmen... Aber das tat er nicht, und ich wußte mir keinen Rat. Dann habe ich die Blutlache entdeckt, die sich auf der Bettdecke ausbreitete, und ich fuhr mir mit der Hand an den Hals. In dem Augenblick fühlte ich den Schmerz, und eine schreckliche Angst packte mich.«

»Ihr Mann lehrte an der Universität. Und Sie, arbeiten Sie auch?«

»Ja, ich arbeite, vielmehr, ich habe für ihn gearbeitet. Schon morgens kamen Anrufe von den Studenten, Kollegen, Verlegern oder von Veranstaltern für Seminare und Kongresse auf der ganzen Welt. Ich war für das Telefon zuständig; ich notierte die Namen, vereinbarte die Termine und wählte die Personen nach den Anweisungen aus, die mir mein Mann am Morgen, bevor er das Haus verließ, gegeben hatte.«

Die Tränen rinnen ihr immer noch über die Wangen, aber das beeinträchtigt ihre Erinnerung nicht. Die Worte der jungen Frau, die sich in einem Schwall ergießen, sind trotzdem logisch und geordnet.

»Ein Mann, der zu allen freundlich war, der fröhlich war, besonders in Gesellschaft. Sein einziger Kummer: Er hatte – bei einer sonst normalen Körpergröße – von Geburt an zu kleine Füße. ›Haben Sie Herrenschuhe in Größe siebenunddreißig?‹ fragte er den jeweiligen Verkäufer, und jedesmal spürten wir das Befremden, wenn man uns antwortete: ›Entschuldigen Sie, aber siebenunddreißig ist eine Damengröße. Vielleicht sollten Sie es mal in der Kinderabteilung probieren.‹

Tatsächlich mußte er oft Schuhe für Jugendliche nehmen. ›Ein Jugendlicher mit grauen Haaren‹, hatte einmal ein Journalist über ihn geschrieben. Und Adriano hatte den Artikel ausgeschnitten und ihn an die Wand neben seinem Bett geklebt. Er gefiel sich in der Rolle des sportlichen Typs, der kaum gealtert ist.

Ich hatte meine Mutter und meine Schwestern in Belgien zurückgelassen, um ihm nach Italien zu folgen. Aber er hatte noch andere Bindungen: Giulia, seine erste Frau, die er weiterhin mit den heikelsten Aufgaben betraute; seine Tochter Albertina, die Medizin in Stanford, Kalifornien, studiert und ihn jeden Tag anrief; seine Mutter, Donna Melodia, an die er sich wandte, wenn er psychologischen Rat brauchte.

Ein Mann, der immer Herr seiner selbst war. In den zehn Jahren unserer Ehe habe ich ihn nie wütend erlebt. Mit ruhiger, heiterer Stimme sagte er: ›Es gibt nichts, über das man nicht vernünftig reden könnte.‹ Ab und zu hat er sogar Schläge eingesteckt, weil er so hartnäckig versuchte, den Gegner in ein von vornherein aussichtsloses Gespräch zu ziehen.

Wie das eine Mal, als er aus Unaufmerksamkeit einen Autofahrer geschnitten hatte und der wütend und angriffslustig aus dem Auto gesprungen ist, bereit, auf ihn einzudreschen. Adriano ist lächelnd und mit ausgestreckter Hand auf ihn zugegangen: ›Lassen Sie uns vernünftig miteinander reden, lieber Freund‹, hat er versöhnlich angefangen, aber der andere hat ihn gar nicht erst zu Wort kommen lassen und ihm einen so heftigen Faustschlag versetzt, daß er zu Boden stürzte. Aber selbst da, als er mit angeschlagenen Knochen auf der Erde lag, redete er noch weiter. ›Lieber Freund, was nützen die Fausthiebe, man muß sich vernünftig auseinandersetzen …‹ Er kochte sehr gern. Seine Spezialität war Truthahn in Bier und Pasta alla carcerata mit Sardellen, Rucola und schwarzen Oliven.

Er sagte dann: ›Heute abend koche ich.‹ Dann band er sich meine lila geblümte Schürze um und nahm die Töpfe von den Haken. Nach einer Stunde tischte er ein Spaghettigericht auf und fragte: ›Was sagt ihr dazu?‹ Zuerst bediente er die Freunde, dann sich selbst und schließlich mich. Er aß mit Genuß und trank zum Essen ein paar Gläser Rotwein, seinen Lieblingswein. Am besten schmeckten ihm die piemontesischen Weine, Dolcetto und Grignolino, die er für ›königliche Weine‹ hielt; die anderen waren für ihn nichts weiter als ›Pipi‹.

Besonders gern kochte er für Freunde. Häufig lud er seine Kollegen ein, Amaranto und Rosadei, zusammen mit ihren Frauen, ab und zu den Rektor der Universität, Professo Ciccoli, und oft seine erste Frau, Giulia, mit ihrem jetzigen Lebensgefährten, einem nicht besonders erfolgreichen Pianisten.

Mit diesen Freunden, vor allem mit Giulia und ihrem nicht besonders erfolgreichen Pianisten ging er zum Klettern in die Berge. Sie brachen frühmorgens auf und stiegen in Wände mit Schwierigkeitsgrad fünf oder sechs in der Gegend von Monte Rosa und Valtournenche. Er besaß eine ganze Kollektion von Bergschuhen, die er ordentlich aufgereiht im Kleiderschrank aufbewahrte. Sie waren maßgefertigt, weil er nie etwas Passendes für seine kleinen, zarten Füße fand.

Wir haben uns an der Universität kennengelernt. Ich ging gerade die Treppe zur Fakultät hinauf, und er kam in einem weißen Regenmantel mit einem Packen Bücher unter dem Arm herunter. Wir sind zusammengeprallt. Die Bücher fielen zu Boden und verteilten sich über die Stufen. Ich habe sie sofort aufgesammelt und mich bei ihm entschuldigt. ›Ich muß mich entschuldigen, es war mein Fehler‹, sagte er.

Noch am selben Abend sind wir zusammen essen gegangen. Er hat mir von seiner komischen Familie erzählt. Von seinen älteren Brüdern Platon, Heidegger, Husserl, Schopenhauer; seinem Vater Hegel, seinem Großvater Jesus Christus. So sagte er.

Mir hat sofort seine volle, sinnliche Stimme gefallen; seine Art zu lachen, mit leicht gekräuselten Lippen, so daß man seine schlechten Zähne nicht sehen konnte.

Seine Studenten liebten ihn, weil er ihnen, großherzig und ohne sich zu schonen, viel von seiner kostbaren Zeit widmete. Er kannte sie mit Namen, verbrachte manchmal eine halbe Stunde mit ihnen am Telefon, um über die bedeutensten Theorien zu diskutieren.

Er brachte es fertig, seine Vorlesungen in einem Café zu halten, bei einem Cappuccino mit Sahne. Oder sie alle zu einer Ausstellung mitzunehmen, um seine Theorie über die Komplementarität der Künste darzulegen, ›die wie Origami miteinander verbunden sind‹. Er sagte: ›Der Mensch erreicht seine höchste Vollendung nur dann, wenn er das Erhabene träumt oder es erfindet. Trotzdem beschränkt er sich darauf, sich als einen kleinen *Homo faber* zu sehen, strebsam und kämpferisch, während er im Grunde nur Krieg und Zerstörung herbeiführen kann. Es ist besser, Träume zu gestalten und sich von ihnen gestalten zu lassen.‹

Zu mir war er höflich und liebevoll. Sehr zerstreut. Er vergaß, was er mir gerade sagte, noch während er redete und gestikulierend nach dem richtigen Wort suchte. Aber dann wurde er ärgerlich und brach seine Rede mittendrin ab.

An einem Abend dachte er nicht daran, mir zu sagen,

daß er zum Abendessen nicht nach Hause käme, an einem anderen Tag vergaß er, mir Bescheid zu geben, daß er zum Mittagessen vier Studenten mitbrächte. Die Bücher, die er gerade las, lagen, aufgeschlagen und mit Markierungen versehen, im ganzen Haus herum. Er ließ den Termin mit einem Journalisten platzen, und ich war dann diejenige, die die Sache mit Lügen, die er mir selbst durchs Telefon diktierte, wieder in Ordnung bringen mußte.

Manchmal gab er mir Diplomarbeiten zu lesen: ›Ich schaffe es nicht, kümmere du dich darum, und dann berichtest du mir.‹ Ich machte mich daran, gewissenhaft Wort für Wort zu lesen und die Eindrücke, die ich dabei gewonnen hatte, in einem kleinen Heft niederzuschreiben.

Aber dann berücksichtigte er das gar nicht. Er warf lieber selbst einen Blick darauf. Dabei genügte es ihm, eine Seite zu lesen, um zu entscheiden, ob es gut oder schlecht war. Und für gewöhnlich traf er ins Schwarze. ›Ich habe das übrigens schon an ihren Schuhen erkannt. Eine mit solchen goldenen Sandalen wird nie etwas Gescheites zu Papier bringen können. Was für eine Schuhgröße die wohl hat? Vierzig? Und das soll der Fuß einer Frau sein?‹

Er war streng mit seinen Studenten. Aber wenn einer begabt war, freute er sich darüber und versuchte, ihm jede erdenkliche Hilfe zukommen zu lassen.

›Ich bringe Evelise zum Mittagessen mit, sie hat einen Artikel über Hegel geschrieben, der unbedingt veröffentlicht werden sollte. Ein kluger Kopf, dieses Mädchen, sie trägt auch die richtigen Schuhe.‹

Zu hohe Absätze, Schnürsenkel, Bändchen, vergoldete Schnallen fand er lächerlich, Frau Kommissarin. ›Das ist antiphilosophisch‹, sagte er lachend. Und seine ständige Rede war, daß die Kyniker barfuß gingen. ›Dion Chrysostomos trug nichts weiter als ein Stück Stoff, um sich vor der Sonne zu schützen.‹

Er war für sein korrektes Verhalten gegenüber den Schülerinnen bekannt, Frau Kommissarin. Er sagte: ›Wir dürfen die sexuelle Anziehung nicht mit dem pädagogischen Eros verwechseln.‹ Und tatsächlich begegneten ihm die Schülerinnen mit großem Vertrauen, denn sie wußten, daß sie weder plötzliche Übergriffe noch sexuelle Erpressungen zu befürchten hatten, wie sie bei anderen Professoren durchaus vorkommen.

Gegenüber den männlichen Studenten war er besonders streng, weil er der Ansicht war, daß ›der Kopf eines Mannes sich mehr zum analytischen Denken eignet. Man muß seine Gedanken ordnen können, wenn man über das Universum nachsinnt. Wem gelänge es schon, Ordnung in den Kopf einer Frau zu bringen?‹

Aber wenn ihm die intelligente Arbeit einer Studentin in die Hände fiel, dann ließ er sich nicht davon abhalten, Frau Kommissarin, diese ernst zu nehmen und sich mit begeisterten Worten darüber auszulassen.

Von unserer Ehe sagte er, sie sei ›perfekt‹. Was bedeutete, daß jeder uneingeschränkt seinen Teil dazu beisteuerte. Er widmete sich mit Hingabe und Leidenschaft seinem Beruf. Ich widmete mich mit Hingabe und Leidenschaft seiner Person. Das war meine Aufgabe. Wozu er mich nie gezwungen hat, Frau Kommissarin, damit das klar ist, aber ich hätte mich nicht entziehen können, ohne unsere Verbundenheit in Frage zu stellen.

›Wir beide sind wirklich glücklich, Carmela‹, sagte er manchmal morgens, wenn wir auf dem Balkon unseres Hauses frühstückten. ›Wir verzehren unseren Anteil an rechtmäßigem Glück. Wir haben noch Zeit. Wir haben geschickte Hände, scharfe Augen. Nichts, Carmela, darf diese häusliche Vollkommenheit stören‹, genau das sagte er.

Wenn er sich dann die Zähne mit einer tonhaltigen Zahncreme geputzt hatte, ging er aus dem Haus. Er nahm sein Fahrrad – ›um die Umwelt nicht mit Autoabgasen zu verschmutzen‹ – und fuhr zur Universität, während ich mich mit dem Telefon und dem Faxgerät herumschlagen mußte, das unaufhörlich ein Blatt nach dem anderen ausspuckte: Anfragen, Einladungen, Briefe und so weiter.

Zuerst räumte ich überall auf, und dann setzte ich mich ins Arbeitszimmer, wo ich ihm den Schreibtisch für den Nachmittag herrichtete. Auf diese Weise fand er die Briefe schon geöffnet und nach Themen sortiert vor; die bereits beantworteten Faxe brauchten bloß noch unterschrieben zu werden, und auf der Telefonliste waren die dringenden Anrufe gekennzeichnet.

Hungrig kam er nach Hause zurück und fragte: ›Ist das Essen fertig, Carmela?‹ Was ich kochte, war ganz nach seinem Geschmack. Auberginen alla parmigiana und Schokoladenpudding aß er am liebsten, und das wünschte er sich oft. Zu seinen Freunden sagte er: ›Ihr müßt mal den Schokoladenpudding mit Sahne probieren, den meine Frau macht, dann seht ihr die Welt in einem besseren Licht.‹

Im Sommer fuhren wir nach Griechenland auf die Insel Salamis, gegenüber von Megara, wo Euklid lehrte, der im *Sophistes* von Platon, seinem Milchbruder, widerlegt wurde. Wir fuhren mit Giulia und ihrem erfolglosen Pianisten dorthin.

Er angelte gern Meeräschen in den flachen Gewässern von Ägina. Die grillten wir dann am Abend über dem Holzkohlefeuer. Sie schmeckten ein bißchen nach Schlick, aber sie waren zart und dufteten nach Meer.«

»Und Ihnen ist niemals aufgefallen, daß dieser sympathische, umgängliche, zerstreute, verliebte Mann eine versteckte Feindseligkeit in sich getragen hätte, Anflüge von Haß?«

Adele Sòfia betrachtet die junge Frau, die jetzt still vor sich hin weint und dabei ihre Hände ineinander verkrampft. Es scheint, als bliebe ihre Stimme in der von Schluchzen zusammengeschnürten Kehle stecken.

Aber warum sie quälen? Die Verletzungen bezeugen, daß sie die Wahrheit sagt. Jetzt muß die Autopsie des Professors den Tathergang bestätigen oder in Frage stellen.

Adele Sòfia macht Anstalten, aufzustehen und sie zu entlassen, aber die Frau bleibt sitzen. Sie hat ein rosaweiß kariertes Taschentuch herausgezogen und wischt sich die Augen.

»Ich wollte Ihnen noch sagen, daß ich ein paar Tage nach seinem Tod, als ich seine Unterlagen ordnete, ein Büchlein mit den Gedanken von Bernanos gefunden habe, mit vielen Unterstreichungen und Randbemerkungen. Und ich habe mir seine Worte abgeschrieben.«

Die junge Frau reicht der Kommissarin das weiße Büchlein mit einer Federzeichnung, einem Porträt von Bernanos, auf dem Umschlag. Und Adele Sòfia liest: ›Die Lügen, auf die wir uns stürzen, als wollten wir damit eine Mauer überwinden, setzen uns nichts Konkretes entgegen, sie sind nichts als nächtliche Mauern. Sie sind der Teil des Nichts, der Teil der Finsternis, den die Liebe dem Licht noch nicht hat zurückgeben können.‹

»Aber das sagt doch nichts über den Grund des Verbrechens aus, Signora Verbano ...«

»Warten Sie, lesen Sie weiter.«

Adele Sòfia überfliegt die handschriftlichen Aufzeichnungen an den Seitenrändern und liest: ›Ich liebe meine Frau wie mich selbst. Das Schlimme ist, daß ich mich selbst nicht liebe. Ich bin ein kleiner Schwindler vor Gott.‹

»Und Sie glauben, daß das etwas erklärt?«

»Ich weiß es nicht. Könnte er nicht vielleicht versucht haben, mich umzubringen, weil er mich zu sehr liebte?«

»Das könnte sein. Aber was ist das für eine Liebe, die die Verletzung und den Tod des anderen will?«

»Sagt er nicht, daß er sich selbst haßte? Und ich war bei ihm, für ihn, durch ihn, deshalb ...«

»Worte, Signora Verbano, nichts als Worte. Ihr Mann hat versucht, Sie mit einem Küchenmesser zu töten. Beinahe wäre es ihm sogar geglückt. Wenn Sie nicht die Geistesgegenwart besessen hätten, nach der Lampe zu greifen und sie ihm über den Kopf zu schlagen, würden Sie nicht hier sitzen und mit mir sprechen.«

»Das ist eine brutale Sichtweise.«

»Ich habe mich an den Hergang der Ereignisse zu halten. Die Psychologie kommt nachher, nicht vorher.«

»Ich habe ihn geliebt und ihm blind vertraut, Frau Kommissarin ...«

»Wenn er noch lebte, würden Sie ihm dann immer noch vertrauen?«

»Ich glaube ja. Der Fehler war vielleicht, ihm nicht den geringsten Freiraum gelassen zu haben. Kein Stecknadelkopf paßte zwischen seinen Körper und meinen, zwischen seinen Tag und meinen, zwischen sein Herz und meins. Und er wollte die Ewigkeit zwischen uns treten lassen.«

»Warum ziehen Sie eigentlich nicht um?«

»Das wäre zu schmerzlich. Und außerdem muß ich mich um seine Unterlagen kümmern, da sind so viele Dinge, die katalogisiert und geordnet werden müssen. Sein Verleger will demnächst zwei noch unveröffentlichte Bände herausgeben. Wie könnte ich da fortgehen?«

»Diese blinde Hingabe tut Ihnen gar nicht gut. Ihr Mann hat Ihnen im übrigen doch gezeigt, daß er sie nicht wollte. Im Gegenteil, vielleicht verabscheute er sie sogar.«

»Sie täuschen sich. Mein Mann war zufrieden, und er ist es immer noch. Er besucht mich oft in der Nacht. Er setzt sich auf mein Bett und sagt mir, was alles zu erledigen ist. Seine Stimme klingt wie immer. Nur etwas heiserer, nächtlicher. Wenn es anfängt zu dämmern, steht er auf, zupft die Bügelfalten an seiner Hose zurecht und verschwindet.«

»Wollen Sie auch ein Gespenst werden?«

»Das bin ich doch schon, Frau Kommissarin, aber ich bedaure es nicht.«

In diesem Augenblick ertönt ein Klingeln aus der Handtasche, die über der Stuhllehne hängt.

Überrascht verfolgt Adele Sòfia die ruhigen, geschmeidigen Bewegungen der jungen Frau, die ein kleines schwarzes Handy aus ihrer Tasche zieht, es an ihr Ohr hält und mit einer nur ganz leicht von Tränen verschleierten Stimme antwortet: »Hallo? Ach ja, Herr Professor… nein, selbstverständlich habe ich das nicht vergessen, ich muß nur noch die Fahnen korrigieren, das mache ich so schnell wie möglich. Ich werde Ihnen das Ganze Ende der Woche abliefern. Darauf können Sie sich verlassen. Auf Wiederhören.«

Tano, elf Jahre

15. Juni 1995, 10 Uhr

Er ist elf Jahre alt und heißt Tano. Soeben hat er seinen Vater wegen sexuellen Mißbrauchs angezeigt. Kerzengerade hockt er in dem grauen Zimmer des Kommissariats auf der Stuhlkante und versucht mit einer Hand den Fettfleck auf dem linken Knie seiner Hose zu verdecken.

Inspektor Marra sieht ihn besorgt und ungläubig zugleich an.

»Und was sagt deine Mama?«

»Nichts, was soll die schon sagen.«

»Und deine Geschwister?«

»Clementina hat das auch durchgemacht, seit sie fünf war. Rosario ist deswegen von zu Hause weggegangen. Aber der arbeitet nicht regelmäßig, und deshalb kommt er oft nach Hause. Die Mama sagt, er ist ein Idiot.«

»Und seit wann, sagst du, vergewaltigt dich dein Vater?«

»Seit ich sieben war.«

»Warum hast du das nicht früher gemeldet?«

»Ich hatte Angst. Er hat gedroht, daß er mich umbringt.«

»Und jetzt droht er dir nicht mehr?«

»Doch, das tut er, aber jetzt bin ich größer und habe nicht mehr solche Angst.«

»Ich werde deinen Vater herbestellen. Mach dir keine Sorgen.«

»Nein, wenn Sie meinem Vater sagen, daß ich ihn angezeigt habe, bringt er mich wirklich um.«

»Ich sage es ihm nicht. Ich werde von einer anonymen Anzeige sprechen, du kannst dich auf mich verlassen.«

Der Inspektor beobachtet, wie der Junge rasch aufsteht, mißtrauisch um sich blickt und dann auf Zehenspitzen, so als wäre er in der Kirche, hinter der Tür verschwindet.

Marra denkt an seinen ältesten Sohn, der etwa im gleichen Alter ist und sich seit einiger Zeit gegen ihn auflehnt. Wenn man ihn etwas fragt, gibt er entweder patzige Antworten oder antwortet überhaupt nicht, stundenlang schließt er sich im Badezimmer ein und liest Pornohefte, und wenn sie sich im Flur begegnen, guckt er einfach in die andere Richtung. In der Schule läuft es ganz schlecht. Samstags abends halten ihn keine zehn Pferde: Er geht mit seinen Freunden in die Diskothek und kommt erst am nächsten Morgen wieder nach Hause. Und dabei ist er gerade mal vierzehn Jahre alt. In einer derartigen Oppositionshaltung wäre er womöglich auch fähig, seinen Vater anzuzeigen, egal weswegen, nur um ihm Unannehmlichkeiten zu bereiten.

Er hat den Eindruck, daß dieser Tano viel Ähnlichkeit mit seinem Sohn hat. Aber wie dem auch sei, sicherheitshalber wird er den Vater, Luigi Bacalone, einbestellen. Niemand soll ihm nachsagen, er habe nicht seine Pflicht getan.

16. Juni 1995, 9 Uhr

»Luigi Bacalone, es liegt eine anonyme Anzeige wegen sexuellen Mißbrauchs Minderjähriger gegen Sie vor.«

»Da bin ich aber erstaunt, Herr Inspektor: Seit wann gehen Sie denn anonymen Anzeigen nach? Das soll wohl ein Witz sein. Da könnte ja jeder kommen und jeden anonym anzeigen, den er gerade auf dem Kieker hat. Das ist doch Schwachsinn.«

»Wie viele Kinder haben Sie, Bacalone?«

»Fünf: Rosario ist achtzehn, Clementina fünfzehn, Tano elf, und die Zwillinge, Mario und Michelina, sind sieben. Alles brave Kinder. Ein bißchen versponnen. Stellen Sie sich vor, kürzlich habe ich sie dabei erwischt, wie sie im Hof Onkel Doktor spielten. Sie hatten ihrer kleinen Schwester die Hose ausgezogen und waren drauf und dran, sie zu vögeln. Ich mußte sie gehörig zusammenstauchen.«

»Sie streiten also ab, Ihre Kinder mißbraucht zu haben?«

»Sie kriegen manchmal Prügel von mir, da will ich ganz ehrlich sein, Inspektor Marra. Aber was hätten Sie denn in einer solchen Situation gemacht, wo sie ihre Schwester fast entjungfert hätten?«

»Jemand behauptet, daß Sie sie nicht nur schlagen, sondern sich auch an ihnen vergehen.«

»Sind Sie verrückt geworden? Was haben Sie für Beweise? Hier hat sich doch jemand den Mund über mich zerrissen. Womöglich geben auch die Nachbarn noch ihren Senf dazu. Bestellen Sie doch meine Frau herein, bestellen Sie meine Kinder. Reden Sie mit denen. Versuchen Sie es, dann werden Sie ja erleben, was die Ihnen erzählen. Es ist Ihrer doch nicht würdig, in diesem Mietshaussumpf zu fischen.«

»Sie können gehen, Bacalone. Aber nehmen Sie sich in acht, wir überwachen Sie.«

Ein gutaussehender netter Mann Mitte Vierzig, denkt Inspektor Marra, einer, der seine Arbeit macht und sich mit seinen undisziplinierten Kindern herumschlagen muß. Aber wer wagt es heutzutage noch, seinen Kindern etwas zu sagen? Als er klein war, schlug ihm sein Vater so mit der Hand auf den Mund, daß der ganz anschwoll und blutete. Dabei war er ein braver Junge. Er hätte es niemals gewagt, seinem Vater an den Kopf zu knallen: »Verdammt noch mal, was willst du eigentlich von mir«, so wie sein Sohn Mario erst vor ein paar Tagen.

10.30 Uhr

»Kommissarin Sòfia, wir haben hier die Anzeige eines Elfjährigen gegen seinen Vater. Ich habe ihn kommen lassen, Bacalone Luigi, vierundvierzig Jahre. Er ist ein ordentlicher Kerl, gut angezogen, kann sich ausdrücken. Außerdem scheint er ehrlich zu sein. Er sagt, seine Kinder hätten Doktorspiele gemacht, und er habe sie verprügelt. Vielleicht hat sein Sohn Tano ihn deswegen angezeigt.«

»Bestellen Sie die Mutter. Wir wollen mal hören, was die dazu meint. Denken Sie daran, sexueller Mißbrauch findet zu achtzig Prozent innerhalb der Familie statt.«

»Der kleine Tano Bacalone beteuert, daß auch seine Geschwister vom Vater mißbraucht wurden.«

»Wir müssen beim Jugendamt einen Antrag stellen, damit die uns eine Sozialarbeiterin schicken. Ist die Pertini da?«

»Die Pertini ist im Mutterschaftsurlaub.«

»Dann lassen wir eben die Montagna kommen.«

»Ist die nicht zu jung für so eine Arbeit?«

»Sonst ist keine andere verfügbar. Immerhin besser als gar nichts. Und außerdem gewinnt eine jüngere unter Umständen leichter das Vertrauen der Kinder.«

18. Juni 1995, 9.30 Uhr

»Vorname und Familienname.«

»Giuseppina Bacalone.«

»Mädchenname.«

»Giuseppa Tognetto.«

»Wo sind Sie geboren?«

»In Villa di Teolo.«

»Und wo liegt Villa di Teolo?«

»In Venetien. Mein Vater ist tot, er hieß Gianni Tognetto. Meine Mutter Zaira Pezzego.«

»Geburtsdatum.«

»Ich bin in Villa di Teolo geboren.«

»Das sagten Sie bereits.«

»Das Jahr wollen Sie wissen? Also, ich bin am 5. Dezember 1960 geboren, in Villa di Teolo, als Tochter von Gianni Tognetto, der inzwischen tot ist, und …«

»Das genügt, ich habe verstanden. Uns liegt eine Anzeige wegen Notzucht vor.«

»Was für'n Ding? Entschuldigung.«

»Unsittliche Handlungen innerhalb der Familie.«

»Unsittliche Handlungen? Wie soll das denn gehen? In welcher Familie?«

»Ihr Mann heißt Luigi Bacalone und ist vierundvierzig Jahre alt?«

»Ja, aber was hat das damit zu tun?«

»Es hat durchaus etwas damit zu tun, denn er ist derjenige, dem sexueller Mißbrauch seiner Kinder zur Last gelegt wird. Es sind ja auch Ihre Kinder, Signora. Wissen Sie etwas darüber?«

»Sexueller Mißbrauch seiner Kinder, ach du heiliger Bimbam, was für'n Blödsinn, totaler Blödsinn.«

»Wie verhält sich Ihr Mann den Kindern gegenüber, seien Sie ehrlich, schlägt er sie?«

»Nur wenn es unbedingt nötig ist, aber sonst ist er liebevoll, er hängt an den Gören, er ist ein guter Vater, das kann ich Ihnen versichern, ein sehr guter Vater.«

»Wissen Sie, ob es stimmt, daß er neulich Ihren Sohn Tano geschlagen hat wegen eines Vorfalls bei Ihnen auf dem Hinterhof?«

»Was für'n Vorfall denn?«

»Die Kinder sollen etwas Schlimmes mit ihrer kleinen Schwester Michelina angestellt haben.«

»Mit ihrer kleinen Schwester? Das kann ich mir nicht vorstellen. Die Gören sind doch nie zusammen. Rosario ist längst ausgezogen, ich weiß nicht mal, wo der jetzt wohnt. Clementina verbringt mehr Zeit mit ihren Freunden als zu Hause. Tano schließt sich dauernd in seinem Zimmer ein und lernt, der ist ganz wild aufs Lesen, das is'n richtiger Doktor, eines Tages wird er sich noch die Augen verderben, und Mario, wer weiß schon so genau, wo der sich rumtreibt? Er ist dauernd mit seinen Freunden auf Achse. Aber Michelina ist immer bei mir, das is'ne ganz Anhängliche.«

»Sie haben also keine Ahnung, ob Ihr Mann die Kinder vor ein paar Tagen verprügelt hat, weil sie etwas Schlimmes mit ihrer kleinen Schwester vorhatten?«

»Mein Mann kann niemandem weh tun. Wenn er ihnen ab und zu mal eine Kopfnuß gibt, was macht das schon? Nur einmal, als Mario mich eine Hure genannt hat, hat er ihn anständig verdroschen, aber sonst nie.«

»Warum hat Ihr Sohn Mario, der doch meines Wissens erst sieben Jahre alt ist, Sie denn eine Hure genannt?«

»Weil das'n ganz frecher Bengel is.«

»Und Sie, Signora, schlagen Sie Ihre Kinder?«

»Und wie sollte das gehen, die sind doch viel stärker als ich.«

Der Inspektor sieht von seinem Blatt auf. In der Tat scheint die Frau, die ihm gegenübersitzt, nicht einmal die Kraft zu besitzen, einer Fliege etwas zuleide zu tun: Sie ist klein, spindeldürr und bleich. Wie sie es fertiggebracht hat, fünf Kinder zu gebären, darunter ein Zwillingspaar, ist unbegreiflich.

»Die Menschen sind schlecht, Herr Inspektor, und die haben auch schlechte Gedanken. Mein Mann ist ein guter Mensch, wir sind seit über achtzehn Jahren verheiratet, und mal abgesehen von den Moneten – er gibt gern Geld aus – war er immer ein guter Vater und ein guter Ehemann.«

»Schön. Sie können gehen, Signora. Aber kümmern Sie sich ein bißchen mehr um Ihre Kinder, lassen Sie sie nicht von morgens bis abends allein rumlaufen.«

»Jawohl.«

Inspektor Marra beobachtet, wie sie sich von ihrem Stuhl erhebt. Wenn sie steht, wirkt sie noch dünner und zerbrechlicher. An ihr fallen nur die Augen auf: Sie sind hell, strahlend und kindlich. Ihr Gesicht ist gezeichnet und zugleich maskenhaft.

8. Juli 1995, 9.30 Uhr

Die Kommissarin Adele Sòfia hat Marras Bericht in der Hand und liest ihn aufmerksam, während sie sich Lakritzstäbchen mit Veilchengeschmack in den Mund schiebt.

»Hier lügt entweder der Sohn oder der Vater, Marra.«

»Mit der Mutter habe ich gesprochen, die kommt mir ehrlich vor. Sie hält alles für ausgeschlossen: Sie behauptet, ihr Mann sei ein guter Vater. Sie ist ganz auf seiner Seite.«

»Das wäre nicht das erste Mal. Ist sie berufstätig?«

»Nein, sie ist Hausfrau.«

»Manche sind doch richtig versessen darauf, sich zur Hüterin der Familie zu machen, ich kenne diesen Typ Frau, selbst wenn sie dabei Gefahr laufen, Kröten so groß wie Kälber schlucken zu müssen. Denn wenn diese Frauen den Ehemann verlieren, dann verlieren sie auch die Lebensgrundlage: Die Familie bricht auseinander, und was wird dann aus ihnen? Sie fürchten die Wahrheit wie der Teufel das Weihwasser, und mit wahnwitziger Verbissenheit verbergen sie sie sogar vor sich selbst.«

»Nicht immer. Diese hier scheint mir ehrlich zu sein.«

»Natürlich nicht immer. Wir müssen die Wahrheit herausfinden.«

»Die Sozialarbeiterin, Signorina Lucia Montagna, ist gerade gekommen.«

»War sie schon bei den Bacalones zu Hause?«

»Ja, zweimal.«

»Schildern Sie mir, was für einen Eindruck Sie von der Familie Bacalone haben.«

»Ich habe mit dem Vater und mit der Mutter gesprochen. Ganz anständige Leute, wie ich finde: Sie entstammt einer Bauernfamilie aus Venetien, er kommt aus Kampanien und ist Handwerker. Sie haben vor achtzehn Jahren geheiratet, da war sie gerade mal siebzehn, und er neun Jahre älter. Jedes Jahr ein Kind oder eine Abtreibung. Sie kommen ganz gut zurecht, obwohl nicht viel Geld im Hause ist.«

»Kurzum, alles ganz normal.«

»Was die Eltern angeht: ja, was die Kinder angeht: nicht so ganz. Wenn man sich mit ihnen unterhält, treten einige Feindseligkeiten zutage. Die fünfzehnjährige Tochter, Clementina, haßt ihren Vater. Sie hat ihn gegenüber den Nonnen beschuldigt, sie sexuell belästigt zu haben.«

»Wann war das?«

»Vor zwei Jahren. Sie behauptet, daß ihr Vater Luigi Bacalone sich zum ersten Mal an ihr vergangen habe, als sie fünf Jahre alt war. Hinter dem Rücken der Mutter, die ihn allerdings trotzdem einmal auf frischer Tat ertappte, dann aber so getan hat, als hätte sie nichts gesehen.«

»Und die Nonnen?«

»Die Nonnen haben die Eltern zu sich kommen lassen, und die haben gesagt, daß ihre Tochter sie hasse, weil sie ihr nicht erlaubt hätten, ihren Freund, einen gewissen Odisseo, einen Halbafrikaner, mit nach Hause zu bringen. Die Nonnen haben noch einige Nachforschungen angestellt und schließlich den Eltern Recht gegeben.«

»Aber haben Sie auch mit dem Mädchen persönlich gesprochen?«

»Ja, selbstverständlich.«

»Und was für einen Eindruck hatten Sie?«

»Eine krankhafte Lügnerin, die sich nicht mal die Mühe macht, ihre Lügen zu tarnen. Sie hat mir so viele davon aufgetischt, daß mir der Kopf schwirrte. Über ihren Vater, ihre Mutter, über sich, über ihren Verlobten. Meiner Meinung nach ist sie eine Mythomanin. Die Mutter, die einem selbst wie ein Kind vorkommt, sagt, sie könne sie nicht bändigen. Das Mädchen zieht sich an wie eine Nutte, treibt sich mit erwachsenen Männern herum und pfeift auf alles und jeden.«

»Nun, es wird schon einen Grund dafür geben, warum sie sich so verhält... Bitte behalten Sie sie im Auge.«

»Nächste Woche habe ich schon wieder einen Termin dort.«

»Aber versuchen Sie auch ohne vorherige Absprache bei den Bacalones aufzutauchen, ohne sie vorher zu benachrichtigen, einfach so, ganz zufällig, und dann berichten Sie mir davon.«

22. Oktober 1996, 7.30 Uhr

»Wen haben wir denn da schon wieder? Bist du nicht Tano Bacalone?«

»Ja, der bin ich, und ich komme, um meinen Vater anzuzeigen.«

»Weswegen?«

»Vergewaltigung.«

»Das hast du doch schon vor einem Jahr gemacht. Und wir sind der Sache nachgegangen. Es ist absolut nichts dabei herausgekommen. Deine Mutter hat dir in allen Punkten widersprochen. Auch die Sozialarbeiterin hat alles dementiert. Deine Geschwister haben gesagt, daß nichts von dem, was du erzählst, wahr ist, und sogar die Nonnen haben gesagt, daß ihr beide, du und Clementina, Lügner seid.«

»Sie haben Angst vor Papa.«

»Und die Sozialarbeiterin, hat die auch Angst vor deinem Vater?«

»Nein, die nicht, aber die kapiert nichts. Sie läßt sich von Papas Geschwätz bezirzen. Er sieht gut aus und kommt bei den Frauen an. Wenn er redet, finden ihn alle sympathisch. Die Nachbarn mögen ihn, die Leute schätzen ihn.«

»Läßt deine Mutter sich auch bezirzen?«

»Ja, die auch, sie mag ihn. Aber vor allem hat sie Angst, eine Scheißangst … Er sagt zu ihr, daß er sie umbringt, das habe ich selbst gehört, und sie weiß, daß er das auch glatt tun würde.«

»Mir scheint, Tano Bacalone, du bist ein ›Hitzkopf‹, um mit der Sozialarbeiterin Lucia Montagna zu reden. Anscheinend hältst du dich immer in deinem Zimmer auf und liest, stimmt das?«

»Das stimmt, aber was hat das damit zu tun?«

»Könnte es nicht sein, daß die Bücher deine Phantasie angeheizt haben?«

»Im Gegenteil, die verschaffen mir erst Klarheit. Ohne die Bücher hätte ich nicht den Mut gehabt, hierher zu kommen und meinen Vater anzuzeigen.«

»Wieso bist du eigentlich nicht früher gekommen?«

»Seit einiger Zeit läßt er mich in Ruhe. Aber ich habe gemerkt, daß er angefangen hat, sich für meinen Bruder Mario zu interessieren, der vor ein paar Tagen acht Jahre alt geworden ist.«

»Und jetzt machst du dir Sorgen um deinen kleinen Bruder. Das ist ja richtig edel von dir.«

»Machen Sie sich nicht über mich lustig, Inspektor. So ist es einfach.«

»Wir werden deinen Vater und deine Mutter noch mal verhören. Aber wenn du weiter lügst, landest du irgendwann im Gefängnis, ich warne dich.«

»Ich sage die Wahrheit, aber Sie glauben mir ja nicht.«

»Es genügt keineswegs, etwas zu behaupten, Tano Bacalone, man muß es auch beweisen. Wir haben Erkundigungen eingezogen. Alle sagen, daß dein Vater ein guter Mensch ist: die Nachbarn, deine Geschwister, deine Mutter, die Nonnen, die Kaufleute. Warum sollten wir ausgerechnet dir glauben, wo du doch der einzige bist, der ihn beschuldigt?«

»Er ist gut darin, sich bei allen lieb Kind zu machen. Aber fragen Sie doch mal Clementina. Er hat sich nicht nur selbst über sie hergemacht, als sie fünf Jahre alt war, sondern er hat sie auch an seinen Freund weitergereicht, einen gewissen Ubaldo, mit dem er angeln ging; fragen Sie sie doch mal danach.«

»Wir werden sie fragen. Aber die Beweise, Tano, die Beweise. Ohne Beweise sind die Anschuldigungen für die Katz.«

27. Oktober 1996, 10 Uhr

»Name?«

»Clementina Bacalone.«

»Tochter von Giuseppa Tognetto?«

»Ja.«

»Dein Bruder Tano behauptet, daß dein Vater dich mißbraucht hat, als du fünf Jahre alt warst. Bestätigst du das?«

»Mein Bruder lügt.«

»Warum sollte er die Unwahrheit sagen?«

»Er haßt Papa.«

»Und du, du haßt ihn nicht?«

»Ich hasse meinen Vater auch, aber aus Gründen, die nur mich was angehen. Ich würde ihn nie anzeigen.«

»Dann stimmt es also, daß er sich an dir vergriffen hat?«

»Er hat mir nichts getan, ich schwöre es.«

»Ist es wahr, daß du dich mit vielen Männern rumtreibst?«

»Das ist doch wohl meine Sache.«

»Deine Mutter sagt, daß du ein loses Mundwerk hast und nicht zu bändigen bist.«

»Meine Mutter ist eine blöde Kuh.«

»Warum ziehst du dich so an?«

»Was meinen Sie mit ›so‹?«

»Wie eine von der Straße. Bedeck deine Brust mal ein bißchen, sonst bringst du mich noch auf schlechte Gedanken.«

»Sie auch, Herr Inspektor?«

»Wieso auch? Wen bringst du denn sonst noch auf schlechte Gedanken?«

»Alle. Es macht mir Spaß, andere auf schlechte Gedanken zu bringen. Ich bin nämlich ein Luder. Und das gefällt mir.«

»Und warum gefällt es dir, ein Luder zu sein?«

»Nur so, aus Jux und Tollerei.«

»Was hältst du von deinem Bruder, Tano?«

»Der sitzt doch nur über seinen Büchern. Der ›Doktor‹, wie meine Mutter sagt. Der wird noch ganz häßlich vom vielen Lernen.«

»Aber sagt er nun die Wahrheit oder erzählt er Märchen?«

»Er erzählt Märchen. Wie ich. Wie alle. Erzählen Sie nie Märchen, Herr Inspektor Marra?«

»Wir reden über deinen Bruder Tano. Er erzählt also Märchen?«

»Einen Haufen.«

»Aber warum liegt ihm soviel daran, deinen Vater ins Gefängnis zu bringen?«

»Weil, weil… hm… der spinnt ein bißchen, Herr Inspektor.«

»Und deine Mutter?«

»Meine Mutter ist ein richtiger Bauerntrampel. Dumm wie ein Säugling, wie ein gekochter Krebs, wie ein Huhn, das Eier legt. Uns hat sie irgendwie gekriegt, ohne groß nachzudenken.«

Der Inspektor merkt, daß er schwitzt. Dieses unverschämte provokante Geschöpf geht ihm auf die Nerven und macht ihn wütend. Er durchschaut sie einfach nicht. Sie ist ihm nur unsympathisch. Und er könnte nicht einmal sagen, ob sie lügt oder nicht, aber mit Sicherheit treibt sie ihr Spielchen mit ihm.

»Hast du dich schon mal mit der Sozialarbeiterin, Signorina Montagna, unterhalten?«

»Lucia Montagna, ja natürlich. Sie kommt oft bei uns vorbei. Papa bietet ihr Kaffee an, Mama bietet ihr Kekse an. Sie haben sich richtig miteinander angefreundet. Die glaubt alles, was sie ihr erzählen.«

»Dann sagt dein Bruder Tano also doch die Wahrheit?«

»Mein Bruder Tano ist ein ganz eingebildeter Fatzke, der meint, wunder was zu tun, wenn er meinen Vater in den Knast bringt und meine Mutter ins Elend treibt. Der ist total übergeschnappt.«

»Weißt du, wieviel dein Vater verdient?«

»Ungefähr zwei Millionen Lire im Monat. Jedenfalls reicht es nie.«

»Hast du dich schon mal für Geld mit einem Mann eingelassen?«

»Wissen Sie eigentlich, daß Sie sehr neugierig sind? Neugierig und unerträglich, ein richtiges Scheusal. Ist das vielleicht verboten? Ist es verboten, sich zu verkaufen?«

»Nein, aber ... ich versuche nur, die Wahrheit herauszufinden.«

»Die Wahrheit! Daß ich nicht lache!«

»Stimmt es, daß deine Geschwister sexuelle Spielchen machen?«

»Weiß ich nicht. Aber selbst wenn ich es wüßte, würde ich es nicht sagen.«

»Warum tust du eigentlich so geheimnisvoll? Meiner Meinung nach bist du nichts weiter als eine ganz durchtriebene Lügnerin.«

»Ganz wie Sie meinen. Das ist mir so scheißegal wie Ihr Schwanz.«

»Laß diese Ausdrücke.«

»Warum, haben Sie denn keinen Schwanz, Herr Inspektor?«

»Mach, daß du nach Hause kommst, verschwinde. Du bist mir zu unverschämt.«

Inspektor Marra beobachtet, wie sich das Mädchen mit Unschuldsblick erhebt und mit wiegenden Hüftbewegungen zur Tür geht. Sie ist, wie ihre Mutter, von kleiner Statur, aber gut gebaut, und ihr affektierter Gang hat etwas Energisches und Provozierendes.

15 Uhr

»Ich habe mit Clementina Bacalone gesprochen. Sie ist verlogen und aggressiv, der Typ, der sich wer weiß was aus den Fingern saugt. Vielleicht verprügelt der Vater die Kinder ja gelegentlich, aber meines Erachtens hat er bei denen auch allen Grund dazu.«

»Aber warum sind die Kinder denn so? Vater und Mutter tragen doch wohl die Verantwortung dafür, daß sie so sind, oder nicht?«

»Wenn die Kinder auf eine schiefe Bahn geraten, kann man wenig dagegen tun, mit Erziehung richtet man da kaum was aus. Sie hassen und verleumden sich gegenseitig, das ist wie ein Virus, das in die Familien eindringt und Unschuldige zugrunde richtet.«

»Man muß wissen, ob der Haß Ursache oder Wirkung ist. Ich möchte noch einmal die Montagna dazu hören. Rufen Sie sie bitte?«

Lucia Montagna sagt mehr oder weniger dasselbe, was Inspektor Marra schon berichtet hat. Clementina Bacalone wird als »schamlose, provokante, verlogene, aggressive, verdorbene Mythomanin« beschrieben. Tano als »kalt, eingebildet und rachsüchtig«.

8. Mai 1997

»Ich habe meinen Bruder Mario mitgebracht, um meinen Vater anzuzeigen.«

»Schon wieder! Tano Bacalone, du wirst noch im Gefängnis landen, das sage ich dir. Du bist zu dreist.«

»Erzähl dem Inspektor mal, was der Papa neulich mit dir gemacht hat.«

Als Antwort fängt der kleine Junge an zu weinen. Der große Bruder wischt ihm liebevoll die Tränen ab, streicht ihm über die Haare, rückt ihm den Kragen zurecht.

»Nicht weinen, Mariuccio, das bringt nichts. Erzähl mal mit deinen Worten, was der Papa mit dir gemacht hat.«

Aber der Junge tut den Mund nicht auf. Er senkt den Kopf auf die Brust, läßt seinen Tränen weiter freien Lauf und schweigt.

»Er hat Angst, Inspektor.«

»Du brauchst keine Angst zu haben, Mario. Du heißt doch Mario, oder? Wie alt bist du jetzt?«

»Neun, Herr Inspektor.«

»Ich habe dich gefragt, nicht ihn. Sprich nur, hab keine Angst. Ich beschütze dich. Sieh doch mal, wie groß und stark ich bin. Und ich habe sogar den schwarzen Gürtel in Karate ... Willst du mal die Muskeln an meinem Arm fühlen?«

Der Kleine sieht ihn mit aufgerissenen Augen an. Am liebsten würde er die Hand ausstrecken und die Muskeln von Inspektor Marra betasten, aber gleichzeitig ist er so eingeschüchtert, daß er kein Wort herausbringt.

»Wenn er nicht redet, dann sage ich es Ihnen eben: Er hat ihn aufs Boot mitgenommen ...«

»Rede nicht über etwas, was du nicht weißt, Tano Bacalone. Du hast eine perverse Phantasie. Ich will keinen Ton mehr von dir hören. Wenn dein Bruder Mario etwas zu erzählen hat, dann soll er es selbst sagen.«

»Sprich, Mariuccio.«

»Ist es wahr, daß dein Vater auf dem Boot etwas Schlimmes mit dir gemacht hat?«

Das Kind schüttelt den Kopf.

»Er hat Angst, Herr Inspektor, er hat Angst, weil Papa ihm angedroht hat, daß er ihn erwürgt, wenn er redet. Und nach ihm erwürgt er die Mama und mich. Er sagt nichts, weil er uns schützen will.

Stimmt es, daß Papa an dir herumgefummelt hat? Sag doch mal was!«

»Willst du, daß er so wird wie du, Tano Bacalone? Willst du ihn dazu bringen, gegen seinen Willen zu lügen? Du merkst doch, er will deine Behauptung nicht bestätigen, er sagt nein, nein sagt er, sieh ihn dir doch nur mal an.«

»Aber wenn er es mir doch selber erzählt hat.«

»Weil er weiß, daß du das willst. Du hast einen Pik auf deinen Vater und suchst nach Gründen, um ihm eins auszuwischen.«

»Was soll ich bloß noch sagen, damit man mir glaubt?«

»Du brauchst nur die Wahrheit zu sagen, Tano.«

»Erzähl doch, Mario; erzähl, was er mit dir gemacht hat. Papa erwürgt dich nicht, und er erwürgt auch die Mama nicht, das verspreche ich dir.«

Mit dem Kinn auf der Brust fängt der Kleine wieder an zu schluchzen. Es ist ihm kein einziges Wort zu entlocken.

»Laß ihn in Ruhe. Ich erlaube dir nicht, ihn derart zu quälen. Bring ihn nach Hause zurück, und laß dich hier nicht wieder blicken, ist das klar? Du bist ein schlechter Sohn, man zeigt nicht einfach seinen eigenen, unbescholtenen Vater an.«

Tano Bacalone steht auf, nimmt seinen kleinen Bruder an die Hand und geht in Richtung Tür. Sie sehen aus wie Komplizen, denkt der Inspektor, in ihren rasierten, leicht gebeugten Nacken liegt etwas Trauriges, Ergebenes wie bei jemandem, der im nächsten Augenblick einen Schlag auf den Kopf erwartet. Und wenn das, was Tano erzählt, nun doch wahr wäre?

18 Uhr

»Dieser Tano Bacalone war schon wieder hier, Kommissarin. Nach einem Jahr – er hatte seinen jüngeren Bruder, Mario Bacalone, bei sich. Er behauptet, daß sein Vater den auf einem Boot mißbraucht hat. Aber der Kleine streitet das ab.«

»Das kann nicht alles erfunden sein … warum sollte der Junge immer wieder darauf zurückkommen? Verhören Sie den Mann noch mal. Und außerdem beantragen wir beim Jugendrichter, daß ein Sozialarbeiter dahin geschickt wird. Ob die Pertini wohl abkömmlich ist?«

»Die Pertini ist im Mutterschaftsurlaub.«

»Schon wieder? Nach zwei Jahren?«

»Die Montagna ist da. Oder Marco Giorgino, der neue.«

»Egal, wen man schickt, ich möchte noch in dieser Woche Bescheid haben.«

15. Mai 1997

»Darf ich, Kommissarin Sòfia?«

»Wer sind Sie?«

»Ich bin Marco Giorgino, der Sozialarbeiter.«

»Aha, erzählen Sie mal: Haben Sie mittlerweile eine Ahnung, was in der Familie Bacalone abläuft? Wer lügt da? Der Sohn oder der Vater?«

»Ich habe zunächst die Akte von der Montagna gelesen. Dann bin ich hingegangen, um mit dem Vater zu reden. Er spielte gerade mit seinen Kindern. Ganz fröhlich war er und nett. Wir haben uns lange unterhalten. Ich habe alles auf Band aufgezeichnet, wollen Sie es mal hören?«

»Ja gut, hören wir uns das mal an.«

Giorgino läßt den Kassettenrekorder laufen, und zunächst ist nur der Lärm des im Hintergrund vorbeirauschenden Verkehrs zu hören. Die Kommissarin horcht ungeduldig. Giorgino gibt ihr per Handzeichen zu verstehen, daß jetzt gleich die Stimmen kommen: »Das hier ist nur etwas Hintergrundatmosphäre.«

»Wir sind doch nicht beim Film, Giorgino.«

»Schon wieder hier?« Urplötzlich ertönt die muntere, leicht gereizte Stimme von Vater Bacalone.

»Bei uns gehen immer wieder Anzeigen gegen Sie ein, Bacalone.«

»Von wem denn?«

»Das können wir Ihnen nicht sagen.«

»Ich weiß sehr wohl, wer mich anzeigt. Mein Sohn Tano, stimmt's?«

»Ich versichere Ihnen, daß er es nicht ist.«

»Ist ja auch egal. Die Wahrheit wird über alle Lügen und Unterstellungen siegen. Fragen Sie doch meine Kinder, fragen Sie meine Frau, ob ich es ihnen je an etwas habe fehlen lassen.«

»Hier geht es nicht darum, ob es irgendwem an etwas fehlt, es geht um sexuellen Mißbrauch.«

»Fragen Sie sie doch, wenn Sie mir nicht glauben wollen.«

»Wie kommen Sie eigentlich darauf, daß Ihr Sohn Tano Sie angezeigt hat?«

»Darüber möchte ich nicht sprechen, glauben Sie mir, ich will ihm nicht schaden, obwohl er keine Mühe scheut, mir zu schaden. Trotz allem habe ich ihn gern, schließlich ist er mein Sohn, und ich kann ihm doch nichts Schlechtes wünschen.«

»Warum sollten Sie ihm etwas Schlechtes wünschen?«

»Stellen Sie mir keine weiteren Fragen ...«

»Wir sind hier, um zu Erkenntnissen zu gelangen.«

»Der Junge ist irgendwie krank. Ich versuche, ihn zu kurieren, aber er verfällt dem immer wieder.«

»Krank in welchem Sinne?«

»Versprechen Sie mir, der Kommissarin nichts davon zu erzählen?«

»Das verspreche ich Ihnen.«

»Nun, wie soll ich es sagen ... mein Sohn Tano legt seinem jüngeren Bruder gegenüber ein ganz perverses Verhalten an den Tag. Daß er ihn vergöttert, ihm auf Schritt und Tritt folgt, dagegen ist ja nichts einzuwenden. Aber verschiedene Male hat er versucht, ihn zu ... also, ich will das Wort nicht aussprechen, lieber verbrenne ich mir die Zunge, ich will es nicht aussprechen. Ich möchte nicht, daß er nachher noch in einer Besserungsanstalt landet. Aber ich muß mich auch um den Kleinen kümmern, denn er ißt seit einiger Zeit nicht mehr, er lernt nicht, und nachts wacht er mit Alpträumen auf. Tano ist im Grunde ja ein lieber Kerl, gutmütig, nur daß er diese Vorliebe hat: den furchtbaren Drang, einen anderen seinen Wünschen zu unterwerfen. Sein kleiner Bruder Mario ist der Leidtragende. Aber ich lasse die beiden nie allein, ich behalte sie im Auge, und seine Mutter tut das gleiche ...«

»Sie werden verstehen, daß ich so etwas Schwerwiegendes nicht für mich behalten kann. Ich bin gezwungen, die Kommissarin davon in Kenntnis zu setzen.«

»Tun Sie das nicht, ich bitte Sie. Mein Sohn ist ein braver Junge, das garantiere ich Ihnen, und von dieser kleinen Manie mal abgesehen, kann ich mich wirklich nicht über ihn beklagen ... er lernt fleißig, er liest viel, er bildet sich weiter.«

»Es handelt sich hier keineswegs um eine Kleinigkeit, sondern um einen gravierenden Fall von Mißbrauch. Ich werde beantragen müssen, daß er in ein Heim kommt.«

Jetzt ist Bacalones Stimme nicht mehr zu hören, die Aufzeichnung bricht ab.

Adele Sòfia hat Bacalones Worte mit Erstaunen vernommen. Endlich kommt Bewegung in die Angelegenheit. Aber was ist die Wahrheit? Wer lügt hier?

»Wie Sie gehört haben, hat er eine klare, ruhige Stimme«, wirft Giorgino ein, »und aufrichtig klingt sie auch.«

»Ich habe einen Anflug von Heuchelei herausgehört. Seine Bitte, mir nichts davon zu sagen, schien genau darauf abzuzielen, Sie dazu zu drängen, daß Sie es mir erzählen.«

»Wenn Sie ihn vor sich gehabt hätten, glaube ich, hätten Sie keine Zweifel gehabt. Er ist ein Mann, der sich für seine Kinder aufreibt. Die eine, Clementina, ist praktisch eine Prostituierte, ohne auch nur das geringste dabei zu verdienen, aus reinem Vergnügen. Der andere, Rosario, trinkt jetzt schon soviel wie ein Alkoholiker im Endstadium. Die Mutter huscht wie eine aufgescheuchte Maus durch die Wohnung. Sie kommt mir vor, als wäre sie mit den Nerven völlig am Ende. Sie vergöttert ihren Mann, aber anstatt ihn zu unterstützen, legt sie ihm Steine in den Weg.«

»Sie würden also beschwören, daß dieser Mann unschuldig ist?«

»Offen gestanden, ja.«

»Haben Sie auch mit dem Jungen gesprochen, mit Tano Bacalone?«

»Na selbstverständlich. Aber er ist mißtrauisch und verschlossen. Er sagt, daß er schon alles gesagt habe, was zu sagen sei, daß er von seinem Vater viel Prügel bezogen habe und daß er eine Gelegenheit suche, um abzuhauen.«

»Warum ist er Ihrer Meinung nach so gegen seinen Vater eingestellt?«

»Ich weiß es nicht. Vielleicht weil der Vater sein sexuelles Geheimnis entdeckt hat. Diesen Hang zum Inzest, von dem vorher die Rede war.«

»Und die Mutter, haben Sie mit der auch geredet?«

»Die Mutter steht total auf der Seite ihres Mannes. Und die anderen Kinder ebenfalls. Außer Clementina, die provoziert nur, und man weiß nie, wann sie die Wahrheit sagt und wann sie lügt. Ich habe auch den älteren Bruder aufgesucht, Rosario, der als Mechaniker arbeitet. Er behauptet, er habe seinem Vater nichts vorzuwerfen.

Tano ist der einzige, der nicht locker läßt mit diesen schrecklichen Anschuldigungen. Aber ich habe schon andere Fälle von tödlichem Haß zwischen Vater und Sohn erlebt. Es ist schwierig, da was rauszukriegen. Sie beschimpfen sich gegenseitig, beschuldigen einander der abscheulichsten Vergehen. Aber es ist alles erfunden, alles falsch.«

»Der Vater bezichtigt den Sohn des sexuellen Mißbrauchs an seinem kleinen Bruder, während der Sohn den Vater des sexuellen Mißbrauchs an seinen fünf Kindern bezichtigt. Alle beide ohne Grund, nur weil sie Spaß daran haben, den anderen in die Pfanne zu hauen? Das scheint mir doch etwas übertrieben.«

»Es herrscht ein derartiger Haß zwischen den beiden, daß jede beliebige Verleumdung möglich scheint.«

»Trotzdem lügt einer von beiden.«

»Wenn keiner bis auf den Vater den Sohn beschuldigen würde, könnte man es in Zweifel ziehen. Aber die Mutter, die Geschwister und alle Nachbarn sind auf seiner Seite. Tano steht allein da.«

»Kurzum, Sie würden also empfehlen, sie ihrem Schicksal zu überlassen und die ganze Sache zu vergessen.«

»Meiner Ansicht nach kommen wir auf keinen grünen Zweig. Es hat keinen Zweck weiterzubohren.«

»Trotzdem will ich sie weiter im Auge behalten. Wir müssen die Wahrheit herausfinden.«

»Kann ich gehen, Kommissarin? Zu Hause warten zwei kleine Kinder auf mich.«

Adele Sòfia bringt ihn zur Tür, dann geht sie wieder zu ihrem Drehstuhl zurück. Aus ihrer Handtasche fischt sie eine Papiertüte und legt sie auf den Tisch. Sie läßt ihre Finger hineingleiten und fördert eine kleine Lakritzschnecke zutage. Während sie daran luscht, denkt sie über die Verhältnisse in der Familie Bacalone nach. »Ich muß selbst mal dahin gehen«, sagt sie zu sich. Aber in diesem Moment hört sie, wie sich das Faxgerät in Bewegung setzt. Ein Schreiben vom Polizeipräsidenten, der sie darum bittet, sich mit einem Verbrechen auseinanderzusetzen, das sich in der vergangenen Nacht ereignet hat: dem Mord an einer albanischen Prostituierten, die mit Genickschuß im Zug von Rom nach Ostia aufgefunden wurde.

3. Juli 1998

»Hallo? Ah, ciao Filippo, was gibt's?«

»Der jüngste Sohn von Luigi Bacalone ist verschwunden. Sein Bruder hat Anzeige erstattet.«

»Kümmere dich nicht weiter darum, Anzeigen sind eine Marotte von dem.«

»In der Zwischenzeit haben die Kollegen von Prima Porta aber eine nackte Kinderleiche am Tiberufer gefunden.«

»Ertrunken?«

»Sie weist Würgemale auf.«

16.30 Uhr

»Kommissarin Sòfia, Tano Bacalone hat die Flußleiche als seinen kleinen Bruder Mario identifiziert. Er behauptet, sein Vater habe ihn umgebracht. Der Vater gibt seinerseits dem Sohn die Schuld an dem gewaltsamen Tod des kleinen Bruders.«

»Haben Sie den Jungen festgenommen?«

»Ja, er ist hier.«

»Und der Vater?«

»Der ist auch hier. Er brüllt und schreit herum, Tano sei es gewesen. Das Schöne daran ist, daß ihm alle glauben, von seiner Frau angefangen, über die Kinder, bis hin zu den Verwandten und Nachbarn.«

»Wie wurde er umgebracht?«

»Erdrosselt ...«

»Versuchen wir mal, sie eine Zeitlang zu trennen. Der Vater für sich, die Mutter für sich, die jüngste Tochter in ein Heim. Wir müssen herausfinden, was vorgefallen ist.«

18 Uhr

»Hier wird doch glatt behauptet, wir hätten der Sache nicht ›vorzubeugen‹ gewußt. Alle benutzen sie dieses Wort: VORBEUGEN. Das ärgert mich, Kommissarin, das ärgert mich.«

Adele Sòfia blickt auf, als der Sozialarbeiter Marco Giorgino mit einem Packen Zeitungen hereinkommt, die er mit wütender Verachtung auf den Tisch knallt.

»Sie regen sich auf, Giorgino. Wissen Sie denn nicht, daß die Zeitungen wie die Raben immer bereit sind, drauflos zu hacken?«

»Das Wort kränkt mich: vorbeugen – aber wie denn? Indem man einen Jungen ins Gefängnis steckt, nur weil er lügt? Wie soll man denn im voraus wissen, daß einer seinen Bruder schließlich umbringen wird?«

»Also einige Anzeichen gab es schon.«

»Man kann doch niemanden verhaften, bevor er das Gesetz mißachtet hat.«

»Mißachtet erscheint mir ein Euphemismus angesichts eines so brutalen Verbrechens.«

»Die wären doch über uns hergefallen, wenn wir den Jungen oder den Vater festgenommen hätten. Sie hätten uns Aufdringlichkeit, Willkür, autoritäres Verhalten und Gott weiß was noch alles vorgeworfen.«

»Wir müssen herausfinden, wer den Kleinen umgebracht hat. Kümmern Sie sich nicht darum, was die Zeitungen schreiben. Es ist Zeit, daß wir die Ärmel aufkrempeln.«

»Es war ganz eindeutig Tano Bacalone. Eine angekündigte Tragödie ... ich habe immer gesagt, daß er ein Lügner ist, eingebildet, kalt und zu allem fähig.«

»Etwas als wahr vorauszusetzen, nur weil es einem am wahrscheinlichsten vorkommt, ist keine gute Idee.«

»Was soll ich tun?«

»Reden wir mal mit Clementina. Ich halte sie für das schwächste Glied in der Kette, obwohl sie vorgibt, das stärkste zu sein.«

20 Uhr

»Clementina Bacalone, können Sie uns sagen, wann Sie Ihren Bruder Mario zum letzten Mal gesehen haben?«

»Gestern morgen, bevor er mit Papa zum Angeln ging.«

»Sind Sie sicher, daß er mit Ihrem Vater weggegangen ist? Ihre Mutter behauptet, er sei bei ihr zu Hause geblieben.«

»Ich habe sie selbst zusammen weggehen sehen. Mein Vater hatte die Angelrute dabei und den Korb mit den Ködern und den Haken.«

»Was hatte Ihr Bruder Mario an?«

»Eine lange schwarze Hose und ein rotblau gestreiftes T-Shirt. Außerdem einen kleinen weißen Sommerhut.«

»Ist er gern mitgegangen?«

»Nein, er hat geweint. Aber Papa hat ihm etwas ins Ohr geflüstert, und dann war er nicht mehr bockig.«

»Was hatte denn Ihr Vater an?«

»Eine braune Hose und ein Hemd mit Palmen drauf.«

»Was glauben Sie, wer hat Mario umgebracht?«

»Mein Vater.«

»Und warum haben Sie das nicht schon eher gesagt?«

»Weil mich keiner danach gefragt hat.«

»Und warum sollte Ihr Vater seinen Sohn umgebracht haben?«

»Wahrscheinlich weil Mario angefangen hat, wie wild um sich zu treten. Vielleicht wollte er ihn ja gar nicht umbringen, sondern nur erschrecken.«

»Woher nehmen Sie eigentlich die Sicherheit, daß es sich so abgespielt hat?«

»Mein Vater erträgt es nicht, wenn man ihn zurückweist. Dann wird er fuchsteufelswild. Ist imstande, dich mit seinen kräftigen Händen zu erwürgen... und so lange auf dich einzuprügeln, bis du bewußtlos auf der Erde liegst.«

»Warum haben Sie das denn nicht schon früher dem Sozialarbeiter Giorgino erzählt, als der Sie das letzte Mal besucht hat?«

»Damals war Papa zu Hause. Ich hoffe, daß er im Knast krepiert.«

»Hassen Sie ihn?«

»Natürlich hasse ich ihn.«

»Und wie kommt es, daß Ihre Mutter behauptet, er sei unschuldig?«

»Sehen Sie eigentlich nicht, daß sie zittert wie Espenlaub, wenn sie von ihm spricht?«

»Sie halten es also für ausgeschlossen, daß Ihr Bruder Tano den Kleinen umgebracht hat?«

»Tano hat ihn immer beschützt. Aber mich hat er nicht beschützt. Und sich selber auch nicht. Er ist ein Schweinehund. Er hat unsere Familie ruiniert.«

»Wie denn?«

»Mit den ganzen Anzeigen und so. Wenn er nicht gewesen wäre, würde Mario jetzt noch leben.«

»Aber Sie haben doch vorhin gesagt, daß Ihr Vater ihn umgebracht hat.«

»Ja, mein Vater, aber nur weil Tano ihn so gereizt hat. Also hat er seine Wut an dem Schwächsten ausgelassen. Wir können uns nämlich mittlerweile gegen ihn wehren. Nur Mama, Michelina und Mario waren noch übrig.«

»Sind Sie bereit, alles zu Protokoll zu geben? Wir machen eine schriftliche Anzeige.«

»Nein, ich bin doch keine Verräterin. Mein Vater ist ein anständiger Kerl. Das habe ich auch zum Pfarrer gesagt. Mama und er sind glücklich zusammen.«

»Aber Sie haben doch vorhin ...«

»Vorhin war vorhin. Jetzt ist jetzt. Ich will keinen anzeigen. Ich bin doch kein Polizeispitzel.«

»Wie dem auch sei, wir haben gehört, was Sie gesagt haben und auch alles aufgezeichnet.«

»Ich habe mir alles ausgedacht, ihr Idioten. Wann kommt mein Vater endlich raus? Ich will ihn sehen, ohne ihn ist es zu Hause total öde; die arme Mama, sie hat die ganze Nacht nur geweint. Tano hätte sterben sollen, nicht Mario, Tano, dieser gottverdammte Schweinehund, dieses Arschloch ...«

4. Juli 1998

Giuseppina Tognetto Bacalone erscheint auf dem Kommissariat in einem schwarzen Sommermantel, aus dem zwei dünne, kränklich weiße Beine herausgucken.

»Signora Bacalone, wissen Sie, daß Ihre Tochter Clementina ausgesagt hat, sie habe gesehen, wie Ihr Mann am Sonntag morgen mit dem kleinen Mario das Haus verließ, um in der Gegend von Prima Porta zu angeln?«

»Clementina irrt sich. Mein Mann ist zum Angeln gegangen, aber Mario ist bei mir geblieben.«

»Und wie erklären Sie sich dann, daß man ihn erdrosselt in der Gegend von Prima Porta aufgefunden hat?«

»Was weiß ich? Jemand wird ihn wohl dahingebracht haben.«

»Wer ist jemand?«

»Ein Monster. Von der Sorte laufen viele rum.«

»Um wieviel Uhr ist Ihr Mann aus dem Haus gegangen?«

»So gegen sieben.«

»Er sagt, es sei gegen neun gewesen.«

»Wenn er das sagt, dann heißt das, daß es so ist. Ich habe keine Uhr, ich weiß es nicht.«

»Wie war er angezogen?«

»Er hatte so eine amerikanische Hose an.«

»Jeans?«

»Ja, genau die und ein hellblaues Hemd.«

»Als man ihn festgenommen hat, trug er aber eine braune Hose und ein Hemd mit Palmen drauf.«

»Er wird sich umgezogen haben. Ab und zu hat er Kleider zum Wechseln mitgenommen, wenn er an den Fluß ging.«

»Was trug Ihr Sohn Mario an jenem besagten Morgen?«

»Eine kurze blaue Hose und ein grünes T-Shirt.«

»Sind Sie ganz sicher?«

»Ich habe ihm die Sachen doch selber angezogen.«

»Er war nackt, als man ihn fand. Aber das rotblau gestreifte T-Shirt haben unsere Leute entdeckt, es hatte sich in einem Ast ganz in der Nähe verfangen. Erkennen Sie es wieder?«

»Oh ja, mein armer Mario.«

Die Frau bricht in Tränen aus, und es ist kein Wort mehr aus ihr herauszubekommen. Und wie könnte man auch eine Mutter weiter quälen, die gerade ihr Kind verloren hat?

Die Kommissarin bietet ihr ein Glas Wasser an. Sie beobachtet sie, wie sie zwischen zwei Schluchzern trinkt, während sie ihre hellen, traurigen Augen auf das Glas richtet. Es ist, als wollte sie ihr etwas in der stummen, verworrenen Sprache der Schwachen mitteilen, aber was nur?

5. Juli 1998, 15 Uhr

Rosario ist ein großer, kräftiger Bursche mit kurzgeschnittenen dunklen Haaren, schwarzfleckigen Händen und kleinen, eng zusammenstehenden Augen, aus denen Argwohn und Wut sprechen.

Die Kommissarin Adele Sòfia fordert ihn auf, ihr gegenüber Platz zu nehmen. Sie sieht ihn eine Minute lang schweigend an, was ihn offensichtlich in Verlegenheit bringt.

»Rosario Bacalone, wo waren Sie an jenem besagten Sonntag morgen, an dem Ihr Bruder Mario ermordet wurde?«

»Bei der Arbeit.«

»Was sind Sie von Beruf?«

»Im Moment noch Mechaniker, aber ich lerne Techniker.«

»Wann haben Sie Ihren Bruder Mario zum letzten Mal gesehen?«

»Zwei Tage vorher, Freitag, als ich meine Mutter besucht habe.«

»War Ihr Vater da nicht zu Hause?«

»Doch, er war da. Aber ich rede nicht mit ihm.«

»Und warum nicht?«

»Darum nicht.«

»Hat er Ihnen was getan?«

»Was getan? Sie machen wohl Witze? Er hat mich zugrunde gerichtet. Und mit mir hat er meine Schwester und meinen Bruder Tano zugrunde gerichtet und jetzt auch noch Mariuccio.«

»Wieso zugrunde gerichtet?«

»Genügt es Ihnen nicht, daß er ihn erwürgt hat?«

»Was macht Sie eigentlich so sicher, daß es ausgerechnet Ihr Vater war?«

»Das hat er immer so gemacht: Wenn einer von uns sich gegen seine Angriffe gewehrt hat, dann hat er den verprügelt, und wenn man dann noch nicht gespurt hat, hat er einem die Hände um den Hals gelegt. Offenbar hat er diesmal etwas fester als gewöhnlich zugedrückt. Früher hat er immer rechtzeitig losgelassen.«

»Hat er das auch mit Ihnen gemacht?«

»Hat er, hat er… In der Küche, auf dem Boot, und man durfte keinen Muckser von sich geben, sonst hat er einen an der Gurgel gepackt und zugedrückt. Erst als ich größer war als er, hat er damit aufgehört.«

»Warum haben Sie denn nie etwas gesagt?«

»Ich hatte Angst. Auch meine Mutter hat Angst.«

»Ihre Mutter hat immer beteuert, er sei ein guter Ehemann und ein guter Vater gewesen.«

»Sie hat ihn geliebt.«

»Trotz der Prügel, die sie von ihm bezogen hat?«

»Vielleicht war es ja keine richtige Liebe. Aber es war auch nicht nur Angst. Für sie war er wie ein Gott, und man kann doch einem Gott nichts abschlagen.«

»War Ihr Vater für Sie auch ein Gott?«

»Vielleicht, viele Jahre sicher; das kam durch meine Mutter, er war vielleicht ein furchtbarer Gott, dafür aber ein sehr mächtiger, man mußte tun, was er wollte, sonst konnte man was erleben.«

»Ist Ihnen bekannt, ob er gegen Tano und Clementina auch so gewalttätig war?«

»Mit den Mädchen konnte er nicht viel anfangen. Deshalb hat er sich auch nicht Michelina, sondern Mario ausgesucht. Aber natürlich mußte auch Clementina daran glauben. Es war ein Gesetz: das Familiengesetz, und man durfte sich nicht dagegen auflehnen.«

»Aber warum haben Sie das in all den Jahren mit keinem Wort bei den Sozialarbeitern oder der Polizei erwähnt …«

»Ich weiß es nicht, ich wollte nur weg und bin dann ja auch weg, jahrelang habe ich von der Hand in den Mund gelebt. Inzwischen habe ich mein Auskommen. Nach Hause bin ich nur noch gegangen, um meine Mutter zu besuchen.«

»Und wenn Sie Ihrem Vater begegnet sind?«

»Ich habe versucht, ihm aus dem Weg zu gehen, aber wenn es sich doch mal ergab, dann habe ich ihn einfach ignoriert. Ihm war das völlig egal. Ich war ja längst totes Fleisch. Für ihn ist nur das Fleisch von Kindern frisch. Und er braucht dieses Fleisch, alles andere zählt nicht.«

»Aber Ihre Mutter …«

»Auf meine Mutter konnte er sich verlassen, und das wußte er: Sie hätte ihn nie verraten, unter keinen Umständen. Er hat sie oft in den Arm genommen und zu ihr gesagt: ›Du bist meine Peppina, was würde ich nur ohne dich machen?‹ Und damit gab sie sich zufrieden.«

»Unsere Sozialarbeiter sind so oft vorbeigekommen. Warum haben Sie nicht darüber gesprochen, wenigstens einen Hinweis gegeben, ein einziges Wort gesagt, das die Wahrheit ans Licht gebracht hätte?«

»Sie haben doch ihm geglaubt. Immer haben ihm alle geglaubt, denn wenn er wollte, konnte er herzlich und liebenswürdig sein. Er war durchaus auch ein zärtlicher Vater. Alle konnten sehen, daß er sich nur mit uns beschäftigte. Er hatte keine Geliebte, er trank nicht. Ein vorbildlicher Vater, hieß es. Die Familie stand an erster Stelle, für ihn gab es nichts anderes. Und selbst wenn er uns verprügelte, war das nur zu unserem Besten, damit wir etwas daraus lernten.«

»Alle hatten sich also darauf verständigt zu lügen. Aber als Tano den Vater im Jahre 1995 zum ersten Mal angezeigt hat, hatten Sie da nicht den Wunsch, sich mit ihm zu solidarisieren?«

»Tano ist verrückt. Und man sieht ja, was aus ihm geworden ist.«

»Wer hat Mario nun umgebracht, Tano oder Luigi?«

»Mit Sicherheit mein Vater. Er hat am Sonntag morgen mit ihm zusammen das Haus verlassen, um angeln zu gehen.«

»Woher wissen Sie das?«

»Das hat mir Clementina erzählt.«

»Wann?«

»Sofort, am selben Morgen. Sie hat mich angerufen und gesagt, daß die beiden an den Fluß gegangen sind und daß Mario geweint und um sich getreten hat; daraufhin hat er ihm gedroht.«

»Aber warum hat Ihre Schwester Sie benachrichtigt?«

»Sie hat mich gebeten, ihnen nachzugehen und meinen Bruder nach Hause zurückzubringen. Aber das habe ich nicht gemacht.«

»Und warum nicht?«

»Ich wußte, daß es passieren mußte: Vor Jahren hatte es mich getroffen, jetzt war er dran. Da mußten wir alle durch.«

»Sie konnten ja auch nicht ahnen, daß es mit Marios Tod enden würde.«

»Nein, das habe ich nicht erwartet. Mit uns ist es immer glatt gegangen: Ein paar Worte waren genug, und wir haben gekuscht. Aber vielleicht hat Mario sich gewehrt, ist durchgedreht, und dann hat er fester zugedrückt.«

»Sind Sie bereit, die Anzeige zu unterschreiben?«

»Nein, auf keinen Fall, nein. Solange mein Vater nicht tot ist, zeige ich ihn nicht an ... Selbst wenn er ein paar Jahre im Gefängnis sitzt, er kommt irgendwann wieder raus, so ist das nämlich: Irgendwann kommt er wieder raus.«

6. Juli 1998, 9 Uhr

Luigi Bacalone hat es sich, mit einer Zigarette im Mund, auf seinem Stuhl bequem gemacht. Er sieht aus, als wollte er die ganze Welt herausfordern. Seine Beine sind übereinandergeschlagen, und mit dem in der Luft baumelnden Fuß wippt er auf und nieder. Zweifelsohne ist er ein gutaussehender Mann: Er hat große grüne Augen, ein ebenmäßiges, von der Sonne gebräuntes Gesicht, einen schönen, gut geformten Mund mit makellosen weißen Zähnen, die zwischen seinen leicht geöffneten Lippen sichtbar sind. Es gehört nicht viel Phantasie dazu, um Giuseppa Tognettos blinde Liebe zu diesem eleganten, wenn auch mittellosen Mann mit der sanften erotischen Ausstrahlung zu verstehen.

»Luigi Bacalone, geben Sie zu, Ihren Sohn Mario ermordet zu haben?«

»Es war Tano. Ich habe Ihnen doch gesagt, daß er es schon mal versucht hat. Ich hatte Sie gewarnt. Aber Sie haben mir nicht geglaubt.«

»Wir haben Ihnen viel zuviel geglaubt, Bacalone. Schon seit '95 sind bei uns immer wieder Anzeigen eingegangen, und wir haben sie stets zu den Akten gelegt, weil die ganze Familie auf Ihrer Seite stand.«

»Fragen Sie doch, fragen Sie doch meine Frau, was für ein Ehemann und Vater ich bin …«

»Ihr Sohn Rosario hat ausgesagt, Sie hätten ihn mißbraucht, als er sieben Jahre alt war.«

»Das ist nicht wahr.«

»Wollen Sie die Bandaufnahme hören?«

»Ich will gar nichts hören. Meine Kinder lügen. Weil ich

sie verdroschen habe, und zwar nach Strich und Faden, Frau Kommissarin, ich habe sie immer verdroschen, weil sie sich wie die Schweine benommen haben, sexbesessen wie sie waren. Und das haben sie mir nie verziehen. Aber sprechen Sie doch mal mit meiner Frau. Die wird Ihnen schon erklären, wie es in unserer Familie zuging.«

»Ihre Frau hat gesagt, sie werde erst dann reden, wenn wir Sie eingesperrt haben.«

»Ich kenne eure Tricks, ihr wollt mich mit einer erfundenen Aussage überlisten, um mir angst zu machen. Aber darauf falle ich nicht rein. Meine Frau ist ehrlich, meine Frau ist hundertprozentig treu.«

»Niemand ist seinem eigenen Peiniger treu.«

»Ich, ein Peiniger? Fragen Sie doch mal Clementina.«

»Clementina hat uns erzählt, Sie hätten sich an ihr vergriffen, als sie fünf Jahre alt war.«

»Wenn sie das gesagt hat, dann lügt sie.«

»Jetzt lügen wohl alle.«

»Sie lügt, und ich weiß auch warum. Sie wollte ihre Freiheit, und die habe ich ihr nie gegeben. Sie hätten sie mal sehen sollen, als sie zehn Jahre alt war, Frau Kommissarin, mit Netzstrümpfen, raushängendem Busen … sie ist pervers.«

»Mit zehn Jahren pervers?«

»Ja, die ist schon so geil auf die Welt gekommen. An jeden Mann, der ihren Weg kreuzte, hat sie sich rangeschmissen. Das hat sie auch bei mir gemacht, immer wieder. Sobald ihre Mutter sich umgedreht hatte, kroch sie zu mir ins Bett und …«

»Sie wollen behaupten, daß Sie von Ihren Kindern verführt wurden, als diese fünf, sieben und neun Jahre alt waren? Komisch, für wie leichtgläubig Sie uns halten.«

»Ich spreche nicht von den Jungs. Mit den Jungs habe ich nie was im Sinn gehabt. Ich gebe mich nämlich nicht mit Jungs ab, Kommissarin. Ich bin ordentlich verheiratet. Mit dem Mädchen, ja, da ist schon mal was gelaufen, das geb ich zu, weil sie es wollte, aber die Jungs, warum hätte ich die betatschen sollen, ich bin ja schließlich nicht schwul.«

»Tano, Ihr Sohn Tano, ist dreimal hier erschienen, um Ihre sexuellen Übergriffe anzuzeigen. Und er war auch der erste, der das Verschwinden des Kleinen angezeigt hat.«

»Tano haßt mich. Weil ich seinen sexuellen Spielchen mit dem Bruder auf die Schliche gekommen bin. Der, ja, der treibt's mit Jungs. Fragen Sie mal die Nachbarn. Der hat noch nie eine Freundin oder irgendein Mädchen gehabt, nichts. Nur Freunde. Fragen Sie mal in seiner Schule nach, wo sie ihn mit einem anderen Jungen im Arm auf dem Klo erwischt haben. Fragen Sie den Direktor der Schule, Padre Pio.«

»Sind Sie sich eigentlich darüber im klaren, daß Sie Ihren Kindern haargenau das vorwerfen, was Sie immer gemacht haben?«

»Ich habe nichts gemacht. Fragen Sie meine Frau.«

»Ihre Frau hat Angst vor Ihnen.«

»Nein, meine Frau liebt mich und respektiert mich. Und sie ist mir treu. Sie ist die einzige, die mich nie verraten wird.«

»Das bedeutet, daß Sie sie als Ihre Komplizin betrachten. Wollen Sie, daß wir sie auch verhaften?«

»Meine Frau liebt mich, und ich liebe sie.«

»Das wissen wir bereits. Sagen Sie uns vielmehr: Wie war Ihr Sohn Mario an dem Morgen, als er mit Ihnen aus dem Haus gegangen ist, angezogen?«

»Er ist nicht mit mir weggegangen. Er ist zu Hause geblieben.«

»In Ordnung, nehmen wir mal an, daß er zu Hause geblieben ist. Erinnern Sie sich, was er an jenem Morgen anhatte? Sie werden sich ja wenigstens von ihm verabschiedet haben, oder? Was hatte er an?«

»Wie soll ich das noch wissen? Also, vielleicht, ich weiß nicht, eine kurze Hose und ein grünes T-Shirt.«

»Das behauptet auch Ihre Frau. Wann haben Sie sich abgesprochen?«

»Wieso abgesprochen? Das ist die Wahrheit.«

»Ihre Tochter Clementina hat Sie zusammen weggehen sehen. Und sie behauptet, daß Mario eine lange schwarze Hose und ein rotblau gestreiftes T-Shirt trug.«

»Sie lügt.«

»Tatsache ist, daß wir ein rotblau gestreiftes T-Shirt gefunden haben, das sich in einem Ast über dem Fluß verfangen hatte.«

»Mein Sohn war an diesem Morgen nicht mit mir zusammen. Fragen Sie seine Mutter, die hatte ihn nämlich die ganze Zeit bei sich.«

»Und wieso hat man dann seine Leiche auf dem Kiesbett des Tibers gefunden, fünf Kilometer von zu Hause entfernt?«

»Der Haß meines Sohnes Tano ist so groß, daß er durchaus imstande gewesen wäre, ihn an den Fluß zu bringen, zu töten und dann das T-Shirt dort zu lassen, um den Verdacht auf mich zu lenken.«

»Ihre Kinder sind pervers und Sie ein armer Vater, den man hintergangen hat, ist es das, was wir glauben sollen?«

»Die haben sich gegen mich verbündet, weil ich sie verprügelt habe, das sagte ich Ihnen doch schon. Deswegen hassen sie mich. Aber ich habe das in bester Absicht getan.«

»Sie wollen also kein Geständnis ablegen?«

»Was denn für ein Geständnis?«

»Glauben Sie bloß nicht, daß Sie mit heiler Haut davonkommen. Es gibt zu viele Zeugen gegen Sie.«

»Quetschen Sie meinen Sohn Tano aus. Dann wird die Wahrheit schon ans Licht kommen. Er hat Mario umgebracht. Er hat ihn vergewaltigt.«

14 Uhr

»Guiseppina Bacalone, ich frage Sie jetzt zum viertenmal, wo war Ihr Sohn Mario an jenem besagten Sonntag morgen?«

»Bei mir zu Hause.«

»Ihre Tochter Clementina hat uns gesagt, daß er mit seinem Vater weggegangen ist.«

»Die kann sagen, was sie will. Das is'n Lügenbold, eine Lügnerin.«

»Auch Ihr Sohn Rosario behauptet, daß der Kleine mit seinem Vater unterwegs war.«

»Was weiß denn mein Sohn Rosario schon? Der wohnt nicht mehr bei uns, und an dem Morgen war er auch nicht da.«

»Aber seine Schwester hat ihn angerufen, und aus den

Verbindungstabellen der Telecom geht hervor, daß der Anruf auch tatsächlich erfolgt ist.«

»Ich weiß nichts von Tabellen. Er war nicht da.«

»Demnach war Ihr Sohn Mario also den ganzen Vormittag mit Ihnen zu Hause?«

»Ja.«

»Den ganzen Vormittag, sind Sie sicher?«

»Ich hab doch schon ja gesagt.«

»Aber Sie wissen doch auch, daß er gegen zwölf Uhr vierzig erdrosselt wurde. Wie konnte er um diese Zeit am Fluß sein, wenn er bei Ihnen zu Hause war?«

»Gegen elf ist er runter in den Hof gegangen, um zu spielen. Da werden sie ihn wohl mitgenommen haben.«

»Und wer soll das gewesen sein?«

»Was weiß ich.«

»Sie wissen also nichts?«

»Nichts.«

»Was hatte Ihr Sohn an dem Morgen an?«

»Eine kurze blaue Hose und ein grünes T-Shirt.«

»Und was hatte Ihr Mann an dem Morgen an?«

»Weiß ich nicht mehr.«

»Sie wollen uns wohl absolut nicht dabei helfen, die Wahrheit herauszufinden. Ist Ihnen eigentlich klar, daß Sie Ihrem Mann mit Ihrem Schweigen erst die Möglichkeit gaben, Ihren kleinen Kindern immer wieder Böses anzutun?«

»Mein Mann hat keinem Menschen jemals was Böses angetan.«

»Dann haben die Kinder sich also alles ausgedacht?«

»Alles.«

»Aber Ihr Sohn Mario ist tot.«

»Da hat mein Mann nix mit am Hut.«

»Ihr Mann wird jedenfalls nicht aus der Haft entlassen. Zu viele Zeugenaussagen sprechen gegen ihn. Was werden Sie alleine machen?«

»Ich weiß es nicht. Ich werde ihn im Gefängnis besuchen.«

»Warum wollen Sie eigentlich das leugnen, was Ihre Kinder zugeben?«

»Was meinen Sie?«

»Daß Ihr Mann Ihre Kinder mißbraucht hat, alle, die einen, als sie fünf Jahre alt waren, die andern mit sieben, und dann hat er sie weiter gequält, indem er ihnen ständig Schläge androhte.«

»Das ist nicht wahr.«

»Was macht Sie so sicher? Kommen Ihnen nicht wenigstens mal Zweifel?«

»Mein Mann hat mich gern, das sagt er mir ständig. Jeden Abend, den Gott werden läßt, schläft er mit mir, es is doch nich möglich, daß der auch mit den Jungs schläft, der is doch kein warmer Bruder.«

»Deshalb nehmen Sie ihn in Schutz, allen Beweisen zum Trotz? Um nicht zuzugeben, daß er ein warmer Bruder ist? Aber was ist denn schlimmer, den eigenen Sohn umzubringen oder als warmer Bruder zu gelten?«

»Er hat ihn nicht umgebracht, das ist sicher.«

»Und doch wissen Sie, Signora Bacalone, daß Ihr Sohn Mario an jenem Morgen nicht bei Ihnen war, Sie wissen, daß er mit seinem Vater weggegangen ist. Also belügen Sie auch sich selbst. Wenn Sie Ihren Mann nämlich wirklich für unschuldig hielten, hätten Sie nicht das Bedürfnis zu lügen, um ihn zu schützen. Sie haben einen Verdacht, wollen ihn aber nicht äußern, denn sonst hätten Sie nicht gelogen und gesagt, er wäre allein aus dem Haus gegangen, und Sie hätten sich auch wegen Marios Kleidung nicht mit ihm abgesprochen. Gehen Sie noch einen Schritt weiter und fragen Sie sich: Warum will mein Mann eigentlich nicht, daß bekannt wird, daß er mit dem Kleinen unterwegs war? Wenn es ein ganz harmloses x-beliebiges Ereignis gewesen wäre, was für einen Grund hätte er dann, es zu leugnen. Warum sollte der Junge an jenem Sonntag morgen unbedingt zu Hause sein, haben Sie sich das mal gefragt?«

»Lassen Sie mich in Ruhe, ich weiß gar nichts.«

»Warum wollen Sie ihn entgegen jeder Logik weiter schützen, Signora Giuseppa Tognetto?«

Aber die Frau weint. Sie scheint an ihrem eigenen Schluchzen zu ersticken. Und Adele Sòfia ist gezwungen, sie nach Hause zu schicken.

»Sie ist störrisch wie ein Esel«, bemerkt Inspektor Marra, während er ihr nachblickt.

»Die kann einem leid tun. Sie ist noch keine Vierzig und sieht schon aus wie eine alte Frau.«

»Bisher hat sie allen Sozialarbeitern und allen Richtern Sand in die Augen gestreut, und das jahrelang. Möglicherweise aus Liebe zur Familie, aber ich halte sie eher für eine Irre.«

»Haben Sie mal das Buch von Gide *La séquestrée de Poitiers* gelesen? Es erzählt die Geschichte einer Frau, die eingesperrt in einem elenden dunklen Loch hauste, inmitten ihrer eigenen Exkremente, zwischen Kakerlaken und Mäusen. Und das alles nur, weil sie sich in jemanden verliebt hatte, den ihre Familie nicht akzeptierte. Als sie nach dreißig Jahren freigelassen werden soll, klammert sie sich an ihr Bett und schreit: ›Ich will in meiner Höhle bleiben, ich will in meiner Höhle bleiben.‹ Tatsache ist, daß man entweder zugrunde geht oder sich mit den eigenen Folterern verbündet und die Folterwerkzeuge liebgewinnt.«

»Aber dann fühlt man sich wegen dieses Bündnisses schuldig und hält sich für niederträchtig, und deshalb denkt man, die Strafe, der man unterworfen ist, wäre gerechtfertigt. Kurzum, ein Teufelskreis.«

»Diese Frau hat immer noch nicht begriffen, daß ihr Kind tot ist.«

»Was machen wir, beantragen wir ihre Verhaftung wegen Mitwisserschaft?«

»Nein, das würde alles noch schlimmer machen. Sie muß selbst zur Einsicht kommen. Und sie wird es.«

10. August 1998, 8.30 Uhr

»Die Zeitungen sind geteilter Meinung, haben Sie gelesen? Einige geben dem Vater recht. Die Kinder hätten ihre Aussagen widerrufen, also gebe es keine Beweise.«

»Ich hab's gelesen. Solange die Mutter nicht die Wahrheit sagt, sind die Kinder ebenso wankelmütig. Außer Tano, der hat sich immer an seine ersten Aussagen gehalten. Das ist ein ganz mutiger Junge.«

»Wie bringen wir nur die Mutter zum Reden?«

»Indem wir sie von ihrem Mann fernhalten, würde ich sagen. Aber wie lange wird das noch möglich sein?«

Inspektor Marra läßt seine Hand in die Papiertüte gleiten, die auf dem Tisch neben dem Telefon liegt und steckt sich zwei Lakritzfischchen in den Mund. Adele Sòfia lächelt. Zum erstenmal sieht sie, daß er sich von ihrem Vorrat an Kinderlakritz bedient.

Ihre Blicke treffen sich und stellen einander stumme Fragen. Ob das zwischen ihnen Freundschaft ist oder nur berufliches Einvernehmen? Sie verstehen sich auf Anhieb, und wenn sie reden, tun sie das vor allem, um ihre eigenen, noch konfusen Gedanken zu klären. Sehr oft hat sie geglaubt, daß eine Freundschaft zwischen Mann und Frau nicht möglich sei. Aber wer hat das eigentlich behauptet? Ob das nicht auch einer von den vielen Gemeinplätzen ist? Inspektor Marra ist mehr oder weniger in ihrem Alter, vielleicht ein paar Jahre jünger, er ist verheiratet, Vater zweier Kinder, und möglicherweise hat er ein paar Bücher weniger gelesen als sie. Aber seine Großmut und sein Engagement haben sie noch nie enttäuscht.

Seit Jahren arbeiten sie nun schon zusammen, und ihre gegenseitige Achtung hat eher noch zugenommen. Aber außerhalb der Arbeit sehen sie sich nie. Sie lebt zurückgezogen in ihrer kleinen fünfköpfigen Wohngemeinschaft in Testaccio, alles Frauen, die verschiedenen Berufen nachgehen: eine Ärztin, eine Bibliothekarin, eine Wissenschaftlerin und eine weitere Polizeibeamtin wie sie; er wohnt mit seiner sizilianischen Frau und den halbwüchsigen Kindern in San Giovanni. Sie sind noch nie zusammen ins Kino gegangen, haben noch nie am selben Tisch gegessen, und dennoch kennen sie sich wie Geschwister, und jeder wäre bereit, für den anderen die Hand ins Feuer zu legen. Ob das

Freundschaft ist? Wahrscheinlich ja, eine sublimierte Form von Liebe.

Vor dem Richter nimmt Clementina alles zurück, was sie der Kommissarin erzählt hat. Desgleichen Rosario. Nur Tano beharrt auf seiner Deutung der Vorfälle, aber dieser Aussage steht die des Vaters gegenüber, der schwört, seinerseits gesehen zu haben, daß er mit dem Kleinen aus dem Haus gegangen ist.

Angesichts von Zeugen, die jede Minute ihre Meinung ändern, können die Richter einen Angeklagten nicht ohne Beweise verurteilen. Auch wenn sie mittlerweile von der Schuld des Mannes überzeugt sind. Solange seine Frau ihn verteidigt und schwört, den Sohn bei sich gehabt zu haben, kann man wenig ausrichten.

Entgegen ihrer früheren Auffassung beschließt Adele Sòfia, die Kinder mit der Mutter zusammenzubringen. »Vielleicht werden sie sie ja dazu überreden, den Mund aufzumachen.«

»Und wenn sich die Kinder statt dessen noch mehr auf ihren Widerruf versteifen?«

»Probieren wir's doch einfach mal.«

Und so wird es gemacht. Die Kinder werden aus den Heimen geholt und zu ihrer Mutter zurückgebracht, die allein zu Hause geblieben ist. Die Sozialarbeiterin Anna Maria Pertini, deren Mutterschutz abgelaufen ist, wird zu ihnen geschickt, um mit ihnen zu reden. Und schließlich, eines Morgens, kommt die gute Nachricht: Die Mutter hat auf Drängen der Kinder beschlossen zu reden.

Adele Sòfia eilt zu ihr.

4. SEPTEMBER 1998, 20 UHR

»Signora Giuseppa Tognetto, ich habe gehört, daß Sie mit mir sprechen wollen.«

»Ja, ich wollte sagen, daß mein Sohn Mario an dem Sonntag morgen doch mit meinem Mann weggegangen ist.«

»Ich freue mich, daß Sie Ihr Gedächtnis aufgefrischt haben. Und was hatte er an, wissen Sie das auch noch?«

»Ja. Eine lange schwarze Hose und ein rotblau gestreiftes T-Shirt.«

»Das T-Shirt, das auf dem Kiesbett des Tibers gefunden wurde?«

»Ja, genau das.«

»Also hat Ihre Tochter Clementina die Wahrheit gesagt, auch wenn sie dann alles mehrmals wieder zurückgenommen hat?«

»Ja.«

»Und glauben Sie auch Ihrem Sohn Tano, wenn er behauptet, Ihr Mann habe ihn im Alter von sieben Jahren sexuell mißbraucht?«

»Ja, ich glaube ihm.«

»Aber haben Sie jemals etwas geahnt, jemals etwas vermutet, jemals geglaubt ...«

»Nein, nichts.«

»Nicht mal ein leiser Verdacht?«

»Wie sollte ich?«

»Ihre Tochter sagt, daß Sie sie, Clementina und Ihren Mann, einmal zusammen in einer eindeutigen Situation überrascht hätten. Nicht mal da haben Sie sich was gedacht?«

»Nein, nie.«

»Wieso haben Sie es sich jetzt anders überlegt?«

»Ich habe mit meinen Kindern gesprochen.«

»Warum wollten Sie uns nicht glauben?«

»Es war einfach unmöglich, unmöglich, ich hab's ja schon mal gesagt: Mein Mann hat jeden Tag mit mir geschlafen. Auf Jungs war der nie scharf, wie konnte ich da auf die Idee kommen, daß er sich an unsere Kinder ranmacht. Vielleicht noch an Clementina, aber an unsere Söhne ...«

»Finden Sie es in Ordnung, wenn ein Vater seine fünfjährige Tochter mißbraucht?«

»Nein, ich weiß, daß das schlimm ist, aber das ist normaler.«

»Normaler?«

»Nun, das kann vorkommen, aber die Söhne, die Söhne, nein ... das ist unmöglich.«

»Jetzt haben Sie Ihre Meinung geändert. Nur weil Sie mit Ihren Kindern gesprochen haben, oder weil Sie wissen, daß Sie Gefahr laufen, wegen Beihilfe im Gefängnis zu landen?«

»Das Gefängnis hat nichts damit zu tun. Ich hab jetzt kapiert, was das für'n Kerl ist.«

»Und dazu brauchten Sie eine über zwanzigjährige Ehe und den Tod eines Kindes, damit Sie ihn endlich durchschauen?«

»Ich konnte es einfach nicht glauben, Kommissarin, ich konnte es nicht glauben, er war doch so liebevoll zu mir, zu den Kindern, immer bereit, mit mir zu schlafen, so nett und offen zu allen, die Leute mochten ihn, wie sollte ich da ...«

»Aber Ihr Sohn Tano hat doch schon vor Jahren gesagt…«

»Tano haßt seinen Vater.«

»Aber warum hat er ihn gehaßt? Haben Sie sich das niemals gefragt?«

»Aus Haß wollte er ihn ins Gefängnis bringen.«

»Sind Sie jetzt bereit, ihn anzuzeigen?«

»Ja.«

Adele Sòfia legt ihr ein Blatt zur Unterschrift vor. Diese Frau erweckt ein wütendes Mitleid in ihr. Dabei könnte sie nicht einmal erklären, wie es möglich ist, Mitleid und Wut zugleich zu empfinden, aber so ist es nun mal.

Dieses Häuflein Elend mit der Triefnase schnürt ihr das Herz zusammen, aber gleichzeitig möchte sie sie schütteln und ihr den Schaden vor Augen halten, den ihre Dickköpfigkeit angerichtet hat.

6. September 1998, 11 Uhr

»Die Kinder haben die Aussage gegen den Vater unterschrieben. Jetzt kann Tano das Erziehungsheim verlassen.«

»Wollen Sie ein Lakritzbonbon mit Jasmingeschmack?«

»Eigentlich mag ich die Stäbchen mit Veilchengeschmack lieber.«

»Sie haben Glück, ich habe gerade eine Tüte davon gekauft.«

»Nach Monaten fühle ich mich erstmals wieder besser.«

»Fühlen Sie sich besser, weil der Schuldige seine Strafe bekommen hat?«

»Ich glaube ja.«

»Was Sie für ein polizeiliches Gewissen haben, Marra!

Ihre Atmung befindet sich im Einklang mit den Aufgaben der Justiz. Aber sind wir nun zufriedener, weil wir unsere Pflicht getan haben oder weil der Erfolg die Aufmerksamkeit der Politiker auf uns gezogen hat und die Zeitungen uns endlich Beifall spenden?«

»Keine Ahnung, Kommissarin, jedenfalls atme ich besser, wenn ich diesen Kerl für mindestens dreißig Jahre hinter Schloß und Riegel weiß.«

»Und dabei fanden Sie ihn doch so sympathisch, ›bestimmt unschuldig‹, ich erinnere mich noch genau an Ihre Worte.«

»Er hat mich getäuscht, so wie er die ganze Nachbarschaft getäuscht hat. Fröhlich, herzlich, liebenswürdig, klug, großzügig; wie konnte man ahnen, daß ...«

»Man sollte immer zuerst den Kindern glauben und dann erst den Erwachsenen.«

»Und wenn sie lügen?«

»Es lohnt sich, das Risiko einzugehen.«

Eine Nummer auf dem Arm

Während ihres Urlaubs in Buenos Aires flaniert Mara Grado über die elegante Avenida De Gama und sieht sich die Schaufensterauslagen an. Eigentlich ist es gar kein richtiger Urlaub: Sie ist nach Argentinien gekommen, um ihrer Tochter, der eine schwierige Geburt bevorsteht, zur Hand zu gehen. Die Ultraschallaufnahmen zeigen ein von seiner Nabelschnur umwickeltes Kind, das wie eine dicke Wurst im Bauch der Mutter kauert.

Der Ehemann ihrer Tochter, ein Angestellter bei Alitalia, ist ständig auf Reisen. Sie haben zwar eine Haushaltshilfe aus Paraguay, doch es gibt viel zu tun, und die Zeit reicht nie.

Aber während Teresa schläft und die beiden Kleinen mit dem Mädchen unterwegs sind, hat sie die Gelegenheit für einen Spaziergang gefunden.

Leichtfüßig geht sie dahin, in der sanften Brise umspielt der Rock ihre Knie. Der Himmel ist von kristallklarem Blau, ein funkelndes Glas, durch das eine friedliche, milde Sonne dringt. Mara Grado holt tief Luft: Jenseits der Millionen von Meereswellen sind ihre beruflichen Probleme auf einmal klein und unwichtig, und sie fühlt sich so frei und unbeschwert wie seit langem nicht mehr, hier allein in dieser unbekannten Stadt, inmitten von Menschen, die so rhythmisch und klangvoll sprechen.

Aber dann steht sie plötzlich vor einem Schaufenster voller glänzender Gegenstände aus Achat, deren Farben zwischen Rosa und Lila, Hellblau und Dunkelblau, Grün und Schwarz schillern: Schalen, Teller, Aschenbecher, Vasen, Schildkröten, Elefanten, Papageien, alles aus durchsichtigem Stein.

»Soll ich nicht vielleicht doch ein Geschenk für meine Tochter kaufen?« sagt sie zu sich, während sie einen kleinen himmelblauen Achatkrug mit tiefblauen konzentrischen Kreisen betrachtet.

Sie drückt die Glastür auf und bringt dadurch ein Mobile aus metallenen Röhrchen zum Klingen. Ohne darauf zu achten, wer hinter dem Ladentisch steht, deutet sie auf die bauchige Vase. Schon hält sie sie in den Händen, und wie sie sie noch anschaut und bei sich denkt, daß sie genau aus diesem Himmel gemacht zu sein scheint, den sie draußen vor der Tür zurückgelassen hat, hört sie eine Stimme sagen: »Gefällt sie Ihnen?«

Ein Peitschenhieb gegen die Beine. In das lichterfüllte Geschäft bricht unversehens eine schwarze Wolkenmasse ein. Warum? Was hat sie so in Schrecken versetzt? Die Stimme des Mannes, der vor ihr steht, ja, die muß es sein: ein leichter ausländischer Akzent, ein langgezogenes »s«, ein verzerrter Vokal. Sie bringt nicht den Mut auf, die Augen zu heben. Aus Angst, etwas zu sehen, das sie nicht sehen möchte.

Ein Moment der Panik. Der Drang, Hals über Kopf hinauszustürzen, ohne den Besitzer dieser Stimme anzuschauen. Und dann die mutige Entscheidung: »Ich gucke ihn an, ich blicke ihm ins Gesicht, ich muß wissen, ob er es ist.«

Mara Grado sieht mit ihren mißtrauischen Augen auf und begegnet dem Blick eines freundlich lächelnden älteren Mannes. Nein, der kann es nicht sein, denkt sie bei sich. Und sie konzentriert sich wieder auf den kleinen blauen Achatkrug. Ihr Herz bewegt sich wie ein Kreisel in der Brust. Ahnungslos weist der Mann sie auf die Eigenschaften des Achats hin: »Ein sehr alter Stein, er kommt aus dem Inneren der Erde ... Moschusachat nennt er sich, die Indianer sagen, daß er Verletzungen heilen kann ...«

Jetzt besteht kein Zweifel mehr: Diese Stimme gehört Hans Kurtmann, dem brutalsten SS-Mann des Lagers. Mara beugt ihren Kopf über den Gegenstand, den sie gedankenverloren in der Hand dreht. Selbst wenn sie wollte, wäre sie nicht imstande, ihre Beine zu bewegen, die unter ihr nachzugeben drohen.

Der Mann lächelt sie freundlich an. Er sieht, wie sie erbleicht, fragt sie, ob sie ein Glas Waser will. Wasser? Wasser? Das Wort bohrt sich in ihr Gehirn wie ein Nagel: Wasser!

»Nein, ich will kein Wasser«, sagt Mara Grado, »können Sie mir bitte Ihren Namen nennen?«

Was für eine dumme Frage! Wenn er hier lebt, hat er mit Sicherheit seinen Namen geändert. Aber diesen starken deutschen Akzent kann er nicht verbergen. Jetzt betrachtet sie seine gepflegten, wenn auch welken Hände mit den kurzgeschnittenen Fingernägeln. Wie könnte man diese Hände jemals vergessen?

Die Bilder steigen vor ihren Augen auf, gegen ihren

Willen. Hans Kurtmann in SS-Uniform, die Haare immer ganz glatt zurückgekämmt, mit hagerem, starrem Hals. Ein eleganter Mann, der auf Zehenspitzen ging, um seine Stiefel nicht mit dem Schlamm des Lagers zu beschmutzen.

Hans Kurtmann läuft mit der Reitpeitsche in der Hand umher, und zack, wenn du es am wenigsten erwartest, knallt er sie dir gegen die Beine, die Brust oder ins Gesicht. »Heute morgen sind deine Holzpantinen aber gar nicht sauber, schäm dich!« Wie konnte man in diesem Morast auch saubere Holzpantinen haben?

Sie hatte versucht, etwas zu sagen, aber er hatte sie nicht ausreden lassen: Ein Peitschenhieb hatte ihr das Wort mittendrin abgeschnitten. Das Blut schoß ihr aus der Wunde am Mund.

Es ist Morgen. Der frisch rasierte Hans Kurtmann beugt sich über ein Kind, das soeben aus dem Zug gestiegen ist, der drei Tage und drei Nächte mit einer Ladung von mehreren hundert Juden unterwegs war, die während der ganzen Zeit weder etwas zu essen noch zu trinken hatten. Der Kleine ist in einen Mantel gehüllt, der größer ist als er selbst. Er trägt einen auffallend gelben Stern auf der Brust. Die Mütze ist ihm beim Aussteigen aus dem Zug auf die Erde gefallen. Der Offizier bückt sich, um sie aufzuheben, und setzt sie ihm wieder auf den Kopf. »Es ist kalt, du mußt dich warm anziehen, kleiner Mann«, sagt er, und das Kind lächelt ihn dankbar an. Aber plötzlich ertönt der Ruf einer Frauenstimme. Der Junge dreht sich um und strebt zu seiner jungen Mutter. Die starke Hand einer Aufseherin zieht die Frau zu einer Menschenschlange, die sich auf die

Baracken zubewegt. Hans Kurtmann drückt die Hand des Kindes, das jetzt um sich tritt und versucht, sich loszureißen, um zu seiner Mutter zu gelangen. Der Mann geht neben dem Kleinen in die Hocke und sagt mit schmeichelnder Stimme zu ihm, daß alles in Ordnung sei, seine Mama werde bald zurückkommen, und einstweilen werde er ihn zum Baden bringen. »Weine nicht… Alles ist gut«, flüstert er ihm auf deutsch ins Ohr, »nicht weinen.«

Es ist immer noch dieselbe freundliche, fast vornehm klingende Stimme, die ihr jetzt die Vorzüge des argentinischen Achats schildert.

Nachdem Hans Kurtmann das Kind getröstet hat, führt er es am Handgelenk zu den Bädern. Er drückt ihm Seife in die Hand und schiebt ihn in den Umkleideraum. Der Kleine ist verängstigt, er beruhigt ihn mit »weine nicht«, und sagt »deine Mutter wartet auf dich, du badest, und dann kommst du wieder zurück, sie wartet auf dich.«

Jetzt ist der Junge nackt, er hat einen kleinen vorstehenden Bauch, Segelohren, schmächtige Schultern, einen mageren, schmutzigen Hals. Hans Kurtmann nimmt ihn wieder an die Hand und bringt ihn in den Duschraum. Hinter ihnen eine Masse von Körpern, Hunderte von polnischen, deutschen, holländischen und französischen Kindern. Die Tür schlägt hinter diesen nackten kleinen Schultern zu, hinter diesen Fäusten, die die trügerische Seife umschließen. Anstatt Wasser wird bald das Gas Zyklon B aus den an den Wänden angebrachten Brausen strömen, das sie alle innerhalb weniger Minuten töten wird – unter dem Schreien, Stöhnen und Erbrechen aus erstickten Kehlen.

Hans Kurtmann erfüllte seine »Pflicht« als Soldat stets mit derselben ehrerbietigen Freundlichkeit, ob er sich nun den endlosen Appellen unter freiem Himmel widmete, einen Häftling blutig peitschte oder ein Kind tröstete, kurz bevor er es in die Gaskammer schickte.

Mara Grado war damals fünfzehn Jahre alt. Sie war verschont geblieben, weil sie kräftig gebaut war. Gleich nach ihrer Ankunft wurde sie zum Arbeiten in eine Munitionsfabrik gesteckt. Man hatte sie spät erwischt, erst im November '44, als ein Freund sie verriet, der ihren Schlupfwinkel in Turin ausspioniert hatte. Die Deutschen brauchten derart viele Arbeitskräfte, daß sie die völlige Ausrottung der Juden erst einmal auf die Zeit nach dem »Endsieg« verschoben.

»Señora, ist Ihnen nicht gut?« fragte die liebenswürdige, ein wenig besorgte Stimme des Mannes hinter dem Ladentisch.

»Hans Kurtmann«, flüstert Mara Grado, und eine panische Angst überfällt sie. Und wenn er mich jetzt tötet? Wenn er mir Fußtritte versetzt? Wenn er seine Peitsche nimmt und mir damit ins Gesicht schlägt?

Der Mann ist blaß geworden. Aber sofort fängt er sich wieder und entgegnet höflich: »Mein Name ist Georgy Ricciotto. Ich bin Tiroler. Wen suchen Sie?«

»Du bist Hans Kurtmann, ich erkenne dich wieder. Du machst mir keine Angst. Du machst mir keine Angst.«

»Señora, Sie irren sich. Ich bin Georgy Ricciotto.«

»Du bist es, du bist es, ich habe deine Stimme wiedererkannt und deine Hände. Ich erinnere mich noch an den

Tag, als du dich über einen kleinen Jungen gebeugt hast, der gerade aus Amsterdam angekommen war. Du hast ihn nach seinem Namen gefragt, und er hat lächelnd geantwortet: ›Hans‹. ›Genau wie ich‹, hast du gesagt. Und dann hast du ihn an die Hand genommen und zu den Duschen geführt.«

»Sie irren sich, Señora«, wiederholt er monoton und versucht dabei wohl mehr sich selbst zu überzeugen als sie.

»Ich kann mich noch an den Tag erinnern, als meiner Freundin Marlene bei einem Appell schlecht wurde und sie auf den Boden fiel, und du hast ihr befohlen aufzustehen. Sie hat es nicht geschafft, und du hast ihr in den Kopf geschossen. Weißt du noch, wie sie die Beine bewegt hat? Sie konnte einfach nicht sterben. Und du wolltest keine zweite Kugel mehr verschwenden. Du hast den Appell fortgesetzt, und wir standen alle entsetzt und frierend dabei, während sie dort auf der Erde mit dem Tode rang. Sie war meine einzige Freundin da drin. Fünfzehn Jahre alt war sie, genau wie ich. Und du hast sie umgebracht. Und jetzt bist du hier und machst dir so wie jeder x-beliebige friedliche Bürger mit deinen Ersparnissen ein schönes Leben ...«

»Señora, ich versichere Ihnen, daß ...«, wiederholt er geduldig.

»Es ist zwecklos, daß du vor mir Theater spielst, Hans Kurtmann, selbst wenn tausend Jahre vergangen wären, würde ich dich wiedererkennen.«

Gleich bringt er mich um, gleich stürzt er sich auf mich und schlägt mich tot, sagt die andere Mara Grado, die irgendwo in ihrem Kopf noch immer durch das Lager lief und ihre schlammbespritzten Holzpantinen durch den schmutzigen Novemberschnee des Jahres 1944 schleppte.

Sie hatte sich alle Mühe gegeben, zu vergessen oder sich wenigstens nicht von dieser düsteren Vergangenheit auffressen zu lassen. Sie hatte geheiratet, zwei Kinder zur Welt gebracht, eine Arbeit gefunden, Zufriedenheit erfahren, jetzt bereitete sie sich, so wie es dem normalen Generationswechsel entsprach, darauf vor, sich um den Sohn ihrer Tochter zu kümmern.

Aber dieser Mann bringt ihre ganze innere Ordnung durcheinander: Die Ruhe ist verflogen, die Erinnerung wird zu einem Drachen in ihrer Seele, wird zu einem Wolf und verfolgt sie gnadenlos.

Der Mann hat sich in ein gekränktes Schweigen gehüllt. Er spielt die Rolle desjenigen, der einen Verrückten vor sich hat und nicht weiß, wie er sich am besten verhalten soll. Er breitet die Arme aus, reißt die Augen auf und schnaubt, als wollte er sagen: »Das muß sich mal einer vorstellen, womit ich mich da heute morgen abgeben muß!«

Mara Grado schiebt den Ärmel an ihrem Arm hoch und zeigt ihm eine Nummer, ihre Nummer: 4448327. Der Mann zuckt zusammen. So als hätte erst der Anblick der Tätowierung dieser unerwarteten Besucherin historische Substanz verliehen und ihre Identifizierung möglich gemacht.

»Vielleicht war ich einmal dieser Mann«, hört sie ihn mit matter, zerknirschter Stimme sagen, »aber jetzt bin ich es nicht mehr... Die Menschen ändern sich, sie machen Wandlungen durch. Das Alter hat von mir Besitz ergriffen, liebe Señora oder vielmehr liebe Überlebende von Auschwitz, so wie es von Ihnen Besitz ergriffen hat. Warum sind Sie hier? Warum kreuzt Ihr Leben sich mit meinem? Was haben wir beide gemeinsam außer dieser fernen und mittlerweile toten Kriegserinnerung?«

Förmlich wie eh und je bietet er ihr einen Stuhl an, den sie verschmäht. »Er hat seine Taktik geändert«, sagt sie sich, »jetzt will er mich um den Finger wickeln.«

»Ich bin nicht mehr Hans Kurtmann. Dieser junge Mann ist tot und begraben. Jetzt bin ich Georgy Ricciotto. Obwohl dieser Name erfunden ist, paßt er haargenau zu mir, inzwischen ist es meiner, er gehört mir, er ist Fleisch von meinem Fleisch geworden. Warum versuchen nicht auch Sie, zu vergessen? Sicherlich führen Sie ein glückliches Leben, das sieht man an Ihrem klaren Gesicht. Warum wollen Sie mit einer dummen, unsinnigen Anzeige alles zerstören?«

Mara Grado hat mit keinem Wort erwähnt, daß sie Anzeige erstatten werde, aber offenbar unterstellt er ihr diese Absicht. Ja, ich werde ihn anzeigen, denkt sie, aber bei wem?

»Im übrigen garantiere ich Ihnen, daß sie mich, selbst wenn sie Ihnen glaubten, niemals kriegen würden. Morgen werde ich verschwinden, so wie ich schon einige Male verschwunden bin. Und Sie haben nichts davon. Sie verwehren damit nur einem armen alten Mann, die letzten Jahre seines Lebens in Frieden zu verbringen.«

»Aber ich werde dich finden, Hans Kurtmann, denn ich will, daß du bestraft wirst, wenn auch viel zu spät, doch das spielt keine Rolle. In der Nachkriegszeit haben wir überall nach dir gefahndet. Jemand sagte, du seist tot. Statt dessen hast du dich hier versteckt. Ich will nicht deinen Tod, Hans

Kurtmann, ich will, daß man dich ins Gefängnis sperrt, damit du über deine kriminelle Vergangenheit nachdenken kannst.«

»Warum diese Verbitterung? Haben Sie denn kein bißchen Mitleid? Können Sie einem armen, alten Kranken nicht verzeihen? Mir bleiben nur noch wenige Jahre zu leben, man hat mich schon zweimal wegen Krebs operiert. Warum wollen Sie meinen Kindern, die sich nichts haben zuschulden kommen lassen, solchen Schmerz zufügen?«

»Hatte sich vielleicht der kleine holländische Junge etwas zuschulden kommen lassen, mit dem du Hand in Hand zur Gaskammer gegangen bist?«

»Es war meine Pflicht, der Krieg hat uns dazu gezwungen, uns zu verteidigen.«

»Euch wogegen zu verteidigen? Gegen Kinder?«

»Uns gegen den Angriff der Kommunisten zu verteidigen.«

»Der Offizier Hans Kurtmann ist also alt geworden, er hat seinen Namen geändert, ist in ein anderes Land gezogen, hat eine andere Sprache angenommen, den Beruf gewechselt – hat er denn gar nichts gelernt, nicht einmal, sich selbst wenigstens ein einziges Mal die Wahrheit einzugestehen, anstatt verlogene Phrasen zu dreschen?«

»Ich habe gelernt, die Dinge mit mir selbst auszumachen. Ich störe niemanden; meine Gedanken behalte ich für mich. Meine Erinnerungen ebenfalls. Sie können nicht einfach hierher kommen und aus dummer Rachsucht alles zerstören.«

»Wenn du wenigstens einmal das Wort ›bedauern‹ benutzt hättest …«

»Und was sollte ich bedauern? Jedem sein Schicksal. Zeigen Sie mich ruhig an, wenn Sie wollen. Bei der Polizei und in der Armee denken sowieso viele so wie ich. Gehen Sie, und lassen Sie mich in Frieden.«

Mara Grado spürt, wie ihr die Tränen in die Augen schießen.

Ein schreckliches Mitleid mit sich selbst, mit jenem Kind namens Hans, mit diesem dummen, eingebildeten Mann schnürt ihr das Herz wie in einem Schraubstock zusammen. Es ist keine Verständigung zwischen Peinigern und Opfern möglich, denkt sie, selbst nach fünfzig Jahren nicht.

Mit dem ganzen Speichel in ihrem Mund spuckt sie den alten Nazi voller Verachtung an, dann wendet sie sich erhobenen Hauptes zur Tür.

Heute ist heute ist heute

Dreizehnter August. Nachmittags. Armida Loli ist allein in der Redaktion. Der vor ihr liegende Papierstoß scheint in der nachmittäglichen Hitze wie Teig aufzugehen. Zeitungen, Telefone, Faxe und ein Vierfarbstift, den irgend jemand vergessen hat. Wo Giorgetti nur bleibt? Manzi hat Urlaub, Casini ist krank, und der Herausgeber läßt sich nicht blikken. »Die Zeitung ist die Zeitung ist die Zeitung«, schreibt sie auf ein mit Zahlen vollgekritzeltes Blatt. Und daneben: »Heute ist heute ist heute.« Ihre Hand bewegt sich langsam und schwer. »Hommage an Gertrude Stein.« Die Blätter des Gummibaums sind von der Hitze ganz ausgedörrt. Auch die Lippen sind aufgesprungen, Amen. Jüngstes Mitglied der Redaktion, als letzte eingestellt, »ausharren, ausharren, ausharren«. Man kommt vor Hitze um.

Ihre Zeitung ist klein; die Druckauflage beträgt gerade mal zwanzigtausend Exemplare, aber das heißt noch lange nicht, daß man die Hände in den Schoß legen kann. Doch der Augustnachmittag hat alle vertrieben: »Die haben sich verdrückt.« Und wenn sie auch hinunterginge, um sich ein Eis zu holen? Unterdessen laufen fortwährend die Wörter über den Bildschirm. ANSA mischt sich in ihre Augustgedanken ein. »Ligurien steht in Flammen. Dreihundert Hektar Wald zerstört.« »Sardinien fängt Feuer«, berichtet ADN Kronos. »Latiums Küste wegen Mangel an Löschflugzeugen niedergebrannt.« »Fünf Prozent aller Brände entfachen sich von selbst«, erklärt ein kluges Stimmchen, »fünfundzwanzig Prozent sind auf Nachlässigkeit zurückzuführen: aus dem Auto geworfene Zigarettenkippen oder Feuer zum Verbrennen von Gartenabfällen, das außer Kontrolle gerät. Siebzig Prozent werden vorsätzlich gelegt.« Armida versucht, sich die Hand eines Halbwüchsigen im Sporthemd vorzustellen, die einen Lappen in Benzin taucht – in einen Kanister oder eine leere Weinflasche – es ist so leicht, an einem Nachmittag im August auf einer menschenleeren Straße neugierigen Blicken zu entgehen.

»Weibliche Leiche auf dem Kiesbett des Tibers gefunden, in der Ortschaft Maresca, in der Nähe von Settevene.« Endlich mal eine Nachricht für ihre Zeitung, die von lokalen Ereignissen lebt. Armida nimmt den Telefonhörer und ruft ANSA an. Das ermordete Mädchen hieß Marinella S. Sie war nach Rom gekommen, um den Vatikan zu besuchen. »Sie hoffte, den Papst zu sehen, wenn auch nur von weitem, das hatte sie zu ihrer Mutter gesagt. Man weiß weder, was sie nach Settevene geführt hat, noch warum sie ermordet wurde.«

Keuchend erscheint Giorgetti mit einer Tüte frischer Pflaumen. »Willst du eine?«

Armida Loli drückt ihm die schon fertige Seite mit dem Artikel über die Brände in die Hand: »Ich fahre nach Settevene, ciao.«

»Was willst du denn da, Armida? Du weißt doch, daß hier jemand am Telefon bleiben muß.«

»Ciao.«

»Warte doch mal!«

Aber Armida ist bereits auf der Treppe und springt die Stufen hinunter, um nur nicht umkehren zu müssen. Sie steigt in ihren flaschengrünen Polo und fährt in Richtung Settevene, das nur wenige Kilometer von der Zeitungsredaktion entfernt ist. Dort stößt sie auf die Polizei und die Fotografen, die auf dem lehmigen Boden des Flußufers hin und her laufen, während die Leiche mit heulenden Sirenen ins nächste Krankenhaus transportiert wird.

Im Schilf ist der Abdruck des Mädchenkörpers zu erkennen. »Sie wurde vor zirka zehn Stunden getötet, das sieht man an den Fingerkuppen«, sagt ein Polizist in einer verschwitzten Uniform.

Ringsum trostlose Öde: Schlamm, dessen oberste Schicht von der Sonne gehärtet ist, leere Flaschen, an Ästen hängende Plastikfetzen, ein Holzboot ohne Boden, das auf dem Kiesbett verrottet, vertrocknete Gräser voller Insekten, Schuhabdrücke, die alle ineinander übergehen.

Der Erkennungsdienst fotografiert die Abdrücke, mißt sie ab und katalogisiert sie dann: »Es gibt keinerlei Spuren von Autoreifen. Das bedeutet, daß sie zu Fuß gekommen sind. Sehen Sie, das hier ist purer Lehm, darin hält sich jeder Abdruck. Das Problem ist, daß hier so viele Spuren sind. Wir müssen herausfinden, welche die neuesten sind.«

»Wie ist sie umgekommen?«

»Durch einen Schlag auf den Kopf. Vielleicht mit einem Stein. Aber hier im Umkreis haben wir keine Steine gefunden, die als Tatwaffe in Frage kommen könnten.«

»Wo hat man sie hingebracht?«

»Ins San-Cristoforo-Krankenhaus. Wegen der Autopsie. Wenn Sie sofort dorthin fahren, sehen Sie sie noch vollständig.«

Armida Loli macht sich auf den Weg in Richtung Krankenhaus, das nicht weit von der Redaktion entfernt ist. Eine freundliche Nonne führt sie die unterirdischen Gänge entlang zur Leichenkammer. Gemeinsam gehen sie über trostlose Flure, wo Unordnung und Verwahrlosung herrschen: kaputte Betten, die an schmutzigen Wänden lehnen, Müllsäcke, einer neben dem andern, denen ein fauliger Geruch entströmt, Medikamentenwagen ohne Räder und verrostete Tragbahren, die verstaubt in einer Ecke liegen.

Die Nonne bleibt vor einer schweren Eisentür stehen. Sie steckt den Schlüssel ins Schloß. Dann öffnet sie. Drinnen ist es kalt. Zwei Bahren auf Rädern stehen mitten im Raum, auf jeder ein Körper, der mit einem schmutzig-weißen Wachstuch zugedeckt ist.

Die Nonne hebt das steife Tuch von der Bahre hoch, die der Tür am nächsten ist, und deutet auf das Gesicht eines Mädchens, das friedlich zu schlafen scheint. Zarte, weiche Züge, eine ganz leichte Falte auf der Stirn, als fragte sie sich – ganz ohne Groll – nach dem Warum des Ganzen. Die kastanienbraunen Haare kleben an ihren Wangen, ihre Augen sind geöffnet, und es hat den Anschein, als sähen sie mit dem abgeklärten Desinteresse der Toten ausgerechnet sie, Armida Loli, an.

An ihrem Hals glänzt ein dünnes Kettchen mit einem blutbefleckten goldenen Kruzifix. Es ist kein stilisiertes Kreuz, sondern eine winzige Plastik, auf der die Knoten des Holzes und der verwundete, nur mit einem winzigen Lendentuch bekleidete Corpus mit den ausgestreckten Armen und den angenagelten Händen deutlich zu erkennen sind.

Es ist das erste Mal, daß Armida Loli eine Leiche sieht. Sie zwingt sich, gelassen zu bleiben, während ihre Augen sich erschrocken abwenden. Sie hatte immer geglaubt, Mitleid sei ein reines, diskretes Gefühl. Aber das, was jetzt in ihrem Innersten tobt, ist ein Sturm, dem sie schutzlos ausgeliefert ist.

Wer mag sie so zugerichtet haben? Über ihrem rechten Ohr ist eine tiefe, von geronnenem Blut schwarz umrandete Wunde zu erkennen. Am Hals violette Blutergüsse; auf den Schultern runde, rötliche Brandwunden von Zigaretten.

Ein Mädchen von ungefähr zwanzig Jahren, mit schönen braunen Haaren und einem zarten weißen Hals. Ein stummer Körper ohne Zukunft. Die geöffneten hellen Augen, der halbgeschlossene Mund scheinen mitten in einem Gespräch unter Liebenden abrupt unterbrochen worden zu sein.

Die Nonne geht leisen Schrittes auf Armida zu. Sie bemerkt, wie blaß sie ist, wie schnell sie atmet, und tätschelt ihr liebevoll die Schulter.

»Ist das eine Verwandte von Ihnen?«

»Nein.«

»Sie kann einem leid tun, das arme Mädchen, und noch so jung. Ihr Vater und ihr Bruder sind draußen, wollen Sie sie sehen? Sie sagen, sie war neunzehn Jahre alt. Das jüngste von sechs Kindern. Eine Familie mit wenig Geld, aus Salerno. Am Sonntag morgen ist sie mit dem Zug losgefahren, um den Vatikan zu besuchen, in der Hoffnung, den

Papst zu Gesicht zu bekommen. Sie war sehr fromm, sagen sie, sie wollte ihren Rosenkranz segnen lassen. Eigentlich hätte sie bei ihrer Tante übernachten sollen, aber da ist sie nicht aufgetaucht. Und jetzt liegt sie hier …«

»Sieht es nicht so aus, als ob sie mich anblickte, Schwester?«

»Sie blickt in den Himmel, in den sie eingehen wird.«

»Aber wie lange braucht sie, um dort anzukommen? Gestern abend ist sie gestorben.«

»Sie war religiös, sie wird bald ankommen.«

»Sie hat einen so sanften Ausdruck.«

»Ja, ein liebes Mädchen.«

»Wer sie wohl umgebracht hat?«

»Das weiß allein Gott. Uns ist es nicht gegeben, die Greuel der Nacht zu schauen.«

»Ich hoffe, daß sie den Schuldigen finden.«

»Und wenn sie ihn gefunden haben, was dann?«

»Wann wird sie obduziert?«

»Wer weiß! Der Gerichtsmediziner ist im Urlaub, und er hat keine Vertretung.«

»Wollen Sie damit sagen, daß keine Autopsie vorgenommen werden kann, solange der Gerichtsmediziner im Urlaub ist?«

»Zehn Tage lang läuft hier gar nichts. Alles ist geschlossen. Er hatte mal einen Stellvertreter, Doktor Trionfi, aber der hat sich das Bein gebrochen, und jetzt haben wir nur noch einen einzigen. Im übrigen hat auch er das Recht, mal in Urlaub zu gehen: Er ist erst seit kurzem verheiratet und hat einen zwei Monate alten Sohn.«

Armida Loli verabschiedet sich von der freundlichen

Schwester und fährt in Richtung Ortsmitte. Der Sturm in ihrem Innern hat sich gelegt, aber er hat entwurzelte Bäume und überschwemmte Straßen hinterlassen. Wie lange es wohl dauern wird, bis sie ihre Gedankenlandschaft wieder in Ordnung gebracht hat? Sollte sie in der Zwischenzeit nicht einfach mal die Kommissarin Adele Sòfia anrufen? Sie weiß, daß deren sanfte, nüchterne Stimme ihr helfen wird, ihren Frieden wiederzufinden.

»Haben Sie von dem Mord an dem Mädchen in Settevene gehört?«

»Ja, heute morgen habe ich die Unterlagen reinbekommen.«

»Ich habe sie mir angesehen. Sie hat eine schreckliche Verletzung am Kopf; und am Körper Brandwunden von Zigaretten. Aber sie wirkt überhaupt nicht erschrocken. Nur irgendwie überrascht. Haben Sie schon etwas herausgefunden?«

»Uns liegen zwei telefonische Zeugenaussagen vor. Sie berichten von einem Mann mit einer zerrissenen schwarzen Hose und weißen Tennisschuhen. Sie behaupten, daß er im Zug heftig auf sie eingeredet hat.«

»Woher wollen die denn überhaupt wissen, daß sie es war, es stand doch noch gar nichts darüber in den Zeitungen?«

»Es kam in den Fernsehnachrichten, und da wurde auch ein Paßfoto von ihr eingeblendet. Mit hellblauer Jacke und einem goldenen Kreuz um den Hals.«

»Wenn Sie was Neues erfahren, lassen Sie es mich dann wissen? Morgen früh fahre ich noch einmal nach Settevene.«

»Ich werde ebenfalls dort sein. Um acht, einverstanden?«

Am nächsten Morgen um acht Uhr treffen sich Armida Loli und Adele Sòfia etwa an der Stelle im Schilf, wo der Körper von Marinella S. aufgefunden wurde.

Adele Sòfia lutscht eines ihrer üblichen Lakritzbonbons mit Pfefferminzgeschmack. »Wollen Sie auch eins?«

»Nein, danke.«

Die Kommissarin hat etwas Matronenhaftes und Kindliches zugleich: Mit sicheren Schritten steuert sie auf das Kiesbett des Flusses zu. Sie trägt flache, bequeme Schuhe, einen grauen Rock, der sich unterhalb des Knies weitet, und eine weiße Bluse, die ihr Gesicht erstrahlen läßt. Man kann nicht gerade behaupten, daß sie im herkömmlichen Sinne des Wortes schön ist, aber trotzdem beeindruckt einen dieses strenge, klare Gesicht, in dem besonders die großen, funkelnden Augen und eine gebieterische Nase auffallen.

»Gibt es irgend etwas Neues?«

»Was soll nachts schon groß passieren... Selbst Schwerverbrecher müssen mal schlafen; und angesichts eines so banalen Falles wie diesem hier sowieso.«

»Warum banal?«

»Weil es so viele von der Sorte gibt: ein unvorsichtiges Mädchen, ein zufällig des Weges kommender Verbrecher... Aber wir finden ihn, Sie werden sehen.«

»Wurden die Reisenden schon vernommen, die mit ihr im Zug waren?«

»Als sicher gelten bisher nur die Abdrücke von Schuhen Größe fünfundvierzig. Ein großer Mann also, vielleicht auch ziemlich kräftig.«

»Und was noch?«

»Die Mitreisenden sprechen von einem Mann mit hellblonden Haaren, gebräunter Haut, tiefliegenden, hellen Augen. Venetischer Tonfall nach Ansicht der Frau, die neben ihm saß, emilianischer Tonfall nach Auffassung des alten Herrn, der vorgab zu schlafen und alles mitgehört hat.«

»Wenn er alles mitgehört hat, dann weiß er ja wohl auch, worüber sie geredet haben, oder?«

»Er erinnert sich nicht genau ... Ich habe heute morgen nur mit ihm telefoniert, aber im Laufe des Tages werde ich ihn noch treffen. Neugier ohne Gedächtnis, das scheint bei ihm der Fall zu sein. Immerhin sagt er, daß der Mann mit den Tennisschuhen ihr etwas von Liebe erzählt hat ... Und sie schien erfreut zu sein.«

»Seien Sie doch so nett und benachrichtigen Sie mich, wenn Sie was Neues in Erfahrung bringen.«

Der Herausgeber der Zeitung erwartet sie schon ungeduldig.

»Also, Loli, was ist los? Sie wissen doch, daß gleich Redaktionsschluß ist, haben wir denn gar nichts Neues zu bieten?«

»Ich war in Settevene, außerdem habe ich die Leiche gesehen. Ich kann sie beschreiben, wenn Sie wollen; und ich kann von der Nonne berichten, die mich zu ihr geführt hat. Ich hatte das Gefühl, daß die Tote mich ansah. Aber die Nonne behauptete, sie schaute in den Himmel, in den sie bald eingehen wird.«

»Das ist zu folkloristisch, Loli. Das interessiert mich nicht. Ich will Fakten, Fakten und dramatische Geschichten. Wie wurde sie umgebracht?«

»Mit einem stumpfen Gegenstand, wie es so schön heißt.«

»Womit?«

»Wahrscheinlich mit einem Stein. Aber man hat ihn noch nicht gefunden.«

»Gibt es schon Verdächtige?«

»Im Augenblick nur einen Anhaltspunkt: ein Mann, der sich im Zug mit ihr unterhalten hat und von mehreren Personen gesehen wurde… Das Mädchen war aus Salerno nach Rom gekommen, um den Papst zu sehen. Es war ein Kindheitstraum von ihr. Aber im Vatikan ist sie gar nicht erst angekommen. Auch die Tante, bei der sie übernachten sollte, hat sie nicht zu Gesicht gekriegt.«

»Gut, schreiben Sie darüber. Und schildern Sie in allen Einzelheiten, wie sie getötet wurde. Führen Sie auch den medizinischen Befund an, und lassen Sie sich den Autopsiebericht geben. Ich will etwas Grauenerregendes, aber auch Überraschungsmomente. War das Mädchen eigentlich hübsch?«

»Im Grunde nicht. Ein weiches Gesicht, ganz entspannt, aber unregelmäßig: zu eng zusammenstehende Augen, hohle Wangen, ein dünnlippiger Mund.«

»Schreiben Sie trotzdem, daß sie bildhübsch war. Ein gewaltsamer Tod paßt eher zu schönen, geheimnisumwitterten Frauen. Was machte sie da allein in einem Zug nach Rom? Fuhr sie womöglich zu einer heimlichen Verabredung? Wer hat sie erwartet?«

»Sie wollte doch den Papst sehen.«

»Eine Neunzehnjährige, ach was! Sie kennen die jungen Leute von heute nicht, Loli, die denken doch nur an tanzen, bumsen und kiffen.«

»Ich bin nur vier Jahre älter als sie, und ich habe nicht den Eindruck, daß ...«

»Lassen Sie es gut sein, Loli. Hören Sie auf mich, ich kenne mich in solchen Dingen bestimmt besser aus als Sie; schließlich könnte ich Ihr Vater sein. Und jetzt fahren Sie noch einmal nach Settevene und suchen nach weiteren Knalleffekten.«

Also steigt Armida Loli wieder in ihren flaschengrünen Polo und fährt zurück nach Settevene, zum Schilfdickicht, zu den Spuren im Lehm, um nach weiteren neuen Einzelheiten für ihre Zeitung zu fahnden. Die Polizisten sind jetzt verschwunden. Aber die in die Erde geschlagenen Eisenpflöcke mit den rotweißen Bändern stehen noch da.

Wie viele Fußabdrücke, alte und neue, es in dem weichen Lehm gibt! Es ist wirklich schwierig, darunter ein Paar Tennisschuhe, Größe fünfundvierzig, zu identifizieren.

Dennoch gelingt es Armida mit einiger Anstrengung, sie ausfindig zu machen. Das Merkwürdige ist, daß sie nicht zur Straße, sondern an den Fluß führen. Geradewegs zu den glatten grauen Kieselsteinen, dorthin, wo Sträucher, die jetzt außerhalb des Wassers stehen, ihre trockenen Zweige in die Höhe strecken, an denen schmutzige Plastikfetzen flattern wie Fahnen einer vernichtend geschlagenen Armee.

Und wenn der Mann mit dem Mädchen per Boot an das Kiesbett gelangt wäre? Dazu wird ihm allerdings wohl kaum der alte Schiffsrumpf gedient haben, der ohne Boden und ohne Bug ganz in der Nähe liegt. Aber wenn es nun noch ein anderes Boot gäbe, das irgendwo versteckt ist?

Armida geht den Fluß entlang, wobei sie mit ihren

Schuhen im Lehm versinkt, während stacheliges Schilfrohr und trockene Gräser ihre Knöchel streifen und zerstechen. Ihr tastender Schritt schreckt Hunderte von winzigen schlammfarbenen Grillen auf, die blind gegen ihre Beine stoßen.

Eine verlassene Gegend, in die sich die Stadtbewohner nicht vorwagen, vor allem wegen des sumpfigen Lehmbodens und des Modergeruchs, der von dem Unrat aufsteigt, der in der Sonne vor sich hin fault. Das Laufen wird immer beschwerlicher, je weiter sie vordringt. Aber es ist, als triebe der Aufruhr der Gefühle beim Anblick des mißhandelten Mädchens sie jetzt, trotz der Hitze und der Fliegen, trotz des widerwärtigen Gestanks, immer weiter voran.

Als Armida einen Fuß hebt, ist dieser plötzlich nackt. Den Schuh hat der Lehm geschluckt. So ist sie gezwungen stehenzubleiben, ihren Schuh wieder herauszufischen, ihn abzuwischen, wieder anzuziehen und sich weiter mühsam ihren Weg durch das jetzt immer dichter werdende Schilf und die Brombeersträucher zu bahnen, die zum Teil den Zugang zum Fluß fast ganz versperren.

Hinter einem Gewirr von Weiden und Wacholder taucht plötzlich eine schwarze Bretterbude vor ihr auf, mit einem Blechdach und einem zugenagelten kleinen Fenster neben der geschlossenen Tür.

Armida rüttelt an dem hölzernen Türgriff, der sofort nachgibt, und ihr Blick fällt auf einen dunklen Innenraum. Aus dieser Dunkelheit kommt ihr eine übelriechende Dunstwolke von Schimmel und Pech entgegen. Es hilft nichts, sie braucht Licht. Keine Spur von Streichhölzern in ihrer Handtasche, aber da müßte irgendwo noch ein Feuerzeug sein. Und tatsächlich, da ist es. Armida entzündet es, hält es in die Höhe und sieht sich um. Vor ihr steht ein ölbeschmiertes, schmutziges Feldbett mit einer durchlöcherten Matratze darauf, deren Brandflecken von Zigaretten herzurühren scheinen. Auf dem Boden eine leere Waschschüssel. An der rechten Wand lehnt ein kleiner Tisch, eine ausrangierte, wurmstichige Holztür, die von Backsteinen getragen wird. Auf dem Tisch eine Tasse mit Kaffeespuren und ein Brotmesser. Kurzum, ein Schuppen für Fischer, die sonntags an den Tiber fahren, um ein paar Hechte und Schleien zu angeln. Das einzig Ungewöhnliche und Merkwürdige ist die von brennenden Zigaretten durchlöcherte Matratze; vielleicht die einzige Verbindung zum Leichnam von Marinella S.

Armida wird plötzlich von einer törichten, unbegründeten Angst ergriffen. Instinktiv will sie weglaufen. Aber wieder ist es das Bild des gepeinigten Mädchens auf der Bahre in der Leichenkammer, das sie gleichsam auf der Türschwelle festnagelt. Was sucht sie in dieser übelriechenden Dunkelheit? Sie weiß es selbst nicht; trotzdem schaut sie sich weiter um und prägt sich jedes Detail ein. Aus den Augenwinkeln sieht sie etwas, das ihre Aufmerksamkeit erregt: ein aufgerolltes Seil, an dessen Ende ein primitiver Anker aus rostigem Eisen hängt.

Entschlossen, die Suche fortzusetzen, läuft Armida trotz ihrer Angst und des unangenehmen Gefühls, beobachtet zu werden, um die Hütte herum, wobei sie sich an den stacheligen Sträuchern Arme und Beine zerkratzt.

Etwa zehn Meter von der Hütte entfernt fällt ihr Blick auf etwas, das in dem wilden, regungslosen Gestrüpp schimmert. Sie schleicht sich noch näher heran, und schließlich erspäht sie ein kleines Plastikboot mit spitz zulaufendem Bug, verborgen inmitten von hohen Gräsern, Schilfrohr und Brombeersträuchern. Auf den ersten Blick sieht es aus wie eine Jolle. Aber dann, als sie es genauer betrachtet, entdeckt sie, daß es sich um einen kleinen, für flache Gewässer bestimmten Kahn aus Kunststoff handelt, ohne Kiel, mit einer vergoldeten Metallspitze, die den eleganten Bug der venetianischen Gondeln imitiert.

Armida versucht, so nah wie möglich heranzukommen, um zu erkunden, ob sich in dem Boot irgend etwas Auffälliges befindet. Aber sie sieht nichts außer zwei Rudern, die auf dem Boden liegen und mit einer gelben Schnur zusammengebunden sind.

»Ein Boot ist ein Boot ist ein Boot.« Ihre Lippen bewegen sich hastig, so als sagte sie eine Beschwörungformel auf. Sie spürt, wie der Schweiß ihr über den Rücken läuft und ihr die Bluse an den Körper klebt.

Schnellen Schrittes, mit den Schuhen in der Hand immer tiefer im Schlamm watend, Knöchel und Waden mit Kratzern übersät, macht sich Armida auf den Rückweg zu ihrem Polo. Unterwegs dreht sie sich gelegentlich um, weil sie sich vergewissern will, ob ihr auch niemand folgt.

»Ich habe ein verankertes Boot gefunden, zirka fünfhundert Meter vom Tatort entfernt. Sie sollten es abholen und untersuchen lassen. Es ist gut versteckt.«

»Warum glauben Sie, daß das Boot für unseren Fall wichtig ist?«

»Weil die Abdrücke der Tennisschuhe nicht zur Straße,

sondern ans Wasser führen. Da habe ich sofort an ein Boot gedacht.«

»Sie sind noch jung, Armida Loli, aber Sie haben schon klare Vorstellungen. Sie sollten lieber als Polizistin arbeiten anstatt als Journalistin. Bleiben Sie dort, ich schicke Ihnen zwei Beamte.«

»Aber ich fahre gerade in die Redaktion und bin schon auf halber Strecke.«

»Telefonieren Sie mit Ihrem Handy?«

»Ja, natürlich; ich habe auch noch eine Hütte mit einem vernagelten Fenster gefunden. Innen steht ein Bett mit einer Matratze, die lauter Brandlöcher von Zigaretten hat.«

»Ich schicke sofort jemanden vorbei. Mehr in Richtung Mündung oder mehr in Richtung Quelle?«

»Richtung Norden.«

Aber als die Polizisten im Schilfdickicht ankommen, finden sie das Boot nicht mehr vor. Es ist verschwunden. Und schließlich glauben sie, daß Armida Loli, die allzu junge, draufgängerische Journalistin des lokalen Nachrichtenblattes *Roma-città,* sich alles nur eingebildet hat.

»Es wäre ja nicht das erste Mal, daß ihr Journalisten euch Sachen ausdenkt, nur damit man was von euch liest.«

»Zum einen bin ich nicht ›die Journalisten‹, sondern eine ganz bestimmte Journalistin mit Vor- und Zunamen. Und zum anderen habe ich das Boot tatsächlich gesehen. Ich könnte es haargenau beschreiben.«

»Und wie kommt es, daß es innerhalb von einer halben Stunde verschwunden ist?«

»Wahrscheinlich hat mich jemand belauert, als ich die Hütte betreten und nach dem Boot gesucht habe.«

»Jedenfalls war es leichtsinnig von Ihnen … Warum haben Sie uns nicht vorher verständigt? Wir wären mit Ihnen gekommen und müßten uns jetzt nicht das Hirn zermartern, ohne Boot und ohne jegliche Indizien.«

»Aber die Matratze ist doch wohl da; haben Sie wenigstens die Matratze gefunden?«

»Welche Matratze? In dem Schuppen war nichts. Nur eine leere Waschschüssel und ein kleiner, von Backsteinen gestützter Tisch.«

»Innerhalb einer halben Stunde hat er also alles weggeschafft. Wie er das wohl gemacht hat?«

»Ich fahre noch einmal nach Settevene. Kommen Sie auch?«

»Ja, ich komme.«

»Also bis dann, in einer Stunde.«

Armida benutzt diese Stunde dazu, einen Artikel für die Zeitung zu schreiben. Darin berichtet sie über die Familie von Marinella S., über die Geschwister, über den Vater, der Schuhmacher ist, über die Mutter, eine Hausfrau, mit der sie heute morgen erst telefoniert hat, und über Marinellas Verehrung für den Papst. Zuletzt erwähnt sie noch die Schule, die sie besucht hat: das technische Fachgymnasium Enrico Monti, wo sie sich, mit zweijähriger Verspätung, auf das Abitur vorbereitete.

Die Geschichte mit dem Boot und der Matratze verschweigt sie jedoch. Die Kommissarin Adele Sòfia hat sie gebeten, die Sache für sich zu behalten: »Ich kann mir direkt vorstellen, wie sich ein Haufen von Nichtstuern am Fluß drängt, um mit eigenen Augen zu sehen, wo das ›Monster‹ sein Unwesen getrieben hat.«

Um drei Uhr treffen sich die Kommissarin und Armida Loli auf dem Kiesbett des Tibers, in der Gegend von Settevene. Gemeinsam gehen sie den Fluß entlang, zwei Beamte folgen ihnen in einiger Entfernung. In der senkrecht stehenden Sonne wirkt alles reglos und träge. Selbst die Fliegen kleben schlafend an den trockenen Blättern. Nur das Wasser fließt ruhig und leicht dahin und läßt ein kleines, geheimnisvolles Plätschern hören.

Die Hütte steht noch da, mit aufgerissener Tür, so wie Armida sie verlassen hat. Aber innen ist alles verändert. Jemand hat das Feldbett, die durchlöcherte Matratze, das Brotmesser und sogar die schmutzige Kaffeetasse verschwinden lassen. Nur der aus einer Tür gefertigte und von Backsteinen gestützte Tisch steht noch da.

»Viele Sachen fehlen. Jemand hat sich hier zu schaffen gemacht, sobald ich weg war.«

»Erwähnten Sie nicht auch ein Messer?«

»Ja, aber eins mit einer runden Spitze, zum Brotschneiden. Mit dem dürfte es schwierig sein, jemanden umzubringen. Und haben Sie nicht sowieso gesagt, daß sie mit einem Stein erschlagen wurde?«

»Und wo war das Boot?«

»Da hinten, kommen Sie.«

Armida Loli führt die Kommissarin mitten hinein ins Schilfdickicht, zwischen hohe Brennesseln und Brombeerbüsche. Aber das Boot ist nicht mehr da, wie die Polizisten, die man morgens dorthin geschickt hat, bereits festgestellt haben. Allerdings gibt es etliche Fußabdrücke ringsum, und sie könnten tatsächlich von einem Paar Tennisschuhen, Größe fünfundvierzig, stammen.

»Und wohin gehen wir jetzt?«

Die Kommissarin steuert entschlossen auf die Straße zu. »Wir fahren zur nächsten Müllkippe. Ich kenne sie, sie ist nur zwei Kilometer von hier entfernt.«

Die Müllkippe ist ein kahler, trockener Abhang, überhäuft mit Abfällen, die in der Sonne verfaulen. Möwen mit riesigen Flügeln fliegen in niedriger Höhe darüber hinweg, bevor sie sich dann aus dem Gleitflug senkrecht auf irgend etwas Eßbares stürzen.

Die beiden Frauen laufen zwischen den Müllbergen herum und versuchen, sich nicht von dem durchdringenden, ekelerregenden Verwesungsgeruch überwältigen zu lassen. Von der Matratze ist weit und breit nichts zu sehen. Erst als sie schon im Begriff sind wegzugehen, bemerkt Adele Sòfia eine blaue Rauchfahne, die von einem dunklen Häufchen aufsteigt. »Da war vor kurzem ein Feuer, sehen wir uns das mal an.«

Und tatsächlich erkennt Armida inmitten von alten Plastikkanistern die Reste der verblichenen hellblauen Matratze mit den Brandlöchern wieder.

»Versuchen wir mal, Erde darüber zu werfen, sie ist noch nicht vollständig verbrannt.«

Mit einem Eimer, dessen Henkel defekt ist, kippt Armida Loli hastig schwarze Erde auf Roßhaar und Gewebe, die mittlerweile fast völlig zu Asche zerfallen sind.

Auf diese Weise gelingt es ihnen, ein Stück von der Matratze zu retten, zwar nicht größer als ein Buch, aber mit den sichtbaren Brandspuren von Zigaretten. Unterdessen kommt ein Anruf aus der Hütte: Der Polizeibeamte hat auf dem Boden ein Paar Damenstrümpfe gefunden.

»Stecken Sie sie in eine Hülle, für den Erkennungsdienst.«

Am nächsten Tag erscheint in den Zeitungen die Nachricht von der Entdeckung der Hütte und des Bootes. Armida, die sich an das der Kommissarin gegebene Versprechen gehalten hat, hat sich »übers Ohr hauen« lassen, wie der Herausgeber ihr mit erhobener Stimme vorwirft: »Jetzt sind wir die letzten, die mit den neuesten Nachrichten über diesen Fall herauskommen, und dabei haben wir wie kein anderer recherchiert. Dieser Fall gehört uns, Loli, und Sie lassen ihn sich einfach so wegschnappen; was geht eigentlich in Ihrem Kopf vor?«

Eine Abendzeitung behauptet, das Mädchen sei von einem Zigeuner ermordet worden, der in einem Lager in der Nähe des Tatorts wohne. Der Zigeuner wurde am Nachmittag vor dem Mord auf dem Kiesbett des Tibers gesehen. Der Herausgeber schickt seine jüngste Reporterin unverzüglich in das Zigeunerlager, das sich in der Nähe des Kiesbettes am Fluß befindet, nicht weit von der Stelle entfernt, wo die Leiche gefunden wurde.

In dem Lager findet sich Armida von etwa dreißig Wohnwagen umgeben, deren weiße Dächer von Fernsehantennen nur so strotzen. Einige dieser fahrbaren Häuser haben vorne einen Balkon aus verschiedenen Brettern, die auf übereinandergestapelten Backsteinen liegen, genau wie der kleine Tisch in der Hütte am Fluß.

Der Fußboden der Balkons ist mit Karton ausgelegt, und auf dem Karton liegen bunte Kissen. Auf dem einen sitzen, wie auf einem bequemen Sofa, zwei auffällig gekleidete

Frauen, die sich lachend an den Händen halten. Ihre Finger sind mit Ringen übersät, die Haare fallen ihnen lang über die Schultern.

Nicht weit von ihnen entfernt laufen zwei junge Männer mit nacktem Oberkörper und kurzen Hosen vorbei, die Sägen und Hämmer mit sich herumtragen. An die zehn Kinder spielen barfüßig mit einem Ball aus zusammengeknäulten Lappen.

Armida wirft einen Blick auf die Schuhe der beiden Männer: einer trägt Sandalen, die jedoch unter Größe fünfundvierzig liegen dürften, der andere arabische Babuschen mit nach oben gebogener Spitze und offener Ferse.

»Hat jemand von Ihnen ein Boot?«

»Ein Boot? Nix Boot, nix Angeln, nix, nix.«

Armida notiert die Namen der Anwesenden, macht ein paar Fotos mit ihrer kleinen automatischen Kamera, befragt Frauen und Kinder, wobei sie sich den Anschein gibt, als wollte sie über dieses und jenes plaudern. Die Zigeuner antworten zwar, aber ausweichend: Sie haben nichts gesehen, sie wissen nichts, ihnen ist weder ein Boot in der Gegend aufgefallen noch ein großer hellblonder Mann mit tiefliegenden Augen.

Am nächsten Tag teilt die Kommissarin ihr telefonisch das Ergebnis der Obduktion mit: Marinella S. wurde mit einem Stein erschlagen, der ihre Schädelknochen zertrümmert hat. Der Tod ist am Sonntag, dem zwölften August, gegen zweiundzwanzig Uhr eingetreten, also früher, als man angenommen hat. Sie wurde mißhandelt: Schultern und Brust weisen Brandwunden von Zigaretten auf.

Zum Glück sind in dem Stück Matratze, das man retten

konnte, verkohlte Spuren zurückgeblieben. Daraus und aus der aufgefundenen Asche konnten die Sachverständigen auf die Zigarettenmarke schließen: Marlboro ohne Filter.

Adele Sòfia schickt ihre Leute aus, um die Tabakwarenhändler von Settevene zu befragen. Und nachdem die einen ganzen Tag Nachforschungen angestellt haben, liegen verschiedene Namen von Männern vor, die regelmäßig Zigaretten der Marke Marlboro ohne Filter kaufen: ein gewisser Panzera, der mit Damenunterwäsche handelt; ein nicht näher identifizierter Carlo; Doktor Rubini, Facharzt für Geschlechtskrankheiten, und Umberto Malnati, ein Trockenobsthändler.

Armida läßt sich die Adresse von Panzera, dem ersten auf der Liste, geben und sucht ihn auf.

»Ich will keine Journalisten, die verbreiten doch sowieso nur Märchen«, empfängt der Mann sie genervt und verärgert an der nur halbgeöffneten Tür. Armida erklärt ihm, daß ihre Zeitung ihm nur ein paar Fragen stellen möchte und er gut daran täte, diese zu beantworten, sofern er nicht weiterhin als einer der Verdächtigen gelten möchte, als den ihn alle Tageszeitungen hingestellt haben.

Schließlich überzeugt sie ihn, und er geht zur Seite, um sie hereinzulassen.

»Also, was wollen Sie wissen?«

»Rauchen Sie schon lange Marlboro ohne Filter?«

»Seit zehn Jahren etwa, warum?«

»Es scheint, daß der Mörder von Marinella S. die gleichen Zigaretten rauchte.«

»Und was geht mich das an?«

»Waren Sie schon mal in Salerno?«

»In Salerno? Ja, vor einiger Zeit.«

»Haben Sie am zwölften August einen Zug von Salerno nach Rom genommen?«

»Aber nein. Am zwölften August war ich bei meiner kranken Mutter im Piemont.«

»Gehen Sie manchmal angeln?«

»Ja, ab und zu.«

»Besitzen Sie eine Hütte am Tiberufer?«

»Eine Hütte? Ich? Nicht mal im Traum. Ich habe das mit der Hütte und den ganzen Grausamkeiten in der Zeitung gelesen, aber ich habe diese Hütte nie gesehen. Und jetzt reicht's. Sie haben nicht das Recht, mir Fragen zu stellen.«

Und mit diesen barschen Worten begleitet er sie zur Tür hinaus, die er energisch hinter ihr schließt.

Inzwischen hat die Kommissarin Adele Sòfia per Computer alle erkennungsdienstlich vorliegenden Daten überprüft, um herauszufinden, ob ein Carlo existiert, der schon einmal auf der Anklagebank saß. Sie stößt auf einen Carlo Della Pace, Matrose, der mehrmals wegen sexueller Belästigung vor Gericht stand.

»Ich bin von der Polizei, können Sie mir sagen, wo Sie am Abend des zwölften August waren?«

»Ist das nicht der Abend, an dem das arme Mädchen umgebracht wurde?«

»Marinella S.? Ja.«

»Und wieso kommen Sie zu mir? Ich habe sie nie gesehen.«

»Gegen Sie liegen immerhin drei Anzeigen von verschiedenen Personen wegen sexueller Belästigung vor.«

»Das gebe ich zu. Dafür habe ich auch bezahlt. Aber Belästigung heißt noch lange nicht Mord.«

»Ich sehe, daß Sie Angelruten haben. Gehen Sie oft angeln?«

»Seit ein paar Jahren nicht mehr. Ich habe jetzt einen Sohn und muß meiner Frau helfen.«

Lächelnd deutet er auf einen funkelnagelneuen Kinderwagen, eine auf dem Tisch stehende Milchflasche und ein Paar Babyschuhe, die an den Schnürsenkeln am Türgriff hängen.

»Rauchen Sie Marlboro ohne Filter?«

»Ja, manchmal, aber normalerweise kaufe ich lieber Diana, die sind billiger.«

»Wo waren Sie am Abend des zwölften August?«

»Wenn ich mich recht erinnere, mit Freunden in der Pizzeria. Wollen Sie, daß ich sie anrufe?«

»Geben Sie uns nur die Namen. Wir werden es dann selbst überprüfen.«

Am Abend werden die Freunde aus der Pizzeria befragt, die die Verabredung vom Sonntag bestätigen. Sogar der Pizzabäcker erinnert sich, den Mann auf dem Foto bis gegen ein Uhr nachts im Lokal gesehen zu haben.

»Und so ist auch diese Spur im Sande verlaufen, liebe Armida. Offensichtlich handelt es sich um einen anderen Carlo ... Lassen Sie uns noch einmal zu der Verkäuferin in dem Tabakladen gehen, die uns von ihm erzählt hat.«

Adele Sòfia und Armida Loli suchen erneut den Tabakladen in der Via dei Serpenti auf. Die Besitzerin ißt gerade Spaghetti in Tomatensoße aus einem Plastikbehälter.

»Wie oft ist dieser Carlo hier erschienen, um die Marlboro zu kaufen?«

»Nicht sehr oft. Er kaufte immer gleich zwei Stangen auf einmal. Er kam so etwa einmal im Monat.«

»Also war er ein starker Raucher. Hat er sich mal mit Ihnen unterhalten, wenn er im Geschäft war?«

»Er hatte die Ruhe weg, aber mit mir gesprochen hat er nie. Ich kann mich nicht mal an seine Stimme erinnern.«

»Und woher wissen Sie, daß er Carlo heißt?«

»Einmal habe ich gehört, wie ihn einer gerufen hat, der im Auto auf ihn wartete; mit mir hat er nie geredet. Aber an seine Augen erinnere ich mich gut, die waren golden.«

»Und was für ein Typ war er äußerlich? Ich weiß, daß Sie ihn uns schon in groben Zügen beschrieben haben; aber jetzt benötigen wir etwas genauere Angaben. Wir haben einen Zeichner mitgebracht, der das Phantombild anfertigen wird, das wir in den Zeitungen veröffentlichen wollen.«

»Was für eine Verantwortung! Ich möchte nichts Falsches sagen… Aber mal sehen. Groß war er, würde ich sagen.«

»Wie groß etwa?«

»Einen Meter fünfundachtzig, vielleicht auch neunzig.«

»Dünn oder dick?«

»Dünn, man hatte den Eindruck, daß die Kleider ihm um den Leib schlotterten.«

»Lange Beine?«

»Ja, sehr lang.«

»Sicherer, energischer Gang oder eher unsicher, wankend?«

»Schneller, energischer Gang, nichts Wankendes. Unachtsam, das ja. Stellen Sie sich vor, einmal hat er nicht gesehen, daß ich die Glastür angelehnt hatte, und er ist dagegen gelaufen und hätte sie mir fast eingeschlagen. Einen schönen Schreck hat er bekommen und eine Riesenbeule obendrein.«

»Helle Augen?«

»Ja, hell. Aber… O Gott, da ist er ja!«

Die Frauen drehen sich entgeistert um: Der Mann, über den sie gerade sprechen, steht vor ihnen und verlangt von der Verkäuferin die üblichen zwei Stangen Marlboro ohne Filter. Er ist dunkel angezogen, sehr schlank, wie bereits beschrieben, die Kleidung ist nachlässig und doch elegant; wie ein Gewohnheitsverbrecher sieht er ganz und gar nicht aus.

»Nach Ihnen haben wir gerade gesucht.«

»Und warum, wenn man fragen darf?«

Er schenkt den beiden Frauen einen freundlichen, arglosen Blick. Sein sonnengebräuntes Gesicht hat etwas Mürrisches, aber nichts Böswilliges. Seine schönen, hellen Augen, eine Mischung aus Gelb und Grün, liegen eingesunken unterhalb der geschwungenen Brauen.

»Ich bin von der Polizei. Haben Sie eine Hütte am Tiberufer?«

»Ja, aber ich gehe nie dorthin.«

»Und besitzen Sie auch ein Plastikboot mit flacher Unterseite?«

»Das gehört meinem Cousin Mario.«

»Wo waren Sie am Sonntag abend des zwölften August?«

»Weiß ich nicht mehr. Ich habe ein kurzes Gedächtnis.«

»Es tut mir leid, aber ich muß Sie bitten, mit aufs Präsidium zu kommen.«

»Gern. Heute morgen habe ich sowieso nichts zu tun.«

Er nimmt die Zigaretten und geht hinter der Kommissarin her zum Polizeiwagen, in den er so unbefangen einsteigt, als führe er zu einem Abendessen bei Freunden.

Armida Loli kann ihnen nicht folgen, weil sie in der Redaktion erwartet wird. Sie fragt sich jetzt: Soll sie die Nachricht von dem neuen Tatverdächtigen bringen oder nicht? Wenn sie dem Herausgeber davon erzählte, würde der sie zwingen, sofort einen Artikel für die Titelseite zu schreiben. Aber damit würde sie dem armen Mann schaden. Den sie im übrigen für völlig unschuldig hält. Aber wenn der Mann sich doch als schuldig erweisen sollte, verlöre sie garantiert ihren Job bei der Zeitung.

Am Nachmittag endlich der Anruf einer vor Zufriedenheit strotzenden Adele Sòfia.

»Wir haben ihn überführt, Armida Loli, er ist der Mörder.«

»Wieso sind Sie sich da so sicher?«

»Er hat gestanden.«

»Aber wie ist das möglich? Er wirkte so gelassen, ich hätte geschworen, daß er unschuldig ist ...«

»Wir haben ihm die Leiche von Marinella S. gezeigt, und da ist er zusammengebrochen. Er behauptet, das Mädchen habe sich in ihn verliebt.«

»Ja, innerhalb von zwei Minuten.«

»Das kann vorkommen. Jedenfalls ist sie ganz unbekümmert mit ihm in die Hütte am Tiber gegangen. Dort haben sie miteinander geschlafen. Sie verlangte nach starken Emotionen. Und um sie zufriedenzustellen, hat er sie gefesselt. Dann hat sie ihn darum gebeten, daß er seine brennende Zigarette auf ihrem Arm ausdrückt, und das hat er gemacht.«

»Und Sie glauben diesen Unsinn?«

»Die Erotik ist mir von jeher ein Rätsel gewesen. Ich habe Frauen erlebt, die sich liebend gern mißhandeln, ja sogar foltern ließen. Es könnte doch sein, daß dieses Mädchen ...«

»Tatsache ist, daß Marinella S. nicht mehr lebt und ihm nicht widersprechen kann. Niemand läßt sich gern foltern.«

»Aber er sagt, daß ...«

»Ich habe den Eindruck, auch Sie haben sich von diesem schönen Mann mit den ›goldenen Augen‹ faszinieren lassen, genauso wie die arme Marinella.«

»Nun, wenn Intelligenz ein Faszinosum ist, dann ist Carlo Principe gewiß ein faszinierender Mann. Er raucht wie ein Schlot. Das ganze Zimmer hat er mir verpestet. Aber er kann gut reden, hat ein einnehmendes Wesen und sagt anscheinend die Wahrheit.«

»Sogar ich wäre geneigt, ihm zu glauben, diese Augen haben auch mich beeindruckt, aber gerade deswegen halte ich es für angebracht, mißtrauisch zu sein.«

»Nun, jetzt werden die Richter ihn sich vorknöpfen. Wir haben unseren Teil beigetragen. Legen Sie los, und bereiten Sie die erste Seite für morgen vor. Ihr Herausgeber wird zufrieden sein.«

Mörder von Marinella S. gefunden
43jähriger Facharbeiter, ohne Vorstrafen
Ausführlicher Bericht im Lokalteil

Hemmungslos spekulieren die Zeitungen über das Tatmotiv: Haben Marinella S. und Carlo Principe sich wirklich erst im Zug kennengelernt, oder sind sie sich schon früher begegnet, ohne daß jemand davon wußte? Wieso dieser Haß von seiten des Mannes gegenüber einem willfährigen, freundlichen Mädchen? Ob seine Behauptung stimmt, sie habe ihn darum gebeten, sie zu quälen? Artikel über Artikel von Psychologen, Ärzten, Soziologen. Irgendeiner hält das für sehr wahrscheinlich: Häufig wollen, ja suchen Frauen geradezu den Schmerz. Ein anderer warnt vor Betrügern mit engelhafter Miene. Alle scheinen bezaubert zu sein von diesem Mann mit den goldenen Augen, dem eleganten Gang, dem leidenden, sympathischen Gesicht.

Armida Loli möchte mehr erfahren, und sie denkt, der einzig richtige Gesprächspartner für sie sei genau der, der die sinnlose Tat begangen hat.

Eines Tages, zwei Monate nach dem endgültigen Urteil, ruft sie Adele Sòfia an und bittet sie um eine Besuchserlaubnis für das Gefängnis. Die ihr unter der Bedingung, daß sie nichts darüber schreibt, auch erteilt wird. Darauf läßt sie sich ein. Sie parkt ihren flaschengrünen Polo vor der Haftanstalt, händigt einem Polizeibeamten mit erloschenen Augen die Papiere aus, läuft über lange, fensterlose Gänge, passiert mehrfach gesicherte Türen und Tore. Dann steht sie schließlich dem Mörder, Carlo Principe, Auge in Auge gegenüber.

»Was wollen Sie von mir?«

»Nur mit Ihnen reden. Ich habe der Kommissarin versprochen, daß ich in meiner Zeitung nichts darüber schreibe. Im übrigen hat unser Herausgeber, sobald der Schuldige gefunden war, jedes Interesse an dem Fall verloren.«

»Ich habe keine Lust zu reden.«

»Sehen Sie, ich habe mich Ihrem Fall mit großem Engagement gewidmet. Ich habe Marinella S. auf der Bahre liegen sehen, bevor sie obduziert wurde. Ich habe die Hütte am Flußufer gesehen. Ich habe das Boot im Schilf entdeckt. Ich habe mit der Kommissarin Adele Sòfia Tabakläden und Müllkippen abgeklappert. Und eines möchte ich noch wissen: Warum haben Sie das getan? Ein Mensch wie Sie, mit einem Beruf, einem Haus, einem erfüllten Leben ... Sie haben nichts Brutales, wenn man Sie so anschaut, nichts, was darauf schließen läßt. Man hält Sie nicht für einen Verbrecher, sondern für einen sympathischen, vernünftigen Menschen. Warum haben Sie sie so gequält?«

»Wenn ich Ihnen nun sage, daß ich es selbst nicht weiß ...«

»Aber Sie werden sich die Frage doch wohl mal gestellt haben.«

»Natürlich, ich frage mich das andauernd.«

»Sie wollen mir doch nicht erzählen, daß ›die Bestie‹ in Ihnen gehandelt hat, wie die Zeitungen schreiben, denn das ist nur leeres Gewäsch, und ich würde Ihnen nicht glauben.«

Der Mann macht eine anmutige Bewegung, wobei ihm eine helle Haarsträhne in die Stirn fällt und seine bernsteinfarbenen Augen nahezu bedeckt. Gewiß, wenn er schauspielert, dann macht er das großartig, denkt Armida bei sich. Sie sieht, wie er die Hände auf dem Tisch ausstreckt und die Handflächen wie zu einem Gebet aneinanderlegt. In seinen Gesten liegt etwas Edles, das mit dem Tod von Marinella S. im Widerspruch steht. Wenn er nicht gestanden hätte, fiele es einem schwer, ihn für schuldig zu halten.

Endlich beginnt er mit leiser Stimme, niedergeschlagenen Augen und betont demütig und verzagt zu reden.

»Ich wußte, daß ich zu Grausamkeiten neige ... es erregt mich, anderen Schmerzen zuzufügen. Aber vor Marinella waren es immer nur kleine Episoden: ein auf den Rücken gedrehter Arm, zwei um den Hals gelegte Hände ... Aber was ich tat, artete nie in Gewalt aus. Es lag immer irgendwo in der Mitte zwischen Scherz und Bosheit.«

»Und dieses Mal?«

»Ich weiß es nicht. Vielleicht war es die übertriebene Nachgiebigkeit des Mädchens ... es schien, als suchte sie geradezu den Tod durch meine Hände.«

»Wollen Sie etwa immer noch behaupten, daß sie es gewollt hat? Sie glauben doch wohl nicht, daß ich Ihnen das abnehme?«

»Sie hat sich einfach nicht gewehrt. Egal, was ich mit ihr machte, sie saß regungslos, mit einem Lächeln auf den Lippen da. Das ist es, was mich dazu getrieben hat, die Handlung, die ich ein andermal nur angedeutet hatte, dieses eine Mal zu Ende zu führen. Aber mit Liebe, glauben Sie mir, mit großer Liebe.«

»Hat die Liebe Sie dazu getrieben, die Zigaretten auf ihrem Körper auszudrücken?«

»Sie hat mich darum gebeten.«

»Spielen Sie mir doch kein Theater vor!«

»Aber so ist es... In Wirklichkeit, und ich spreche aus Erfahrung, ist es nicht möglich, den Mörder in uns völlig auszulöschen.«

»Sie sprechen für sich. Ich züchte keine Mörder.«

»Weil Sie zur Geschichte der Opfer gehören. Ich habe dieses Mädchen geliebt, wenn auch nur für kurze Zeit. Denn wenn ich sie nicht geliebt hätte, dann hätte ich nicht das Bedürfnis verspürt, meine Liebeshandlung zu vollenden. Der Tod ermöglicht eine Wiederholung, die sich bis in alle Ewigkeit fortsetzt. Der Tod ist ein Siegel der Liebe. Ich kenne dieses Siegel. Um es besitzen zu können, bezahle ich das, was ich bezahle. Sie können mich nicht verstehen, Armida Loli, weil Sie die Opferrolle ablehnen. Sie möchten in meine Fußstapfen treten.«

»Das dürfte wohl kaum gelingen bei Schuhgröße fünfundvierzig, meinen Sie nicht?«

»Mit Ihrem emanzipatorischen Enthusiasmus werden Sie sich vielleicht einen Platz in der Welt erobern, aber dafür werden Sie Ihren Platz im Garten der Glückseligkeit auf immer verlieren. Marinella und ich sind für alle Zeiten verbunden. So als hätte ich sie geheiratet. Ich werde für sie sorgen von Ewigkeit zu Ewigkeit.«

»Amen.«

»Machen Sie sich nicht lustig. Ich glaube, daß ich für meinen extremen Liebesakt genug bezahlt habe.«

»Sie sitzen hier vor mir und sprechen wie ein Halbwüchsiger von Liebe, während Marinella, die wirklich noch ein junges Mädchen war, unter der Erde liegt, das kann ich Ihnen nicht verzeihen.«

»Mir reicht es, wenn ich mir verzeihe.«

Eine Stunde später trinkt Armida Loli zusammen mit der Kommissarin Adele Sòfia einen eisgekülten Tee.

»Waren Sie bei ihm?«

»Ein zuckersüßer Mann. Von Hochmut vergiftet. Er hat gesagt, er habe sich verziehen.«

»Irgendwie muß er sich ja weiterhin jeden Morgen rasieren. Der Spiegel akzeptiert keine Spucke.«

»Ich glaube, ich werde heute eine Rose auf das Grab von Marinella S. legen.«

»Bringen Sie ihr auch eine von mir.«

»Eine Rose ist eine Rose ist eine Rose ist eine Rose«, wiederholt Armida mechanisch, während sie allein nach Hause zurückfährt, »und dann und dann und dann?«

Wer hat Paolo Gentile ermordet?

Ich sagen Ihnen gleich am Anfang, welche Personen in dieser Geschichte, die sich in den Sommermonaten des vergangenen Jahres ereignet hat, eine Rolle spielen: Paolo Gentile, ein junger Mann, der im Park der Villa Margherita ermordet aufgefunden wurde; Antonella Macci, die Friseuse, die ihn entdeckt hat, als sie an einem Montag morgen im Juli ihren Hund ausführte; die Kommissarin Adele Sòfia, die mit dem Fall beauftragt wurde; Annibale Gentile, der Vater des Toten; Michelina, seine Tochter, die an der Universität Fremdsprachen studiert, sowie Celeste Carbonelli, genannt Celestina.

Also, wie ich Ihnen bereits sagte, eines montags im Juli ging eine junge Friseuse mit ihrem großen gestromten Boxer an der Leine in der Nähe des Flußufers spazieren. In Wirklichkeit ging der Hund mit der Frau spazieren, die lediglich versuchte, ihn davon abzuhalten, sich in das stachelige Gebüsch zu schlagen.

Als sie so mit ausgestrecktem Arm dahinging, lag er plötzlich vor ihr: ein junger Mann mit einem wunderschönen Gesicht, die großen blauen Augen aufgerissen, am Hals violette Blutergüsse.

Im ersten Augenblick wollte die Friseuse weglaufen. Sie

stieß einen Schrei aus; unwillkürlich schlug sie sich die Hand vor den Mund, wobei ihr die Leine entglitt, so daß der Boxer mit dem klangvollen Namen Aureliano auf den Toten zustürzte und ihn neugierig beschnupperte.

Anstatt zu fliehen, was sie gern getan hätte, mußte Antonella Macci, um ihren Hund zurückzuholen, noch näher an die Leiche herantreten.

Sie sah den Körper des jungen Mannes, der von der Taille aufwärts nackt und mit einem abgerissenen Ast des Baumes, unter dem er lag, bedeckt war. Der Ast wird wohl abgebrochen und auf ihn gefallen sein, dachte sie ganz naiv, obwohl die schwarzen Flecke am Hals deutlich sichtbar waren.

An dieser Stelle kann die Figur der Antonella Macci ruhig die Bühne verlassen. Nachdem sie die Polizei verständigt und aus einiger Entfernung beobachtet hatte, wie der Krankenwagen kam und die Leiche des jungen Mannes von zwei kräftigen, grüngekleideten Sanitätern abtransportiert wurde, ging sie nach Hause. Und da können wir sie getrost lassen, denn wir brauchen sie nicht mehr. Selbst die Kommissarin hatte sich gelangweilt, als sie sich zum x-ten Male dieselbe Geschichte anhören mußte: von dem Hund und der entglittenen Leine, dem jungen Mann mit dem nackten Oberkörper und den geöffneten Augen, der versteckt hinter einer Gruppe von Zwergpalmen lag, bedeckt mit einem Ast voller noch grüner Blätter.

Kommen wir zur Kommissarin: eine energische, blitzgescheite Frau mit der manchmal bissigen Ironie der Toskaner und mit der Angewohnheit, immer ein Stück Lakritz im Mund zu haben. Eine Tüte davon trug sie stets mit sich herum: wohlriechende Geflechte, kleine schwarze Ringe, Gummischnecken oder Fischchen mit Veilchengeschmack, die sie sich fortwährend mit der Entschuldigung in den Mund steckte, sie habe einen trockenen Hals, seitdem sie nicht mehr rauche. In Wirklichkeit war sie ganz verrückt auf Lakritz, und jeden Morgen, bevor sie ins Präsidium ging, machte sie einen Abstecher zu einem Verkaufsstand an der Hauptstraße, wo sie mit vollen Händen aus den großen, schrägen Glasbehältern schöpfte, die zur Freude der Kinder, mit Stäbchen aus buntem Zuckerguß, Bonbons in allen möglichen Farben und langen Lakritzschlangen prall gefüllt waren. Ob sie etwas von einem Kind hatte? Kann sein. Sicherlich hätten Sie das beim Anblick des plumpen, gedrungenen Körpers dieser Frau mittleren Alters nicht vermutet, die sich, begeistert von ihrer Arbeit, rasch und sicher durch die schwach beleuchteten Flure des Polizeipräsidiums bewegte.

Die erste Person, mit der sie über das Verbrechen sprach, war Celeste Carbonelli, der Lebensgefährte von Paolo Gentile. Auffällig gekleidet war er auf dem Präsidium erschienen: superkurzer Rock mit Leopardenmuster, enganliegende rote Bluse, die obersten Knöpfe geöffnet, hockhackige Schuhe, bernsteinfarbene Seidenstrümpfe. Die großen, kräftigen und schwieligen Hände des jungen Mannes beeindruckten sie schwer.

Celeste hatte ihr gar keine Zeit gelassen, ihm Fragen zu stellen: Er hatte sich auf den Stuhl gesetzt, die Beine übereinandergeschlagen und sie mit einer langen, aufregenden Geschichte bombardiert von familiärem Mißbrauch, Waisenhaus- und Gefängnisaufenthalten, Krankheiten, Entsagungen und plötzlicher sexueller Erfüllung.

»Seit meiner Operation fühle ich mich viel besser, glücklicher«, schloß er mit einem kindlichen, bangen Lächeln auf den sinnlichen Lippen.

»Können Sie mir sagen, wo Sie an dem Abend waren, an dem Ihr Freund Paolo umgebracht wurde?«

»Im Kino. Wir hatten uns wegen einer Kleinigkeit in die Wolle gekriegt: Er mag nicht, daß ich mich so sexy anziehe, aber ich will machen, was ich will. Also ist er aufgestanden, hat die Tür hinter sich zugeknallt und ist abgehauen. Und um nicht die ganze Zeit Trübsal zu blasen und auf ihn zu warten, bin ich einfach ins nächste Kino abgeschwirrt.«

»Erinnern Sie sich noch, was lief?«

»Ja, *Das Leben ist schön.*«

»Haben Sie die Eintrittskarte noch?«

»Nein, die habe ich weggeworfen.«

»Was meinen Sie, warum wurde Paolo Gentile ermordet?«

»Keine Ahnung. Er hatte keine Feinde, er war bei allen beliebt. Gefixt hat er auch nicht. Wir waren glücklich zusammen.«

»Hatten Sie zufällig den Verdacht, daß er fremdgeht?«

»Paolo? Aber der war doch treu wie ein Hund. Manchmal zu treu. Allenfalls war er derjenige, der eifersüchtig war, auf die Blicke der Männer, die mir immer und überall folgen. Aber mir gefällt das, verführerisch zu sein. Trotzdem habe ich ihn nicht betrogen, ich habe ihn nämlich geliebt.«

»Haben Sie irgendeine Vermutung, eine Vorstellung, wie man ihn umgebracht hat?«

»Das müssen Sie doch wissen«, antwortete er gereizt. Er wirkte ruhig, aufrichtig, aber auch gleichgültig. Wie schwierig es doch ist, die Menschen nach ihren äußeren Merkmalen zu beurteilen. Da saß ein junger, extrovertierter Mann vor ihr, mit einem schönen, glatten und runden Gesicht, langen, femininen Beinen und den kräftigen, sehnigen Händen eines Handwerkers. Man würde sagen: ehrlich. Aber was mochte in dem Kopf mit den langen, gewellten, von einer Goldspange zusammengehaltenen Haaren vorgehen?

Bisweilen bildete sie sich ein, an den Gesichtern, die sie vor sich hatte, den Charakter, die Gewohnheiten, die Einstellung zu Ehrlichkeit oder Lüge ablesen zu können. Aber oft schon mußte sie sich eines Besseren belehren lassen. Das menschliche Antlitz spricht, aber es sagt etwas anderes aus als das, was man in Erfahrung bringen möchte. Die äußeren Merkmale, wie auch die Sprache, können durchaus aufschlußreich sein, was Bildung, soziale Herkunft, berufliche Gewohnheiten betrifft; dieser junge Mann zum Beispiel verriet trotz seiner offensichtlich armen Herkunft einen unerschrockenen Umgang mit Gebildeten, deren Redensarten und Gemeinplätze er sich angeeignet hatte.

Aber all das diente keineswegs der Wahrheitsfindung. War er wirklich ins Kino gegangen? Hatte er seinen Freund umgebracht? Von diesem Standpunkt aus betrachtet war der Mensch, den sie vor sich hatte, völlig unergründlich. Kurzum, man mußte den üblichen langen Weg beschreiten und anfangen zu fragen, zu analysieren, Experten und Fotos zu Wort kommen lassen.

Zwei Stunden später befand sich Adele Sòfia im Bocciaklub, um mit Annibale Gentile zu sprechen, der, seitdem er im Ruhestand war, seine Tage damit zubrachte, mit Freunden Boccia zu spielen.

Sie traf auf einen überheblichen Mann, der trotz seiner fünfundsechzig Jahre noch recht rüstig war; athletischer Körper, hautenge Jeans, braungebrannt, mit einer Keramikzigarette im Mundwinkel.

»Haben Sie Ihren Sohn häufiger gesehen?«

»Nein, ganz selten.«

»Und warum?«

»Das Leben, das er führte, gefiel mir nicht.«

»Was für ein Leben führte er denn?«

»Seine Freunde, seine Frau ...«

»Wußten Sie, daß diese Frau ein Mann ist?«

»Wer? Celestina? Natürlich. Und ich mochte sie auch nicht.«

»Wann haben Sie ihn das letzte Mal gesehen?«

»Am Sonntag vor einer Woche. Er ist gekommen, weil er Geld von mir wollte.«

»Und haben Sie ihm welches gegeben?«

»Nein, ich habe ihn weggejagt. Aber ich weiß, daß meine Frau ihm heimlich was zugesteckt hat. Als ob das heimlich ginge, denn von wem bekommt sie denn das Geld? Sagen wir mal so, ich habe ein Auge zugedrückt.«

Adele Sòfia wollte gerade aufbrechen, als sie Flügelrascheln und ein gedämpftes Piepen hörte. Sie blickte um sich und entdeckte einen hinter einer Tür versteckten Käfig mit einem Beo, der von einer Stange zur anderen hüpfte.

»Der ist nervös, beachten Sie ihn gar nicht«, sagte er zu

ihr, fast so, als wollte er sich rechtfertigen. »Seitdem er allein ist, geht er einem auf den Wecker. Seine Gefährtin ist davongeflogen.«

»Auch so ein Beo wie er?«

»Ja, und sie sprach sogar. Der hier spricht nicht, das hat er nie gelernt. Aber sie konnte das ganz wunderbar. Jeden, der hereinkam, begrüßte sie mit ›ciao‹, und zwar so natürlich, daß alle meinten, ich wäre es.«

Im Weggehen dachte Adele Sòfia bei sich, daß auch dieses Gesicht unergründlich und rätselhaft war. Warum war er knallrot geworden, als er von dem Beo sprach?

Dann kam die Reihe an Michelina, die Schwester von Paolo Gentile. Die junge Frau brachte den Mund nicht auf, die Stimme blieb ihr vor lauter Schluchzen im Halse stecken.

»Beruhigen Sie sich doch, wollen Sie ein Glas Wasser?«

Aber sie schüttelte den Kopf. Sie sagte ein Wort und brach dann erneut in Tränen aus. Von allen hatte vielleicht sie den armen jungen Mann am liebsten gehabt, dachte die Kommissarin, während sie beobachtete, wie das Mädchen sich die Tränen mit ihren gebräunten Fingern abwischte und diese dann an ihrem lavendelfarbenen Rock trocknete.

Aber als das Handy in der großen Korbtasche anfing zu klingeln, sah sie, wie sie schlagartig die Fassung wiedergewann und ins Telefon säuselte: »Hallo? Ach, du bist's.« Und ihr kam der Verdacht, daß sie nur Theater spielte.

Am darauffolgenden Tag ging sie noch einmal zum Bocciaklub und sah, wie Annibale Gentile – die Keramikzigarette im Mundwinkel und einen Strohhut auf dem Kopf – mit seinen Freunden Boccia spielte.

Sie wollte mit Signora Livia sprechen, die das Vereinslokal führte: »Kam der junge Paolo Gentile auch manchmal hierher?«

»Ab und zu besuchte er seinen Vater. Ein einfacher, fröhlicher Junge war das. Er spielte auch gern, aber er hatte nicht viel Geduld. Und er sah sehr gut aus, die Frauen waren alle hinter ihm her, aber er hatte nur eine im Sinn, Celestina.«

»Wußten die Leute hier im Verein, daß Celestina ein Mann war?«

»Einige ja. Außerdem machte sie keinen Hehl daraus. Haben Sie mal die Hände gesehen? Wie von einem Steinhauer. Aber Beine und Busen waren wirklich wie bei einer Frau.«

»Wer könnte Ihrer Meinung nach Paolo Gentile erdrosselt haben?«

»Ich weiß es nicht. Aber bestimmt Celestina, mit diesen Händen, da sehe ich ihn, wie ...«

»Warum hätte er ihn umbringen sollen?«

»Die Beziehungen zwischen Männern sind doch immer seltsam... sie werden rasend vor Liebe, und dann sind sie zu allem fähig.«

»Aber an dem Sonntag abend, als das Verbrechen geschah, haben Sie da Carbonelli hier in der Gegend gesehen?«

»Nein, ich habe ihn nicht gesehen.«

»Und Paolo Gentile, haben Sie den gesehen?«

»Den ja. Er war hier und wollte mit seinem Vater reden.«

»Annibale Gentile behauptet, sein Sohn sei nicht am letzten Sonntag gekommen, sondern am vorletzten. Erinnern Sie sich auch genau?«

»Ich meine bestimmt, daß er letzten Sonntag hier war. Aber ich kann mich auch täuschen: Ich bin derart daran gewöhnt, ihn hier irgendwo zu sehen, daß ich nicht wüßte ...«

»Und war Annibale Gentile die ganze Zeit hier, oder hat er sich auch mal entfernt?«

»Das weiß ich nicht mehr. Mir ist so, als ob er gegen Abend weggegangen wäre.«

Adele Sòfia bestellte einen kalten Cappuccino und kritzelte dann mit einem Stift in ihrem Notizbuch herum. Aber anstatt etwas zu schreiben, begann ihre Hand, Blätter zu zeichnen: ein längliches Blättchen, zwei Blättchen, einen Zweig, einen Baumstamm. Aber das war doch der Ast, den man auf dem Körper von Paolo Gentile gefunden hatte. Warum kam sie darauf zurück? Was für eine Bedeutung hatte dieser Ast? Warum war er vom Baum abgerissen und auf den halbnackten Körper des Toten gelegt worden?

Um was für einen Baum handelte es sich überhaupt? Einen Feigenbaum? Ja, ausgerechnet ein Feigenbaum. Und plötzlich fielen ihr die Worte von Chrysostomos in der sechsten Diatribe zum Osterfest ein: »Die Blätter des Feigenbaumes fern von mir ... Hier ist der schmale Pfad, mein Ausweg. Hier ist die Leiter Jakobs, auf der die Engel hinauf- und hinuntersteigen ...« In diesem Zweig lag das Geheimnis des Verbrechens.

Langsam ging Adele Sòfia hinüber in die kleine Parkanlage am Fluß, dorthin, wo die Friseuse Antonella Macci die Leiche von Paolo Gentile gefunden und sich darüber gebeugt hatte, um die »großen, blauen, aufgerissenen« Augen, wie sie sie im nachhinein beschrieben hatte, eingehend zu betrachten.

Sie stieg auf eine Anhöhe, blickte hinunter auf das gelbe Wasser des Flusses, der eine starke Strömung hatte, dann ging sie zwischen den Zwergpalmen und dem großen Feigenbaum umher, der im Schutz der Mauer wuchs.

In ihre fragenden Gedanken drang eine grelle, metallische Stimme, die »Ciao!« rief.

Ruckartig drehte sie sich um und stellte sich dabei sogleich die Frage, warum sie die Schritte der Person, die sie da grüßte, nicht gehört hatte. Aber weit und breit war niemand zu sehen. Eine leichte Windböe bewegte die frisch belaubten Zweige des Feigenbaumes.

»Ciao, ciao, ciao«, wiederholte die Stimme. Und endlich verstand Adele Sòfia: Es war der aus dem Käfig entflohene Beo von Annibale Gentile.

Warum saß der Beo auf diesem Feigenbaum? Und ausgerechnet auf dem verstümmelten Ast, von dem der Zweig abgerissen worden war, den man auf dem Körper des Toten gefunden hatte.

Überlegen wir mal: Der arme Vogel, der Freiheit entwöhnt, wußte nicht wohin und hatte Angst vor dem Verkehr. Nachdem er in einem Anflug von Rebellion aus dem Käfig geflohen war, hatte er es nur bis zum Park geschafft. Und wenn nun Vater und Sohn, vom Bocciaklub kommend und in ein Streitgespräch vertieft, dort vorbeigekommen waren? Und wenn der Beo nun an jenem Sonntag auf dem Feigenbaum gehockt hatte und der Mann versucht hatte, ihn einzufangen?

Mit diesen Gedanken im Kopf klopfte Adele Sòfia an die

Haustür der Familie Gentile, in der Hoffnung, Paolos Mutter, Signora Ada Gentile, allein anzutreffen.

Und tatsächlich öffnete sie. Aber sie schien ziemlich erschrocken, als sie sah, wer vor ihr stand. »Was ist los, haben Sie etwa Angst vor mir?« fragte die Kommissarin. Sie wußte, daß sie wie eine geduldige Mama aussah, und normalerweise erschraken die Menschen bei ihrem Anblick nicht. Was machte ihr solche Angst?

»Wo ist Ihr Mann?«

»Im Bocciaklub«, antwortete die Frau, wobei sie sich geradezu hinter der Tür verkroch.

»Wissen Sie noch, ob Ihr Sohn am vergangenen Sonntag hier bei Ihnen zu Hause war?« Aber die Frau dachte nicht daran zu antworten. Sie strich unaufhörlich mit den Händen über ihre Schürze, so als wollte sie sich verzaubern und verschwinden.

»Haben Sie irgendeinen Verdacht, wer Ihren Sohn Paolo ermordet haben könnte?«

Erneut war die Antwort Schweigen. Die Frau schien in Panik zu sein. Aber warum nur?

»Gehen Sie, gehen Sie doch«, stieß sie dann plötzlich mit schwacher Stimme hervor, »gehen Sie, bevor er zurückkommt, sonst bringt er mich noch um.«

»Wer denn?«

Aber es bedurfte keiner Antwort. Jetzt war es klar. Annibale Gentile war der Mörder seines Sohnes. Er hatte ihn erdrosselt. Der Grund? Wahrscheinlich der Vogel, der seine Stimme gehört und sich näher an ihn herangewagt hatte, aber nicht nah genug, um sich einfangen zu lassen. Also hatte Annibale sich an den Ast geklammert und diesen dabei vom Stamm abgebrochen. Aber warum hatte er ihn auf die nackte Brust seines Sohnes gelegt?

Adele Sòfia verließ die verängstigte Frau und eilte zum Bocciaklub. Da war er, Annibale Gentile. Es schien, als habe er sie schon erwartet. Er hatte seine Keramikzigarette mit den Zähnen zerbrochen und blickte ihr finster entgegen.

»Ich habe Ihren Beo gefunden. Er saß auf dem abgebrochenen Ast des Feigenbaumes, unter dem Ihr Sohn lag. Warum haben Sie Paolo umgebracht?«

Er sah ihr eiskalt ins Gesicht und entgegnete mit Stolz in der Stimme: »Ich wollte ihn lieber tot als aus der Art geschlagen. Der Beo hat mich reingelegt, wenn der sich nicht über mich lustig gemacht hätte, dann hätte ich meinen Sohn vielleicht nicht getötet. Mit der Stimme meiner Freunde vom Bocciaklub, die über meinen Sohn Bescheid wußten und mich für einen Schlappschwanz hielten, weil ich ihn nicht anständig erzogen hatte, kreischte er: ›Ciao, ciao.‹ Ich habe an dem Ast gerüttelt, um den verdammten Vogel herunterzuholen, aber der ist einfach auf den nächsthöheren geflogen. Und dann haben meine Hände, nicht ich, sich um den Hals meines Sohnes gelegt und zugedrückt, ich weiß nicht wie, und ich weiß nicht mal warum. Als ich sein blau angelaufenes Gesicht sah, habe ich ihm das Hemd aufgeknöpft, damit er Luft bekam … Auf seiner Brust war ein Knutschfleck, und den sollte man nicht sehen, also habe ich ihn mit den Zweigen des Feigenbaums zugedeckt. Eigentlich wollte ich ihm das Herz massieren, aber er war schon tot. Besser so.«

Während Gentile das Verbrechen gestand, wurde Adele

Sòfia klar, daß der Mann vor ihr trotz seiner athletischen Erscheinung kleiner und zerbrechlicher war als ein Vögelchen, ein Mann, den ein über alles geliebter Sohn um das bißchen Verstand gebracht hatte, über das er verfügte.

Der Schäfer Ahmed und die drei Mädchen im Wald

Ein junger Schäfer mit fettigen Fingern sitzt unter einem Feigenbaum und ißt Zwiebelbrot und Käse. In seiner Nähe sucht eine Schafherde im Schatten eines Johannisbrotbaumes Schutz vor der Hitze. Stille hüllt die seltenen Geräusche ein und taucht sie in ein samtiges Meer. Beharrlich steigt das Zirpen der Zikaden von den Wiesen auf, und aus dem wolkenlosen Himmel ertönen die kehligen Lockrufe der Krähen.

Plötzlich kommen unerwartete, ungewöhnliche Laute von dem Weg, der ins Tal führt. Merkwürdig, um diese Zeit und in diesem Teil des Waldes, wo sonst nie jemand hingeht! Der Schafhirte Ahmed legt sein Brot auf ein Blatt und horcht. Fröhlich lachende Frauenstimmen dringen zu ihm herauf.

Sein Magen krampft sich zusammen. Seit er allein in diesen Bergen lebt, nur in Gesellschaft der Schafe, fürchtet er sich vor menschlichen Stimmen. Er bildet sich ein, alle wollten ihm, dem Schwarzarbeiter, auf die Schliche kommen. Er meint, jeder, der sich ihm nähere, mache das, um ihn zu überprüfen, zu kontrollieren. Oder vielleicht auch, um ihn auszurauben. Hat ihm nicht erst vor einem Monat ein kleiner Bengel, während er nach einem Mahl aus unreifen Feigen und Schafskäse, einen Mittagsschlaf hielt, die Gürteltasche mit all seinen Ersparnissen gestohlen?

Aber da tauchen allmählich am Horizont drei schmale, farbenfrohe Gestalten auf. Instinktiv versteckt sich der Schäfer hinter einem grauen Felsblock zwischen Feldweg und Waldrand.

Die drei Mädchen sind jetzt etwa zehn Meter von ihm entfernt, sie haben Rucksäcke auf und tragen kurze Hosen und T-Shirts. Eine hat einen blonden Pony und einen Pferdeschwanz, die Haare der anderen beiden sind kurzgeschoren. Ob das zwei Männer sind? Das fragt sich Ahmed, aber die Stimmen sind unverkennbar und die weichen Brüste ebenfalls, die sich im Rhythmus der Schritte unter den T-Shirts bewegen.

Der Schäfer Ahmed schluckt Speichel, als er beobachtet, wie sie so frisch und unschuldig daherkommen. Allerdings findet er sie eher bedrohlich als anziehend, arrogant in ihrer Selbstvergessenheit. Wie kann man jungen Mädchen nur erlauben, so herumzulaufen, sich das Haar kurz zu scheren und sich silberne Anhänger ans Ohr zu stecken, die bei jeder Kopfbewegung obszön hin und her baumeln. In seiner Heimat wäre so etwas undenkbar. Aber hier sind wir nicht in meiner Heimat, sagt der Schäfer Ahmed zu sich, hier sind wir nur Gast, und Gäste müssen schweigen und respektieren, schweigen und respektieren …

Die Mädchen unterhalten sich lautstark, lachen und gehen langsamen und entschlossenen Schrittes voran, wobei ihre schweren, beschlagenen Bergschuhe fest zwischen die Steine treten, mit denen der Weg übersät ist. Aus den Bergschuhen schauen aufgerollte rotgelbe Kniestrümpfe heraus, und über den Kniestrümpfen sieht man nacktes, von der Sonne gebräuntes Fleisch.

Der Schäfer klammert sich an den grauen Felsblock und betet in seinem Innern zu Allah, er möge ihm nicht zeigen, was er da gerade sieht. Und wie durch Zauberei erkennen seine Augen, obwohl geöffnet, die Gegenstände nicht mehr, sondern starren blind und leer in die vor ihnen liegende Dunkelheit.

Drei Stunden später taumelt ein Mädchen mit zerrissener Kleidung und blutüberströmtem Gesicht in das Café von P. Mit verstörter Stimme verlangt sie ein Glas Wasser. Aber noch bevor der Kellner dazu kommt, sie zu bedienen, stürzt sie der Länge nach auf den Boden.

»Signorina, ist Ihnen nicht gut? Wollen Sie einen Cognac?« fragt der Kellner, der Oreste heißt und erst achtzehn Jahre alt ist. Jetzt hat das Mädchen die Augen wieder aufgeschlagen, aber sie antwortet nicht. Tränen laufen über ihr erstarrtes, bleiches Gesicht.

Es wird wohl besser sein, wenn ich den Pfarrer rufe, denkt der Kellner bei sich, weiß er doch, daß dieser nur zwei Türen weiter wohnt und ein mutiger, energischer junger Mann ist, der sonntags mit den Dorfbuben Fußball spielt.

Binnen kurzem erscheint der Pfarrer vor dem Café. Er schiebt den Vorhang aus Plastikschnüren beiseite und beugt sich über das Mädchen, das jetzt stumm und verkrampft in Fötushaltung mitten auf dem Fußboden liegt.

»Aber die ist ja verletzt, Jesus Maria, ruf die Polizei, Oreste, und auch gleich einen Krankenwagen.«

Der aufgeregte Anruf erreicht das Polizeirevier von P., wo Adele Sòfia gerade einen kurzen Fortbildungskurs für neue Mitarbeiter der Bereitschaftspolizei leitet. Sie unterbricht die Unterrichtsstunde und eilt zur Unfallstation, wohin man das Mädchen mittlerweile gebracht hat.

»Das Herz ist in Ordnung«, berichtet ihr der Krankenpfleger, während er sich die Hände abtrocknet. »Sie steht unter Schock. Hier sind die Papiere, die sie bei sich hatte.«

Die Kommissarin setzt ihre Brille auf: Das Mädchen heißt Donatella Lumi und ist am dritten Juni 1980 in Bari geboren. »Haare: blond, Augen: dunkel. Besondere Kennzeichen: Tätowierung am rechten Knöchel.« Aber der Kopf ist kahlgeschoren und der Knöchel durch einen aufgerollten Kniestrumpf verdeckt.

Die Beine sind voller Schnitte und Kratzer, so als wäre sie mitten durch Dornbüsche gelaufen oder vielmehr gerannt. Am linken Knie sind zwei eher oberflächliche Wunden, als ob sie auf einen spitzen Stein oder ein Stück Glas gefallen wäre. Aber die Wunde am Arm scheint tief zu sein, sie könnte von einem Messer stammen. Was und wer mag sie so zugerichtet haben?

In der Zwischenzeit beobachtet die Kommissarin die Augenlider und wartet darauf, daß sie sich wieder öffnen. Die Atmung ist normal. Hin und wieder wird der ganze Körper von einem Schluchzen erschüttert, so wie bei Kindern, die nach heftigem Weinen immer noch ein Echo davon in sich haben.

Die Kommissarin fühlt mit zwei Fingern den Puls des Mädchens. Der ist unregelmäßig und zu schnell. Aber sie scheint kein Fieber zu haben.

»Kommissarin, eine Mitteilung für Sie.« Die krächzende Stimme des Funkgeräts dringt an ihr Ohr: »Wir haben im Wald von San Venanzio, im Gebiet von Acqua dei lupi, zwei Leichen gefunden. Stop. Zwei halbwüchsige Mädchen, allem Anschein nach erdrosselt. Sie wurden an einen Baum gebunden und dann getötet, wahrscheinlich auch vergewaltigt. Stop. Wir bringen sie zur Obduktion ins Krankenhaus. Ende.«

Also waren sie zu dritt. Sie haben einen Ausflug in den Wald von San Venanzio gemacht. Sie wurden überfallen und brutal ermordet. Nur eine hat sich gerettet, und die ist hier.

Endlich öffnet Donatella Lumi die Augen und sieht sich verblüfft um: »Wo sind denn Alex und Pigi?«

»Wollen Sie ein Glas Wasser?«

»Wo sind Alex und Pigi?« ruft das Mädchen und macht Anstalten, von der Liege zu steigen.

»Bleiben Sie ganz ruhig, sehen Sie nicht, daß die Wunde blutet?«

»Welche Wunde?«

»Hier am Arm. Wissen Sie noch, wie das passiert ist?«

»Ich will zu meinen Freundinnen.«

»Das können Sie auch. Aber jetzt geht das noch nicht.«

»Warum nicht?«

»Wissen Sie denn gar nicht mehr, was passiert ist?«

»Was ist denn passiert, sagen Sie es mir.«

»Ihr wurdet überfallen. Erinnern Sie sich nicht?«

»Nein, überhaupt nicht. Aber Alex und Pigi ...«

»Sie wurden verletzt.«

»Verletzt? Von wem denn?«

Mitleidig betrachtet Adele Sòfia den kleinen runden, rücksichtslos kahlgeschorenen Kopf, das zarte Ohr, an dem ein kleiner silberner Teddybär hängt. Der andere wurde anscheinend von einer ungeduldigen und grausamen Hand abgerissen: das Ohrläppchen ist zerfetzt.

»Was ist denn mit dem anderen Ohrring?« fragt sie das Mädchen in der Hoffnung, irgendeine Erinnerung zu wecken.

»Warum?« Die Frage wird von einer Handbewegung zum verletzten Ohr begleitet. Das Mädchen betastet es, als versuchte es, sich an die erlittene Qual zu erinnern, aber irgend etwas hindert sie daran. Vergebens legt sie die Stirn in Falten.

»Versuchen Sie doch mal, sich zu erinnern«, bittet die Kommissarin sie sanft.

»Wir wollten zum Gipfel des Monte Tribolo.«

»Und was hat euch davon abgehalten?«

»Ich weiß es nicht.«

Mittlerweile ist der Arzt mit dem Medikamentenwagen erschienen. Er setzt die Nadel an die Wunde, während er ihren Arm festhält. Die junge Frau gibt keinen Laut von sich, beklagt sich nicht einmal, es scheint fast, als empfände sie keinen Schmerz. Immer wieder führt sie automatisch und zwanghaft die Hand an ihr Ohr.

Die Eltern, Maria und Ubaldo Lumi, werden mit einem Polizeiauto zu ihr gebracht. Donatella umarmt sie weinend. Sie erkundigt sich bei ihnen nach den beiden Freundinnen, kann sich aber weiterhin nicht an das erinnern, was im Wald von San Venanzio vorgefallen ist.

Adele Sòfia versucht, von ihnen Näheres über die drei

Mädchen zu erfahren. Sie waren sehr eng befreundet, berichtet die Mutter von Donatella, sie machten alles gemeinsam. Für dieses Wochenende hatten sie sich eine Wanderung durch die Wälder von San Venanzio bis hinauf auf die Spitze des Monte Tribolo vorgenommen. Sie hatten Rucksäcke mit Proviant bei sich und einen Schlafsack für die Übernachtung auf der Berghütte Croce. Aber jemand hat sie auf der Höhe der Region Acqua dei lupi überfallen. Wer kann das gewesen sein? fragen sie die Kommissarin beharrlich, so als machte sie allein schon die Tatsache, daß sie von der Polizei ist, zur Hellseherin.

Am nächsten Morgen wird Adele Sòfia in aller Frühe von dem Gerichtsmediziner geweckt, der die Obduktion durchgeführt hat: »Die Mädchen wurden zuerst vergewaltigt und dann erdrosselt.«

Die Kommissarin weiß, daß die ersten Tage bei der Suche nach einem Täter entscheidend sind. Sie hätte schon längst zehn Leute losschicken müssen, um die Gegend im Umkreis des Tatortes zu durchkämmen. Aber wie soll sie in P. zehn Leute auftreiben, wo gerade mal drei arbeiten, von denen einer im Urlaub ist, der andere krank, und der dritte sich um den Fortbildungskurs kümmert, der siebzig neue Anwärter für den Polizeidienst in die kleine Stadt gezogen hat?

Nachdem sie einen heißen Kaffee hinuntergestürzt hat, macht sie sich auf den Weg zur Kirche, von wo sie lautes Geschrei hört. Sie drückt das Seitenportal auf und steht vor den Verwandten der beiden ermordeten Mädchen, die laut weinen, ihrem Zorn Luft machen und Rache fordern.

Was ist das eigentlich für ein Beruf, der einen immer mit dem Leid der Menschen konfrontiert? denkt sie, als sie sich durch die Menge der Angehörigen schiebt, die sie, kaum daß sie sie erkannt haben, mit Fragen und Beschwerden bestürmen.

Ein Blitz, zwei Blitze, wo kommen bloß all die Fotografen her? Wer mag die hereingelassen haben? Adele Sòfia steckt sich ein echt holländisches salziges Lakritzbonbon in den Mund und steuert auf den hinter dem Altar verborgenen Nebenausgang zu.

Draußen wird sie schon von Inspektor Marra im Geländewagen erwartet: »Jetzt fahren wir mal in den Wald von San Venanzio«, sagt sie, während sie sich – an ihrem salzigen Lakritz lutschend, das ausgesprochen frisch und bitter schmeckt – auf den Sitz fallen läßt.

Der Geländewagen holpert über die Löcher der alten Staatsstraße, dann bahnt er sich den Weg zwischen den Bäumen hindurch und quält sich einen Ziegenpfad hinauf. Eichen und Buchen scheinen seine unbequeme Fahrt aufhalten zu wollen, indem sie ihre langen, knorrigen Äste ausstrecken, die gegen die Karosserie des Wagens schlagen.

Kurz bevor sie das Gebiet von Acqua dei lupi erreichen, müssen sie aussteigen und zu Fuß weitergehen. Der Pfad wird immer schmaler, bis er schließlich in ein ausgetrocknetes Bachbett übergeht und so steil ist, daß der Wagen hier Gefahr liefe, sich zu überschlagen.

»Ich habe nicht die richtigen Schuhe für eine solche Gegend.«

»Ich auch nicht.«

Mühsam klettern die beiden den steilen, steinigen Weg

hinauf, verfolgt von einem Schwarm Fliegen, die um ihre Köpfe schwirren. Die schwüle Luft steht still. Man hört nur die Zikaden und die monotonen Laute von Krähen, die auf der Suche nach Nahrung sind.

»Was ist denn das hier?«

»Sieht aus wie ein belegtes Brot.«

»Brot und Käse, mit Bißspuren.«

»Und es liegt auf einem Blatt.«

»Stecken Sie es in die Hülle. Wir müssen weiter.«

Kurz darauf erreichen sie den Tatort, der jetzt mit rotweißen Plastikfähnchen abgesteckt ist. Man sieht noch die Blutflecken auf den kleinen Steinen am Weg, dort, wo das Mächen, dem die Flucht gelungen ist, verletzt wurde.

»Wollen Sie ein salziges Lakritzbonbon, Marra?«

»Was ist das denn schon wieder?«

»Was ganz Erfrischendes. Es stillt den Durst.«

»Na gut, ich probiere mal eins.«

»Haben Sie die detaillierte Karte von der Gegend hier mitgebracht?«

»Ja, hier ist sie.«

Adele Sòfia breitet die Karte auf einem großen Stein aus, der aus der Erde ragt, und sieht nach, wo sich die Bäche, die Macchia und die Schluchten befinden.

»Es gibt gar keine Häuser in dieser Gegend. Nur Weideland und Wald. Dann werden hier wohl auch Hirten sein.«

»Ich habe mich schon informiert. Es gibt zwei Hirten, die Ihre Schafe hier in der Gegend weiden lassen: ein Sarde namens Piddu und ein Marokkaner, der Ahmed Zhusi heißt.«

»Legal oder illegal?«

»Ich weiß es nicht. Illegal, glaube ich.«

»Und wem gehören die Schafe?«

»Die Schafe, die Piddu hütet, gehören ihm selbst und seinem Bruder. Sie haben über achthundert. In Apulien lassen sie sie überwintern, und im Sommer werden sie hier in die Gegend von San Venanzio gebracht. Die Schafe, die der Marokkaner hütet, gehören einem gewissen Tronci, einem Rechtsanwalt aus Neapel.«

»Ein Rechtsanwalt, der Schafe hält?«

»Er hat sogar ziemlich viele, aber die genaue Zahl weiß keiner. Bestimmt betrügt er das Finanzamt, der Marokkaner arbeitet schwarz.«

»Die drei Mädchen kommen schwatzend des Weges. Es ist Sonntag. Heiß. Sie nehmen sich vor, den Gipfel des Monte Tribolo bis spätestens zwei Uhr zu erreichen. Unterdessen lauert ihnen irgend jemand auf. Und dann der Angriff. Sie werden mit einem Messer bedroht und an einen Baum gebunden; sehen Sie? Hier auf der Rinde sind noch die Einkerbungen des Stricks. Das läßt darauf schließen, daß es sich nur um einen einzigen Täter gehandelt hat. Wenn sie nämlich zu zweit oder zu mehreren gewesen wären, hätten sie sie nicht fesseln müssen. Aber einer allein ja, denn nur so hatte er sie alle drei unter Kontrolle. Trotzdem gelingt es Donatella Lumi, sich loszubinden und zu fliehen. Wieso ist der Mann ihr nicht gefolgt?«

»Wenn er die andern beiden festhalten mußte, konnte er doch nicht noch hinter der Flüchtenden herlaufen.«

»Hinzu kommt, daß das Mädchen nicht in Richtung Feldweg davonrannte, der in die Ortschaft führt, sondern geradewegs auf die Schlucht zu. Einer, der die Gegend kennt, hätte gewußt, daß es von dort keinen Ausweg gibt. Aber das Mädchen stürzt sich, nur um ihm zu entkommen, die Schlucht hinunter und irgendwie, mit der Kraft der Verzweiflung, schafft sie es, die Straße und die Häuser zu erreichen. So könnte es sich doch abgespielt haben, was meinen sie, Marra?«

»Einen solchen Abhang hinunter, nicht mal eine Ziege ...«

Auf dem Rückweg fährt Adele Sòfia im Krankenhaus vorbei, um sich zu erkundigen, ob das Mädchen allmählich sein Erinnerungsvermögen wiedererlangt, aber man teilt ihr mit, daß sich nichts verändert habe. »Sie faßt immer wieder an ihr Ohr und fragt nach ihren beiden Freundinnen.«

Am Nachmittag werden die beiden Schafhirten ausfindig gemacht: Piddu und Zhusi. Der gutgekleidete Sarde mit dem Handy in der Tasche erscheint gleich in Begleitung seines Anwalts. Der Marokkaner steht bescheiden und verängstigt da und wischt sich mit einem zusammengeknüllten Taschentuch den Schweiß ab.

Piddu berichtet in aller Kürze, daß er an jenem Morgen im Dorf gewesen sei, um über eine Lieferung Käse zu verhandeln. Die Schafe habe er mit dem Hund allein gelassen. »Ich habe Zeugen. Wollen Sie die Namen?«

Zhusi hingegen erklärt in einem seltsamen Kauderwelsch aus Französisch, Arabisch und Italienisch, daß er dort im Wald von San Venanzio gewesen sei, daß er gesehen habe, wie die drei Mädchen den Weg hinaufstiegen, daß er sie, versteckt hinter einem Felsblock, beobachtet habe, aber ohne seinen Schlupfwinkel zu verlassen.

Es ist klar, daß sich der Verdacht gegen den marokkanischen Schafhirten richtet, der sich ohne gültige Papiere in Italien aufhält: Bei ihm wurde ein Messer gefunden, »für Käse«, wie er behauptet, sowie ein aufgerollter Strick, der jedoch keinerlei Spuren von Baumrinde trägt.

Der junge Mann wird Donatella Lumi vorgeführt, damit sie ihn identifiziert, aber sie schüttelt traurig den Kopf: Nein, sie weiß es nicht, sie erinnert sich nicht, sie hat diesen Mann noch nie gesehen.

Auch Piddu wird dem Mädchen gegenübergestellt, aber sie schüttelt wieder den Kopf. Am Ende wird der Sarde nach Hause geschickt.

Adele Sòfia treibt schließlich einen Dolmetscher auf und nimmt den Schafhirten Ahmed stundenlang ins Verhör. Aber so sehr sie auch nachhakt, es gelingt ihr nicht, mehr aus ihm herauszuholen, als was er auch schon beim ersten Mal gesagt hat: Er hat gehört, wie die drei Mädchen den Weg entlangkamen, während er gerade ein Brot mit Käse aß, dann hat er das Brot auf ein Blatt gelegt, um sich hinter einem Felsblock zu verstecken. Dort ist er geblieben und hat beobachtet, wie sie vorbeigelaufen sind, woraufhin er zu Allah gebetet hat, er möge ihn nicht sehen lassen, was er da gerade sah, und der Herr hat seine Bitte erhört, weil er, obwohl seine Augen geöffnet waren, nichts als Schatten wahrgenommen hat, lauter schwarze Schatten.

Merkwürdigerweise hält die Kommissarin dieses einfältig, wirre Gestammel für wahr. Aber ihre Vorgesetzten machen Druck, daß sie den Fall endlich abschließt und daß

»der Schuldige der Justiz überstellt« wird. Jedesmal, wenn sie die Nase aus der Tür steckt, fallen die Journalisten über sie her. Weitere Leute werden ihr zur Verfügung gestellt; aber wozu braucht sie die jetzt noch?

Die Hütte von Ahmed Zhusi wird auf den Kopf gestellt, ohne daß man dort etwas findet, was ihn belasten könnte. Auf dem Erdboden liegt nur ein wenig Stroh und darauf ein Schlafsack. Daneben, zwischen zwei Steinen, eine Blechdose mit zweihunderttausend Lire, ein in Leder gebundender Koran, ein sauberes Hemd und ein Paar Sandalen aus Schafleder.

»Ich muß unbedingt mit dem Besitzer der Schafe sprechen, mit Rechtsanwalt Tronci; begleiten Sie mich, Marra?«

»Ich habe schon nachgeguckt, Tronci ist in Neapel gemeldet, aber er hat eine kleine Wohnung in P.«

Er empfängt sie in Hemdsärmeln, eine Zigarette zwischen den Lippen. Ein Mann von etwa fünfzig Jahren, mit regelmäßigen Zügen, hellen tiefliegenden Augen, langen, nach hinten gekämmten Haaren, athletischem Körper und selbstsicherer Miene.

»Sie wissen, daß es gesetzlich verboten ist, nicht angemeldete Arbeitskräfte zu beschäftigen? Wieviel haben Sie ihm monatlich gezahlt?«

»Ich habe den armen Kerl von der Straße aufgelesen. Er bettelte, schlief unter Brücken. Ich habe ihm Arbeit gegeben, was ist denn schon dabei?«

»Sie haben meine Frage nicht beantwortet.«

»Der hatte doch von Tuten und Blasen keine Ahnung! Alles mußte ich ihm beibringen, vom Eintreiben der Schafe bis zum Melken. Ein Herumtreiber, ein Wilder. Und sehen Sie nur, was er angerichtet hat! Kaum sieht er nacktes Fleisch, schon verliert er den Kopf.«

»Sie sind also sicher, daß er die beiden Mädchen umgebracht hat?«

»Wer denn sonst?«

»Ist Ihnen etwas darüber bekannt, ob er zu Gewalt neigt?«

»Nun, so wie er die Schafe getötet hat, zwischen seine Beine geklemmt, war mir klar, daß er Gefallen an Blut hat. Und es machte ihm auch Spaß, Schmerzen zu bereiten, dem Opfer seinen Willen aufzuzwingen ... aus Rache vielleicht: Wissen Sie, es handelt sich um einen Mann aus ärmsten Verhältnissen, der Reichtum immer als persönliche Beleidigung empfunden hat. Und hinzu kommt, diese Mädchen waren allein unterwegs, halbnackt mit ausgeschnittenen T-Shirts, ohne BH ... Ein Mann, der immer allein ist, ausgehungert, inmitten der Schafe, was kann der schon machen?«

»Woher wissen Sie denn, daß sie keinen BH trugen?«

»Das nehme ich an. In der gestrigen Zeitung habe ich ein Foto gesehen: Das war genau der Typ Frau, der sich die Haare abschneidet, sich wie ein Mann anzieht und, wie schon gesagt, keinen BH trägt, es würde mich auch gar nicht wundern, wenn die es miteinander trieben.«

Adele Sòfia versucht sich zu erinnern, ob auf dem Foto in der Zeitung auch die Brust des Mädchens, das sich retten konnte, abgebildet war. Aber nein, ihr scheint, daß man sie nicht sehen konnte, das Foto zeigte einzig und allein den Kopf.

»Wann haben Sie Zhusi vor diesem Sonntag zum letzten Mal gesehen?«

»Das weiß ich nicht mehr. Vielleicht am Donnerstag. Ich sah ihn immer donnerstags, wenn ich ihm seinen Lohn brachte. Aber jetzt muß ich wirklich gehen. Ein Klient erwartet mich.«

»Danke, Herr Rechtsanwalt. Sie wären also bereit, gegen Ahmed Zhusi auszusagen, sollte er wegen Mordes angeklagt werden?«

»Selbstverständlich. Immer zu Ihrer Verfügung, Kommissar. Auf Wiedersehen.«

Mit einer Lakritzschildkröte im Mund läßt sich Adele Sòfia das Gespräch auf der Rückfahrt noch einmal durch den Kopf gehen. Irgendwie überzeugt der Rechtsanwalt sie nicht. Er ist sich der Schuld des Hirten allzu sicher. Und woher weiß er, daß die Mädchen auf ihrem Ausflug keinen Büstenhalter trugen? Keine Zeitung hat etwas in dieser Richtung verlauten lassen. Und doch waren die drei in der Tat ohne BH unterwegs.

Noch für denselben Abend ordnet sie eine Hausdurchsuchung in der Wohnung von Rechtsanwalt Tronci in P. an. Die Beamten werden von einer kleinen giftigen Frau mit runzeligem Gesicht hereingelassen, die aussah »wie eine Indianerin … sie hatte sogar einen grauen Zopf auf dem Rücken«, erzählt ihr Inspektor Marra.

Die Hausdurchsuchung dauerte fast zwei Stunden, aber man fand absolut nichts, was einen Verdacht begründet hätte. »Während wir die Schränke durchstöberten, ließ Troncis Mutter uns nicht aus den Augen.«

»Und der Rechtsanwalt?«

»Der Rechtsanwalt lief in einem gelbschwarz gestreiften Morgenrock auf und ab und qualmte eine Zigarette nach der anderen.«

Die Kommissarin bittet, man möge ihr noch drei Tage Zeit geben, bis der Fall für abgeschlossen erklärt wird. Offensichtlich spricht alles gegen Ahmed Zhusi, aber sie hält den jungen Mann für eine ehrliche Haut. Etwas in seiner Stimme und in seinen Augen zeugt nicht von Lüge und Heuchelei, sondern von verletztem Stolz.

»Ich fahre noch mal zu Tronci«, sagt sie zu Marra und versucht, ihn dazu zu bewegen, sie zu begleiten, aber er ist Trauzeuge bei einer Dorfhochzeit und muß gehen.

»Signor Tronci, wo waren Sie am Sonntag, den vierzehnten Juli vormittags?«

»Wo soll ich schon gewesen sein, hier natürlich. Am Sonntag schlafe ich immer lange, ich ruhe mich aus. Fragen Sie doch meine Mutter.«

»Signora, können Sie das bestätigen?«

Die Frau senkt energisch den Kopf. Aber damit gibt Adele Sòfia sich nicht zufrieden und fordert sie auf, es laut zu sagen: »Können Sie beschwören, daß Sie den ganzen Vormittag mit Ihrem Sohn hier waren?« Die Frau nickt in einem fort, aber sie gibt keinen Ton von sich.

»Seit wann arbeitet Zhusi für Sie, Signor Tronci?«

»Seit etwa einem Jahr. Wenn da irgendwelche Geldstrafen auf mich zukommen, werde ich sie natürlich bezahlen. Aber da er ja sowieso eingesperrt wird …«

»Haben Sie denn nicht den geringsten Zweifel, daß außer ihm kein anderer in Frage kommen kann?«

»Ich meine, es ist doch klar ...«

»Sind Sie bereit, zusammen mit den Familien der beiden ermordeten Mädchen als Nebenkläger aufzutreten?«

»Selbstverständlich, sofort.«

»Hatten Sie denn gar kein bißchen Sympathie für Ihren Schafhirten?«

»Ich kannte ihn ja kaum. Und als ich dann noch erfahren habe, was er gemacht hat ...«

»Wann genau haben Sie das erfahren?«

»In den Achtuhrnachrichten am Sonntag abend. Da wurden die Namen der beiden Schafhirten aus der Gegend genannt. Außerdem hat man ein Foto von dem Mädchen eingeblendet, das geflüchtet ist. Von den anderen hieß es nur, daß sie gefesselt und vergewaltigt wurden ...«

»Aber eigentlich hat man von den beiden anderen erst am nächsten Tag erfahren ...«

»Dann bringe ich das vielleicht durcheinander.«

»In Ordnung, ich verabschiede mich, Herr Rechtsanwalt. Möglicherweise komme ich noch einmal auf Sie zu. Halten Sie sich bitte in der Zwischenzeit zur Verfügung ...«

»Zu Ihren Diensten, Kommissarin ... stets zu Ihren Diensten.«

Sichtlich zufrieden, lächelnd und mit hüpfendem Gang begleitet der Rechtsanwalt sie zur Tür.

Als sie an der geöffneten Badezimmertür vorbeikommen, sieht Adele Sòfia etwas, das ihren Blick anzieht: einen glitzernden Gegenstand, halb verdeckt von der Matte vor der Waschmaschine.

Sie geht hinein und bückt sich, um ihn aufzuheben. Und in der Hand hält sie einen kleinen silbernen Teddybären.

»Ich muß Sie bitten mitzukommen, Herr Rechtsanwalt. Das ist der Ohrring von Donatella Lumi. Wie kommt er in Ihr Badezimmer?«

»Mama, was macht dieser Ohrring hier? Ich betrete dieses Bad nie, ich habe noch ein anderes, gleich neben meinem Schlafzimmer.«

Die Mutter starrt ihn an, ohne ein Wort zu sagen. Die Falten haben sich derart um ihre Augen herum konzentriert, daß sie aussieht wie ein verdutzter Berberaffe, der vom Ast irgendeines Urwalds späht.

»Ach, jetzt erinnere ich mich wieder. Ein paar Mal hat meine Mutter, die sehr gutherzig ist, die Wäsche von dem Schäfer Zhusi in unsere Waschmaschine gesteckt. Sie tat ihm diesen Gefallen, eben weil sie so gutherzig und hilfsbereit ist. Bestimmt ist dieser Ohrring aus der Tasche eines seiner Hemden gefallen.«

»Signora, können Sie mir die Hemden von Ahmed zeigen, die Sie in die Waschmaschine gesteckt haben? Saubere oder schmutzige, das ist völlig egal.«

Aber die Frau rührt sich nicht. Wie eine Holzstatue, die die personifizierte Überraschung darstellt, bleibt sie wie angewurzelt auf ihrem Platz und blickt ihren Sohn aus starren, stummen Augen an.

»Gleich haben wir Ahmeds Hemd, gleich haben wir es«, sagt der Rechtsanwalt, während er in den schmutzigen Hemden herumwühlt. Dann fördert er ein ganz zerknittertes zutage und zeigt es triumphierend der Kommissarin: »Hier ist es, sehen Sie.«

Adele Sòfia nimmt den Rechtsanwalt mit auf das Polizeirevier. Sie befragt ihn noch einmal, und nach stundenlangem Verhör gibt der Mann schließlich zu, an jenem Morgen im Wald von San Venanzio gewesen zu sein.

»Ich bin dorthin gegangen, um dem Schafhirten mit ein paar Tagen Verspätung seinen Lohn zu bringen. Ich habe nicht immer pünktlich bezahlt. Als ich ankam, habe ich das Gemetzel gesehen, das er angerichtet hatte: Die beiden Mädchen lagen tot unter einem Baum, und er hat mich gefragt, ob ich ihm dabei helfen könnte, die Leichen zu verscharren. Ich habe ihm gesagt, daß er verrückt sei, und mich dann aus dem Staub gemacht.«

»Und nach all dem holt sich ihre Mutter ein Hemd von Zhusi ab, um es zu Hause zu waschen?«

»Keine Ahnung, wie dieser Ohrring bei mir gelandet ist. Ich schließe auch nicht aus, daß Ahmed ihn in meine Tasche geschmuggelt hat.«

Eine alte Geschichte. Dem Rechtsanwalt ist sie bestens bekannt: Es ist schwierig für das Gericht, die Wahrheit herauszufinden, wenn es zwei potentielle Täter gibt, die zu gleichen Teilen für das Vergehen in Frage kommen könnten. Ahmed Zhusi erzählte nämlich seinerseits, der Rechtsanwalt habe ihn am späten Sonntag vormittag besucht, und er habe ihm von den drei Mädchen erzählt, die er gesehen hatte, worauf der andere ihnen gefolgt sei.

Wem soll man glauben? Beide kommen unter dem Verdacht des Mordes in Tateinheit mit Vergewaltigung in Untersuchungshaft. Die Zeitungen berichten ausführlich darüber, indem sie mal für den einen, mal für den anderen

Partei ergreifen. Nach zwei Monaten werden alle beide aus Mangel an Beweisen freigelassen.

Erst im Januar, fast sechs Monate später, erlangt Donatella Lumi ihr Erinnerungsvermögen wieder, und sie erkennt Tronci: »Er ist es, er ist es, ich weiß es genau. Er kam hinter uns her. Er machte so einen netten Eindruck. Er hat uns Wasser angeboten, und gefragt, woher wir kommen, wohin wir gehen. Mein Gott, Alex, verzeih mir! Pigi, wo bist du? Dann hat er plötzlich das Messer herausgezogen und uns befohlen niederzuknien. Seine Stimme hatte sich verändert. Er war nicht mehr derselbe freundliche Mensch, der vorher mit uns geplaudert hatte, er war ein anderer, er sah uns nicht ins Gesicht, er konnte nicht mal mehr den Hals drehen. Ich habe eine Bewegung gemacht, um ihn wegzustoßen, und er hat mir mit dem Messer in den Arm gestochen. Alex und Pigi sind herbeigeeilt, um mir zu helfen, aber da hatte er schon den Strick aufgerollt. Er hat uns an einen Baum gebunden und gesagt, daß wir stillhalten sollten, daß er uns dann nichts tun würde. Dann hat er Alex geohrfeigt, weil die anfing zu weinen. Danach hat er Pigi mit dem Messer ins Gesicht geschnitten. Alex, arme Alex, er hat sie auf den Boden geworfen und sie mit dem Messer an der Kehle festgehalten. Pigi war wie gelähmt, sie konnte nicht mal mehr weinen. Ich habe gemerkt, daß der Strick an einer Seite locker war, und da habe ich angefangen zu ziehen. Ich konnte mich losmachen und bin weggerannt. Ich habe gehört, wie Pigi geschrien hat: ›Beeil dich, hol Hilfe!‹ Er wollte hinter mir her, aber Alex hat angefangen, um sich zu treten, und da hat er sich über sie gebeugt und ihr eine geknallt. Ich rannte und rannte, aber ich wußte nicht wohin. Bis ich schließlich vor einer Schlucht stand. Ich habe mich hinuntergestürzt, rollte den steinigen Abhang hinab. Ich weiß nicht, wie ich unten angekommen bin, ich weiß es nicht ...«

»Haben Sie außer dem Rechtsanwalt denn nicht noch jemanden gesehen, einen jungen Mann mit schwarzen, lockigen Haaren und einer kleinen Mütze auf dem Kopf?«

»Nein, er war ganz allein.«

Dann stimmt es also, was Ahmed Zhusi sagt: Allah hat ihn vorübergehend blind gemacht, um ihm das Leben zu retten.

Schatten

Eine Frau läuft mit einem Kind an der Hand die Hauptstraße entlang. Sie beeilen sich wie jemand, der eine wichtige Verabredung hat. Die Frau ist in Gedanken: Ihre schöne Stirn ist von zwei tiefen Falten durchzogen. Sie trägt enganliegende Jeans, die weichen blonden Haare hüpfen bei jedem Schritt, den sie mit ihren hochhackigen Schuhen zurücklegt, auf ihren Schultern auf und ab.

Ab und zu wirft das kleine Mädchen von unten einen Blick in das finstere Gesicht der Großmutter. Sie ist angezogen wie eine Fünfjährige, obwohl sie schon acht ist: ein kurzer, rosaweiß karierter Kittel mit einem schneeweißen Kragen, der sich um den zarten Hals herum weitet, nackte Beine, über den Knöcheln aufgerollte Söckchen und schwarze Lackschuhe.

Ein Mann lächelt ihnen zu, als er sie vorbeigehen sieht. Es ist der Metzger Pasquale Mancia. Er trägt eine weiße, blutbeschmierte Schürze. Auf seinem beharrten Hals blinkt eine schwere Goldkette mit einem Madonnenmedaillon.

»Guten Morgen, Signora Agata.«

»Guten Morgen, Pasquale.«

Die Kleine will stehenbleiben, aber die Großmutter gibt

ihr einen kleinen Tritt in die Ferse und zieht sie an der Hand; sie haben es doch eilig, weiß sie das denn nicht?

Kurz danach führt sie der Weg am Schaufenster der Konditorei vorbei. Agatina reckt ihren Hals nach der Konditorin, Signora Veronica, die gerade eine Schicht dampfender Schokoladencreme auf eine rautenförmige Torte streicht.

»Komm schon, du kleiner Dickkopf!«

Aber Agatina folgt nur widerwillig. Sie läßt die Füße schleifen, zieht den Kopf ein wie eine Schildkröte.

»Nachher kaufe ich dir ein Stück Kuchen. Jetzt müssen wir weiter, du weißt doch, wir sind spät dran.«

»Wann nachher?«

»Nachher.«

»Und jetzt?«

»Jetzt nicht.«

Agatina läßt sich von ihrer Großmutter mitziehen, die auf dem von der Sonne aufgeweichten Asphalt ihren schnellen Schritt wieder aufgenommen hat.

Ein weiterer theatralischer Gruß, ein augenzwinkerndes Lächeln: Agata Peci ist im Viertel bekannt wegen ihrer etwas derben Schönheit im Stil einer verstädterten Bäuerin. Mit den wasserstoffblonden Haaren, »die reine Chemie«, wie Tante Peppina zu sagen pflegt, den durchsichtig schwarzen, stark geschminkten Augen, den breiten, kräftigen Schultern, den Brüsten, die in keinen Büstenhalter passen, und den langen, muskulösen Beinen hat sie sich den Beinamen »Weibsbild« eingehandelt.

Je näher sie ihrem Ziel kommen, desto widerspenstiger und lustloser wird Agatina, und die Großmutter schleppt sie förmlich hinter sich her, wobei sie die kleine, störrische Hand immer fester umklammert.

Die Kleine reagiert mit beinahe ulkigen Grimassen auf das heftige Zerren: Diese Frau ist mir vertraut, scheint ihr kindliches Gesicht zu sagen, mit ihren Gesten, ihrer Stimme und ihrem Geruch ist sie mir fast vertrauter als meine Mutter. Sie ist die einzige Liebe, die ich habe, die einzige Zärtlichkeit: Wie oft hat sie mich gefüttert, gebadet, abgetrocknet, gepudert, wie viele Male hat sie mit mir geschimpft, mich geohrfeigt, aber auch abgeküßt und gestreichelt?

Jetzt hält dieselbe Hand, die sie so oft liebevoll umsorgt, ihre Finger fest im Griff und führt sie zu dem Haus voller Schatten mit dem schrecklichen Geruch von Kampfer und kaltem Rauch.

»So, da wären wir«, sagt die Großmutter und schickt sich an, die Glocke an der breiten Haustür zu betätigen, an der ein vergoldetes Messingschild ins Auge sticht. Aber bevor sie auf den Knopf drückt, beugt sie sich liebevoll über ihre Enkelin: »Laß mal deine Haare sehen… dieser Reif mit den kleinen Gänschen steht dir wirklich gut… du bist sehr hübsch, mein Liebling… wisch mal über deine Schuhe, die sind ja ganz staubig.«

Das Kind reibt seine Schuhe mit einem Papiertaschentuch ab, das ihr die Großmutter reicht, aber der Schmutz will nicht weggehen.

»Spuck doch mal drauf!«

Zaghaft läßt Agatina ein bißchen Speichel auf ihre Schuhspitzen tropfen und reibt noch einmal mit dem Papier darüber.

»Siehst du, wie schön die jetzt wieder glänzen?«

Mittlerweile hat sich die Tür aufgetan, und ein älterer Mann steht lächelnd da: »Herein, herein, was für eine Freude, die beiden Agaten wiederzusehen, eine schöner als die andere!«

Das kleine Mädchen schaut ihn verwundert an. So, mit den geringelten weißen Haaren lose über den Schultern, hat sie ihn noch nie gesehen. Normalerweise bindet er sie mit einem Gummiband hinten im Nacken zusammen. Sein hagerer, faltiger Hals lugt aus einem feuerroten Hemd hervor.

Der freundliche Mann bewegt sich mit Anmut durch das große Haus voller Schatten, in dem es nach Kampfer und kaltem Rauch riecht. Agatina kennt diesen Geruch, und sobald sie merkt, daß er ihr in die Nase steigt, führt sie instinktiv eine Hand dorthin und schließt die Augen.

Inzwischen hat sich die Frau auf einen hohen, schmalen Armstuhl gesetzt und die Beine übereinandergeschlagen. Die Kleine ist stehengeblieben, ihre Hand wird immer noch von der Hand der Großmutter umschlossen.

»Einen kleinen Aperitif?« fragt der Notar höflich, während er schon eine klare Flüssigkeit in schmale, langstielige Gläser gießt.

»Es ist heiß, ein Glas Wasser mit Eis wäre mir lieber.«

Vorsichtig, mit kleinen, schnellen Schritten entfernt sich der Mann. Von hinten erinnert er an eine herbe, schlanke Frau mit einem schönen, weißen Lockenkopf.

Sobald Agata den Mann in der Küche verschwinden sieht, zieht sie ihre Enkelin an sich und sagt mit drohender und zugleich beruhigender Stimme zu ihr: »Du wirst doch brav sein, mein Schatz? Nachher gehen wir schnurstracks in die Konditorei. Jetzt sei schön brav, ich hab dich auch ganz lieb, o. k? Du mußt jetzt nur die Augen zumachen und an ein schönes Spiel denken… du siehst aus wie ein kleiner Frosch mit deinem brummigen Gesicht, komm, lach doch mal!«

Inzwischen ist der Mann zurückgekommen, in einer Hand eine Schale mit Eiswürfeln für die Großmutter und in der anderen einen Keks für das Kind.

»Magst du die?«

Agatina antwortet nicht. Ihre Kehle ist wie zugeschnürt, und die Tränen steigen ihr in die Augen.

»Wie läuft's denn so in der Schule, Agatina, hm?«

Das Mädchen bringt kein Wort heraus. Die Großmutter kommt ihr eilends und wohlwollend zu Hilfe. »Sie ist ein kleiner Esel und faul obendrein, sie lernt einfach nicht genug. Aber am Ende wird es schon klappen, und sie wird versetzt, stimmt's, Agatì?«

»Willst du was zu lesen?« fragt der Mann und nimmt eine Zeitschrift mit farbigen Fotos von einem niedrigen Tischchen.

»Ich habe mir die *Rätselwoche* mitgebracht«, antwortet die Frau, während sie in ihrer Tasche kramt.

»Brauchst du einen Stift?«

»Ich habe zwei dabei.«

»Also, dann gehen wir«, sagt der Mann an das Kind gewandt, das sich nicht von der Stelle rührt.

»Wollen wir gehen, Agatina?«

»Ich bleibe bei dir«, sagt die Kleine mit dünner Stimme. Sie weiß, daß sie eine Ohrfeige riskiert. In der Tat folgt die sogleich. Die schöne Hand mit den schweren Ringen knallt dem Mädchen an die Lippen.

»Und jetzt geh!« sagt sie und schiebt sie dem Alten zu.

Das Kind hat die Hand frei, aber nur kurzzeitig, denn sofort spürt sie die welken Finger des Mannes an ihrem Handgelenk. Und sie ist gezwungen, dem Gastgeber den Flur entlang zu folgen, der zum Schlafzimmer führt.

Die Frau blickt den beiden nach, die in dem von Schattenflecken übersäten Flur verschwinden, und in ihrem Bauch rumort es wie eine Maus in einem Käfig. Um sich zu beruhigen, wühlt sie in ihrer Handtasche und zieht eine Schachtel Zigaretten heraus; sie zündet sich eine an und inhaliert den Rauch mit müdem Gesichtsausdruck.

Es wird wohl besser sein, sich mit etwas anderem abzulenken, denkt sie. Deshalb schlägt sie die *Rätselwoche* auf und fängt an, die Kästchen eines Kreuzworträtsels auszufüllen. Bisweilen taucht ein unangenehmes Bild in ihrer Erinnerung auf: eine andere knochige Hand, eine andere Haustür, Jahrzehnte zurück. Ihre Mutter Agatuccia begleitete sie, so wie sie heute ihre Enkelin begleitet, zum »Brotverdienen«.

Aus der geschlossenen Tür kommt nicht der geringste Laut. Merkwürdig, daß der Mann nicht spricht, daß er nicht versucht, daß Kind mit seiner schönen, vollen, weichen Stimme zu faszinieren. Wer spielte noch gleich die Rolle der Gilda in dem gleichnamigen Film? Ingrid Bergmann? Nein, nein, die war's nicht. Marilyn Monroe vielleicht? Nein, die auch nicht. Aber wer dann? Ist es denn möglich, daß nicht mal ein Lachen, ein Tadel, irgendein Wortfetzen an ihr Ohr dringt? Und wer war der Regisseur des Films *Deutschland im Jahre Null?* De Sica? Nein, was für ein Pech, die Fragen werden auch immer schwieriger.

Als es ihr gerade gelungen ist, in die Welt der Rätsel einzutauchen, hört sie plötzlich den dumpfen Knall einer ins Schloß fallenden Tür und die sich rasch nähernden Schritte ihrer Enkelin.

»Was ist los? Was hat er dir getan?«

»Oma, der Notar ist hingefallen.«

»Hast du ihn geschubst?«

»Nein, er ist von allein gefallen.«

Agata springt auf, wobei die Zeitschrift und die beiden Stifte auf dem Fußboden landen. Sie geht rasch hinüber ins Schlafzimmer. Dort liegt der Notar rücklings auf der Erde, mit offener, bis zu den Knien heruntergelassener Hose, bleichem Gesicht mit verdrehten Augen, die weißen Haare auf dem Boden ausgebreitet.

»Laß uns gehen, Agatina, es ist nichts passiert, der Notar schläft, lassen wir ihn schlafen.«

»Sollen wir nicht den Doktor rufen, Oma?«

»Ach was, wieso den Doktor! Und denk dran: Du hast nichts gesehen. Wir beide waren heute morgen hier ganz in der Nähe im Supermarkt. Den Notar hast du aber nicht gesehen, verstanden?«

Wie um die Drohung zu besiegeln, bekommt sie einen schnellen und unerwarteten Schlag auf das rechte Auge.

»Geh, verschwinde von hier, ich komme sofort nach, geh!« ruft ihr die Großmutter zu.

Mit einer Hand auf dem schmerzenden Auge geht Agatina auf die Haustür zu. Aber bevor sie hinausgeht, dreht sie sich noch einmal um und beobachtet, wie die Frau mit präzisen, hastigen Bewegungen ihre Hand in die über dem Stuhl hängende Jacke gleiten läßt und eine Brieftasche herauszieht, aus der sie zwei Banknoten zu je einhunderttausend Lire nimmt.

»Das hatte ich von ihm zu kriegen. Nicht mehr und nicht weniger, verstehst du? Ich bin schließlich keine Diebin, und du auch nicht. Und jetzt machen wir, daß wir wegkommen.«

Die Kommissarin Adele Sòfia sieht Großmutter und Enkelin Hand in Hand hereinkommen. Die Frau ist schön, üppig, selbstsicher; das Mädchen steht gebückt da, den Kopf zwischen die Schultern gezogen, so als fürchte es, ihn zu weit vorzustrecken.

»Nehmen Sie bitte dort auf den Stühlen Platz.«

Die Großmutter setzt sich hin, allerdings ohne die Hand des Kindes loszulassen, das neben ihr stehenbleibt.

»Die Kleine lebt bei Ihnen, Signora Agata Peci?«

»Jawohl, seitdem ihre Eltern sich aus dem Staub gemacht und mich ohne einen Heller zurückgelassen haben.«

»Wo sind die Eltern des Mädchens jetzt?«

»Sagen Sie es mir, Sie täten mir einen Gefallen.«

»Heißt das, daß sie verschwunden sind? Daß sie sich nie bei Ihnen melden?«

»Die sind nach Indien abgehauen, aber nicht mal eine Karte haben sie geschickt.«

»Wann sind sie abgereist?«

»Das ist jetzt acht Monate her.«

»Und wovon leben Sie?«

»Von der Rente meines verstorbenen Mannes.«

»Wie hoch ist denn diese Rente?«

»Eine Million zweihunderttausend Lire.«

»Trotzdem besitzen Sie ein luxuriöses Auto, Schmuck und Designerkleidung. Wie ist das möglich?«

»Das hat mir alles mein Mann gekauft, als er noch lebte. Er hat gut verdient. Jetzt leben wir von seiner Rente, aber wir sind sehr sparsam: Wir essen wie die Spatzen, wohnen in einer Eigentumswohnung, und solange das Auto noch mitmacht ...«

»Kannten Sie den Notar Pastore?«

»Ja, aber nur vom Sehen.«

»Aber uns ist bekannt, daß Sie beide vor ein paar Jahren eine Liebesbeziehung hatten. Wir haben einen Packen Briefe im Haus des Notars gefunden.«

»Dieses Schwein! Mir hat er gesagt, er hätte sie alle verbrannt.«

»Wie lange hat diese Beziehung gedauert?«

»Nur ein paar Monate.«

»All diese Briefe in ein paar Monaten?«

»Nun, wir haben uns noch eine Zeitlang geschrieben, aber da war schon alles aus. Getroffen haben wir uns nicht mehr.«

»Trotzdem haben einige Leute beobachtet, wie Sie an jenem Morgen sein Haus betraten.«

»Die müssen sich irren. Ich gehe schon seit Monaten nicht mehr dorthin. Und meine Enkelin war überhaupt noch nie da. Stimmt's, Agatina?«

Das Kind nickt zustimmend. Aber seine Augen weichen aus.

Die Kommissarin fragt sich, was für eine Farbe sie wohl

haben: Als die Kleine hereinkam, hatte sie den Eindruck, sie seien hell, aber jetzt, vielleicht weil sie sich unter den dichten Wimpern verstecken, wirken sie dunkel und unergründlich.

»Hat der Notar Ihnen jemals Geld gegeben?«

»Mir? Warum hätte er mir Geld geben sollen? Ich bin doch keine Prostituierte?«

»Sie behaupten also, daß Sie den Notar am Morgen seines Todes nicht gesehen haben.«

»Woran ist er eigentlich gestorben? Wissen Sie, es hat mir nämlich leid getan, er war so ein anständiger Mensch.«

»Er hatte einen Hirnschlag. Urplötzlich. Komisch ist nur, daß seine Hose heruntergelassen war.«

»Vielleicht wollte er gerade zur Toilette.«

»Vielleicht. Tatsache ist, daß im Wohnzimmer zwei frisch benutzte Gläser standen. Und im Schlafzimmer, auf seinem Bett, lag eine angebrochene Tafel Schokolade.«

»Man weiß ja, die Alten werden wieder wie die Kinder.«

»Außerdem war da noch der Abdruck von einer schokoladenbeschmierten Hand. Einer Kinderhand.«

»Na und?«

»Haben Sie jemals Ihre Enkelin Agatina mit zum Notar genommen?«

»Nie.«

»Agatina, kannst du das, was deine Großmutter sagt, bestätigen?«

Agatina blickt ihre Großmutter verzweifelt an, die jetzt ihre Hand so fest drückt, daß es ihr weh tut.

»Sag die Wahrheit, mein Liebling, sag, daß du nie da warst.«

»Ich war nie da.«

»Leider ist der Abdruck auf dem Bettlaken nicht mehr identifizierbar.«

»Er wird Schokolade gegessen haben und dabei das Bettlaken beschmiert haben, was finden Sie so komisch daran? Ist es jetzt etwa schon nicht mehr erlaubt, in seinen eigenen vier Wänden, in seinem eigenen Schlafzimmer, Schokolade zu essen?«

»Können Sie mir in allen Einzelheiten berichten, was Sie an jenem Morgen gemacht haben? Sie sind aus dem Haus gegangen, und dann?«

»Um neun Uhr haben wir das Haus verlassen und sind direkt zum Supermarkt gegangen. Sie können ja den Metzger fragen, Pasquale Mancia, der hat uns laut und vernehmlich gegrüßt.«

»Erinnern Sie sich, wenn Sie an jenem Tag sonst noch begegnet sind?«

»Der Konditorin, Veronica, die wir die Agonie nennen, weil sie Augenringe hat, die ihr bis zum Mund reichen, und so mager ist wie ein Hering. Sie war gerade dabei, Schokolade auf eine Torte zu streichen.«

»Das stimmt mit den Zeugenaussagen überein. Aber die Konditorin erinnert sich nicht mehr, ob Sie an ihrem Geschäft nach rechts in Richtung Supermarkt oder nach links zum Haus des Notars abgebogen sind.«

»Sie war wohl zu sehr mit ihrer Torte beschäftigt«, bemerkte die Frau betont scherzhaft.

»Und was haben Sie im Supermarkt gekauft?«

»Ein Kilo Apfelsinen und Waschpulver.«

»Und dann sind Sie direkt wieder nach Hause gegangen?«

»Ja, genauso war's.«

»Und was machen wir mit denen, die gesehen haben, wie Sie in das Haus des Notars gegangen sind?«

»Hören Sie nicht darauf, was die Leute hier sagen: Das sind alles Verrückte und Lügner.«

»Jetzt, Signora Agata, möchte ich ein bißchen mit Ihrer Enkelin allein reden.«

»Nein, ich bleibe bei Agatina. Denn sie braucht mich, stimmt's, Agatina?«

Erschrocken hebt das Kind seine Augen. Jetzt sieht man ihre Farbe gut: Sie sind grau, mit kleinen goldenen Pünktchen, die ihnen etwas Strahlendes und Sanftes geben. Die Kleine scheint vor Angst und Unsicherheit überwältigt zu sein. Sie klammert sich an den Arm der Großmutter und bringt keinen Ton heraus.

»Sehen Sie, sie kann nicht ohne mich sein; sie hat Angst.«

»Angst wovor?«

»Allein zu sein. Ich lasse sie nie allein, nicht eine Minute.«

»Also gut, bleiben Sie hier, ich werde ihr in Ihrer Anwesenheit einige Fragen stellen. Aber Sie müssen mir versprechen, den Mund zu halten und das Kind reden zu lassen.«

»In Ordnung.«

»Jetzt sieh mich mal an, Agatina, und laß die Hand deiner Oma los, du brauchst keine Angst zu haben, dir passiert gar nichts. Erzähl mir mal, kanntest du den Notar Pastore?«

»Ich weiß nicht.«

»Wie, ich weiß nicht: Entweder man kennt eine Person oder man kennt sie nicht.«

»Ich weiß nicht.«

Es ist ganz offensichtlich, daß sie nicht weiß, was sie antworten soll, und bei jedem Wort, das sie sagt, dreht sie sich zu ihrer Großmutter um und wartet auf deren Zustimmung.

»Du magst doch Schokolade, oder?«

»Ja.«

»Hat der Notar Pastore dir schon mal Schokolade geschenkt?«

»Niemals«, antwortet die Großmutter wie aus der Pistole geschossen.

»Niemals«, antwortet Agatina ermutigt.

»Du kanntest ihn also, aber er hat dir nie Schokolade gegeben, ist es so?«

»Sie hat ihn nie gesehen, das hat sie doch schon gesagt.«

»Ich habe ihn nie gesehen«, plappert das Kind nach.

»Wissen Sie eigentlich, daß der Notar Pastore zwei Schubladen voller Fotos von Kindern in eindeutiger Stellung hatte? Wußten Sie davon, als Sie mit ihm liiert waren?«

»Ich habe nie irgendwelche Fotos gesehen. Wer weiß, wer ihm die in die Schublade gesteckt hat. Es würde mich gar nicht wundern, wenn das jemand von der Polizei gewesen wäre ...«

»Und wissen Sie, daß man ihn vor einigen Wochen in der Nähe der Grundschule erwischt hat, als er gerade versuchte, ein kleines Mädchen zu überreden, mit ihm nach Hause zu gehen, und ihm dafür ein Fahrrad versprach?«

»Keine Ahnung! Ich weiß nichts von kleinen Mädchen

und von Schulen. Zu mir war er ganz normal: Küsse, Liebe, alles normal, ganz normal.«

»Und Sie selbst, haben Sie nie Geld von ihm verlangt?«

»Nie.«

»Gut, wir glauben Ihnen, Signora Agata Peci. Sie können gehen, ich will die Kleine nicht länger quälen, sie kommt mir so verängstigt vor. Wir werden nach anderen Beweisen suchen müssen, wenn Sie uns nichts sagen wollen, und wir wollen weder auf Sie noch auf Ihre Enkelin Druck ausüben.«

Die Frau erhebt sich schlagartig und streicht ihren Rock glatt. Sie ergreift die Hand des Kindes und geht erhobenen Hauptes, doch mit beleidigter Miene mit ihm zusammen zur Tür.

Als sie gerade hinausgehen wollen, wendet sich Adele Sòfia an die Kleine und zeigt ihr von weitem einen Gegenstand: »Agatina! Ist das dein Haarreif? Du hast ihn auf dem Stuhl liegenlassen.«

Agatina sieht auf den Reif mit den Plastikgänschen, den die Kommissarin in Händen hält, und geht rasch auf sie zu, um ihn an sich zu nehmen.

»Bist du sicher, daß er dir gehört?«

»Ja.«

»Na, dann nimm ihn!«

»Nein, warte, nimm ihn nicht, das ist nicht deiner!« ruft die Frau und eilt herbei, um die Hand der Enkelin zu ergreifen. »Das ist nicht dein Reif, mein Liebling, siehst du denn nicht, daß das nicht deiner ist?«

»Gehört er dir nun oder gehört er dir nicht?«

Als einzige Antwort drückt das Kind schmollend den

Reif an seine Brust, als wunderte sie sich darüber, wie man etwas so Selbstverständliches überhaupt bezweifeln kann. »Das ist meiner«, sagt sie mit leiser Stimme.

»Genug mit der Heuchelei, Signora Agata. Der Reif mit den Gänschen wurde im Bett des Notars gefunden, wie Ihnen sehr wohl klar war, denn sonst hätten Sie nicht so voreilig geleugnet, daß er Ihrer Enkelin gehört. Das Kind hat ihn vor einer Filmkamera wiedererkannt, die unser ganzes Gespräch aufgezeichnet hat.«

»Dieser Reif gehört dir nicht, sag, daß er dir nicht gehört!« schreit die Frau und schlägt auf die Kleine ein.

Zwei Polizeibeamte halten sie fest, legen ihr Handschellen an und führen sie ab.

»Oma!« brüllt das Kind.

»Agatina, warte! Und nehmt eure Hände weg, ihr Scheißkerle.«

»Oma!«

Die Kommissarin will die Kleine vom Fußboden hochziehen, wo sie sich schluchzend hingeworfen hat, aber sie bekommt einen Tritt gegen die Brust.

»Deine Oma kommt zurück, Agatina«, sagt Adele Sòfia leise, »sie muß nur ein bißchen allein für sich nachdenken. Sie muß verstehen, warum sie dich mehrmals für zweihunderttausend Lire an den Notar verkauft hat, obwohl sie dich lieb hat. Du kommst jetzt für einige Zeit in ein Internat, aber da wird es dir nicht schlechtgehen: Da sind viele andere Mädchen und weder dunkle Häuser noch Notare. Du wirst nicht allein sein. Komm, wein doch nicht ...«

Aber das Kind scheint ihr nicht zuzuhören. Mit ihren

kleinen, blassen Fingern bricht sie ein buntes Plastikgänschen nach dem anderen ab und wirft es weit von sich, während sie flüsternd sagt: »Meine Oma, ich will zu meiner Oma!«

Inhalt

Dacia Maraini
Die stumme Herzogin

Roman. Aus dem Italienischen von Sabina Kienlechner.
342 Seiten. Halbleinen

Marianna Ucrìa, sizilianische Adelstochter im 18. Jahrhundert, ist stumm. Weil sie nur lesend und schreibend mit der Welt kommunizieren kann, verfügt sie über das, was anderen Frauen ihrer Zeit versagt ist: die Instrumente der Bildung. Damit gelingt es ihr, sich aus den Fesseln starrer Konventionen zu lösen …
Auch wenn sich die Lebensgeschichte der stummen Herzogin als Metapher für den langen Weg der weiblichen Emanzipation lesen läßt, so ist sie vor allem eines: das satte, farbenprächtige Gemälde einer Epoche.

»Ein vollkommen geglückter Roman, der ein faszinierendes Frauenleben einer längst untergegangenen Epoche ausbreitet, vor allem aber eine überaus kundige und bewegende Liebeserklärung an das alte Sizilien ist.«
Die Presse

»Ein grandios epischer, phantasievoller Familienroman aus Sizilien.«
Petra